Rachel Van Dyken

Mein Bruder, sein bester Freund und ich

amazon crossing

Das Buch

Milo ist sich sicher: Für Colton wird sie nie mehr sein als die kleine Schwester seines besten Kumpels. Selbst als Milo zum Studium in eine andere Stadt zieht, kann sie den attraktiven Colton nicht vergessen. Die Tatsache, dass sie sich in der letzten Nacht vor ihrem Abschied fast geküsst haben, will ihr einfach nicht aus dem Kopf gehen.

Als sich Milo und Colton vier Jahre später zur Hochzeit ihres Bruders wiedersehen, kommt alles anders als geplant. Denn ausgerechnet Milo wird Coltons Date am großen Tag – und die verrückteste Hochzeit des Jahres voller nicht enden wollender Turbulenzen beginnt …

Die Autorin

Rachel Van Dyken ist *New-York-Times-*, *Wall-Street-Journal-* und *USA-Today*-Bestseller-Autorin von zeitgenössischen und historischen Liebesromanen. Bevor sie sich ganz dem Schreiben widmete, war sie als Beratungslehrerin an einer Privatschule tätig.

Die Autorin lebt mit ihrem Ehemann, ihrem kleinen Sohn und zwei Boxern in Idaho.

RACHEL VAN DYKEN

Mein Bruder, sein bester Freund und ich

ROMAN

Aus dem Amerikanischen
von Maike Stein

amazon crossing

Die Originalausgabe erschien 2015 unter dem Titel »The Consequence of Loving Colton« bei Skyscape, New York.

Deutsche Erstveröffentlichung bei
AmazonCrossing, Amazon Media EU S.à r.l.
5 Rue Plaetis, L-2338, Luxembourg
Juni 2016

Umschlaggestaltung: semper smile, München, www.sempersmile.de
Umschlagmotiv: © Tara Moore/Getty Images
Lektorat: Ute-Christine Geiler und Birte Lilienthal, Agentur Libelli
Printed in Germany
by Amazon Distribution GmbH
Amazonstraße 1
04347 Leipzig, Germany

ISBN: 978-1-503-93773-4

www.amazon.de/amazoncrossing

Für die »Rachel's Rockin' Readers«-Gruppe auf Facebook:
Dieses Buch wäre ohne euch nicht entstanden! Ich schätze eure
Ermutigung und eure unglaublich witzigen Anregungen. Wer
hätte geglaubt, dass wir mit »a little help from my friends«
(alias meine Leserinnen) in einem Monat fertig bekommen,
was sonst ein Jahr lang gedauert hätte. :)
Ich liebe euch so sehr!

Prolog

Sommer 2009

»Ich kann nicht glauben, dass du wirklich aufs College gehst, Milo.« Coltons Grinsen raubte mir den Atem. Mann, sah er gut aus. Sein sonst dunkelbraunes Haar wies dank der Sommersonne goldene Strähnen auf. Bei seinem strahlend weißen Lächeln erschienen seine Grübchen, und ich war mir ziemlich sicher, ein Zwinkern in seinen grünen Augen zu erkennen, das allein für mich bestimmt war.

Er war seit dem Schulabschluss vor zwei Monaten zu Hause und schon dabei, die Welt zu retten, immer ein Feuer nach dem anderen zu löschen. Ich beobachtete, wie seine vollen Lippen sich um die Öffnung der Corona Bierflasche schlossen. Er und mein Bruder Jason hatten eine Abschiedsparty für mich organisiert. Offensichtlich war meine Zulassung zur Universität von New York ein bedeutendes Ereignis: Sie waren sogar so weit gegangen, eine Star-Wars-Torte von Dairy Queen zu besorgen und ein Prinzessinnendiadem, auf dem groß und breit »Pretty« stand.

Damit zogen sie mich immer auf. Ich war ein totaler Wildfang – nur zu gern zettelte ich eine Prügelei an und liebte es, mich schmutzig zu machen –, verlangte aber von ihnen, mich wie eine Prinzessin zu behandeln.

Seufzend lehnte ich mich auf der Picknickdecke zurück und schaute hinauf zu den Sternen. Meine Krone rutschte zur Seite, und die Haare fielen mir ins Gesicht. Die Party war seit ein paar Stunden vorbei, nur Colt, Jason und ich waren noch da. Ich hätte glücklich sein müssen: Mal ehrlich, wer macht so was schon für seine kleine Schwester? Außerdem, dass das alles Colts Idee gewesen war, der nicht mal zur Familie gehörte, machte es zu einem Riesending. Aber …

Vielleicht war das der Grund, weshalb ich mich so leer fühlte. Für Colton hätte ich genauso gut ein Familienmitglied sein können. Ich war die kleine Schwester, die er nie gehabt hatte – dabei hatte ich insgeheim immer so viel mehr sein wollen.

»He, du hast deine Frisur ganz durcheinandergebracht«, zog Colton mich auf und hob die Krone mit einer Fingerspitze an, während er mir auf seine sexy Art zuzwinkerte.

»Was soll ich da bloß tun?«, fragte ich gespielt entsetzt.

»Ich werde dich retten.« Seine Stimme war kaum lauter als ein Flüstern. »Ich wollte schon immer eine Prinzessin retten.«

»Hast du schon.« Ich strahlte ihn an. »Du hast mich mindestens hundertmal gerettet, als wir klein waren – hast den Drachen vom oberen Treppenabsatz erschlagen und das, ganz ohne einen Kratzer abzubekommen.«

»War 'ne üble Sache.« Er stieß einen langen, übertriebenen Seufzer aus. »Ich habe keine Ahnung, wie ich es ohne Brandwunden bis zu meinem neunzehnten Geburtstag geschafft habe.«

»Donald hat kein Feuer gespuckt. Er war ein feuerloser Drache, weißt du nicht mehr?«

»Oh, stimmt.« Seine Augen funkelten. »Wie geht's dem alten Drachen denn?«

Ich zuckte mit den Schultern und nagte an meiner Unterlippe. »Ich bin nicht mehr auf dem Dachboden gewesen, seit ihr Jungs ins College seid. Ich war beschäftigt.«

»Zu beschäftigt zum Spielen?«

Ich verdrehte die Augen. »Zu beschäftigt mit meinem Schulabschluss, um zu spielen, ja.«

»Wo bleibt denn da der Spaß?«

»Spaß.« Ich schnaubte. »Das letzte Mal, dass ich Spaß hatte, war, als wir uns in den Pool deiner Eltern geschlichen haben und …« Ich presste meine Lippen zusammen, bevor die Worte hinauspurzeln konnten. Mist. Mist. Mist.

»Nackt geschwommen sind«, beendete er meinen Gedanken. »Ja, das war super.«

»Hey, ihr!«, rief Jason, der aus dem Haus gerannt kam. »Dad will, dass ich Mom von der Arbeit abhole, ich bin also gleich zurück. Tut nichts, was Spaß macht, ohne mich. Das ist mein Ernst.«

Das laute Röhren seines Pick-ups dröhnte eine Sekunde lang durch die Nacht und wurde dann leiser, während das Auto von der Auffahrt fuhr.

»Denkst du, was ich denke?«, fragte Colton.

Wenn seine Gedanken in die Richtung gingen, dass ich ihn endlich für mich allein ohne meinen Bruder hatte … »Absolut.« Ich grinste, als er nach meiner Hand griff und mir von der Decke hochhalf.

»Los, lass uns ein bisschen Spaß haben.«

Neugierig folgte ich Colt, und wir liefen durch einige Gärten und kamen schließlich zu seinem Haus.

»Was machen wir hier?«, fragte ich mit gedämpfter Stimme.

»Spaß haben.« Ich schwöre, bei seinem Grinsen blieb mir fast das Herz stehen. »Jetzt zieh dich aus, Milo, wir haben nicht die ganze Nacht Zeit, und Jason wird sauer sein, weil er nicht mit von der Partie ist.«

Lachend streifte ich T-Shirt und Shorts ab – ich war jahrelang mit den Jungs nur in Sport-BH und Unterhose schwimmen gegangen, obwohl es sich seltsam anfühlte, als wir älter wurden, allerdings nur von mir aus. Es war merkwürdig, mich komplett auszuziehen, in dem Wissen, dass meine Gefühle für Colton sehr real waren, während umgekehrt seine schlicht nicht existierten. Ich meine, das hier war Colton. Sicher, ich war in ihn verschossen, aber er hatte niemals in dieser Weise auch nur an mich gedacht. Niemals.

»Wer zuletzt im Wasser ist, ist …«

Seine letzten Worte hörte ich nicht mehr, denn ich war vor ihm drin. Den Pool seiner Mom und seines Stiefvaters hatte ich schon immer toll gefunden. Am tiefen Ende hatte er einen kleinen Wasserfall, unter dem man hindurch schwimmen konnte, und der mich an Märchen und Kinofilme erinnerte. Allerdings konnte es auch daran liegen, dass ich beim Auftauchen jedes Mal Coltons Gesicht sah und es sein Lächeln war, das mich anzog. Er war mein ganz persönlicher Märchenprinz.

Colton ließ lachend das Wasser aufspritzen, dann hievte er sich aus dem Pool und machte eine Arschbombe direkt neben meinem Kopf. Ich war froh um die Dunkelheit – mein Gesicht musste tiefrot geleuchtet haben. Himmel, der Typ hatte vielleicht einen Waschbrettbauch!

»Wettschwimmen gefällig?«, fragte er atemlos.

»Verlieren gefällig?«, schoss ich zurück.

»Niemals.«

»Ähm, das passiert jeden Tag.« Ich schwamm zum Rand. »Auf die Plätze, fertig …«

»Los!« Er rannte, statt zu schwimmen, und tauchte dann unter.

Mistkerl. Mit brennenden Armmuskeln versuchte ich, das andere Ende des Pools zu erreichen. Normalerweise öffnete ich die Augen unter Wasser nicht, aber dieses Mal tat ich es, um zu sehen, wo ich hin schwamm.

Ich konnte seinen Körper kaum wahrnehmen. Alles, was ich sah, waren stahlharte Muskeln.

Genau vor ihm stoppte ich und tauchte jäh auf. »Du hast geschummelt.«

»Ich nenne das lieber gewinnen.« Er strahlte triumphierend.

»Betrügen.« Ich biss die Zähne zusammen und stieß ihn gegen die Brust. Lachend ließ er sich rückwärts fallen und zog mich mit sich. Unsere Körper berührten sich, Hitze an Hitze, Haut an Haut.

Und plötzlich war es gar nicht mehr lustig, sich ohne Jason davonzustehlen.

Niemand von uns lachte.

Er strich von meiner Hüfte aufwärts, bis seine Hände an meinem Gesicht lagen. Mit einem Fluch zog er meinen Kopf zu seinem. »Wir sollten …«

»Ja«, wisperte ich.

Niemand von uns wich zurück.

Seine Lippen streiften meine, gerade genug, dass ich mich ihm entgegenreckte – ich brauchte ihn wie die Luft zum Atmen.

»Kinder!« Die Stimme seines Stiefvaters hallte durch die Nacht. »Seid ihr das, die hier solchen Lärm machen?«

Colton schubste mich so jäh von sich, dass ich mir beinahe den Kopf an den Steinen neben dem Wasserfall stieß.

»Ja, wir … hängen hier nur so rum!«, rief Colton. »Ich und Jasons Schwester.«

Ich erstarrte. So hatte er mich nie zuvor genannt. Außerdem sagte er es in einem so endgültigen Tonfall, als wäre es das, was ich auf immer sein würde. Mein Herz sank nicht einfach nur … es raste schmerzhaft zu Boden und zerbarst in einem Flammenball, während all die Hoffnungen, die ich gehegt hatte, seitdem ich dreizehn war, zu einem meine Welt erschütternden Halt kamen. Meine Vermutungen hatten schließlich Bestätigung gefunden. Laut ausgesprochene. An dem Tag, an dem der Junge, für den ich schwärmte, so aufmerksam gewesen war, eine Party für mich zu schmeißen.

Er hatte seine Position klar gemacht. Und ich hätte genauso gut auf der anderen Seite des Universums sein können.

Das war der Tag, an dem ich Colton Mathews verlor – für immer.

Kapitel 1

Milo

Vier Jahre später

Ich packte das Lenkrad mit beiden Händen. Um die Wahrheit zu sagen, ich hätte es mit Zähnen, Zehen und Fußgelenken umklammert, wenn mein Hirn schnell genug gewesen wäre, die Nachricht zu senden: Alarmstufe Rot! Alarmstufe Rot!

Stattdessen hockte ich nur da, mit trockenem Mund, wie eine Idiotin.

Mir fiel nichts ein, was ich sagen könnte, um es besser zu machen. Nichts. Ich konnte dem Kerl nicht mal ein Lächeln schenken, was wirklich eine Schande war, immerhin war das mein bester Posten.

»Milo!« Colton klopfte an die Tür meines hellblauen Mercedes. »Gut siehst du aus.«

Ich blinzelte. Na gut, ich dachte zumindest, ich blinzelte, sicher war ich mir da nicht. Der Motor lief noch immer. Man sollte meinen, ich hätte wenigstens Verstand genug gehabt, den Fuß vom Pedal zu nehmen und auf Parken zu schalten. Aber alles, wozu ich imstande war, war ihn anzustarren. Einundzwanzig Jahre alt und immer noch bekam ich schwitzige Hände, weil Colton Mathews meinen Namen ausgesprochen hatte.

Einer Sache war ich mir sicher – mein Mund stand noch immer leicht offen. Wenn ich nicht aufpasste, würde Spucke fließen, und dann hätte Colton einen Grund mehr, sich über mich lustig zu machen – über Jasons kleine Schwester.

»Alles in Ordnung mit dir?« Er stützte sich mit seinen muskulösen Unterarmen am offenen Fenster ab und streckte den Kopf ins Auto. Gütiger Gott im Himmel, er roch genau wie früher. Sein würziges Aftershave zusammen mit der perfekt gebräunten Haut hätte jedes Mädchen innehalten lassen oder ihre Zunge verschlucken oder sie ins Schwitzen gebracht; wirklich, such's dir aus. »Dir ist schon klar, dass du irgendwann den Motor abstellen und ins Haus gehen musst, oder, Kleines?«

Und das war der Haken, ich war nicht irgendein Mädchen. Für Colt war ich Jasons kleine Schwester. Mehr nicht.

Es spielte keine Rolle, dass meine Brüste ohne Probleme C-Körbchen ausfüllten oder dass ich seit sieben Jahren keine Zahnspange mehr trug. Für ihn war ich noch immer keine Frau.

Im Himmel musste jemand Mitleid mit mir bekommen haben, denn aus irgendeinem Grund konnte ich mich in dem Augenblick, als der Geruch von »Acqua di Gio« das Auto flutete, aus dem Anfall von Wahnsinn befreien und lächelte.

»Gut. Großartig. Fantastisch. Perfekt. Und du?« Zu viele Wörter, Milo. Viel zu viele Wörter.

Colton lachte leise. Es war ein tiefes Lachen. Die Art von Lachen, die Mädchen ein Seufzen entlockte, während sie gleichzeitig darüber nachdachten, wie sie ihre Klamotten loswerden und den Kerl vor den Altar bringen konnten. Ernsthaft. Sein Lächeln sorgte dafür, dass Mädchen wollten, dass das Kondom riss.

Toll, jetzt dachte ich an Kondome.

Kondome und Colton.

Ein Hundebellen riss mich aus meinen sexgeladenen Tagträumen. Das war Max' Klingelton. »Äh, Sekunde.« Ich hielt einen Finger hoch und scheuchte Colton vom Fenster weg, während ich gleichzeitig auf »Annehmen« drückte und das Fenster schloss. Er lächelte, offenbar amüsiert, und lehnte sich gegen das Auto.

»Wie geht's dir an deinem ersten Tag in der Hölle der Kindheit, beste Freundin?«

»Kommt drauf an«, flüsterte ich ins Handy, ohne den Blick von Colton abzuwenden, der am Fenster stand. Er war so groß, dass ich sozusagen auf seine Bauchmuskeln starrte und seinen … Unterbau. Hitze flutete mein Gesicht, sodass ich über jeden Zweifel erhaben wusste, wie kirschrot meine Wangen angelaufen waren.

»Warum flüstern wir?«, fragte Max, mein bester Freund vom College.

»Weil wir im Auto sitzen.«

»Du sitzt im Auto. Ich bin bei Starbucks.«

»Wie auch immer«, erwiderte ich mit einem Auflachen und wedelte mit einer Hand herum. »Und es läuft überhaupt nicht gut. Genau genommen bin ich ziemlich sicher, Colton denkt, ich wäre leicht zurückgeblieben.«

»Warum sollte er das denken?«

Ich seufzte ins Handy und versuchte, mich auf alles andere als die Tatsache zu konzentrieren, dass Colton nur wenige Zentimeter von mir entfernt stand. So verdammt nah. »Ich bin auf eine Art, also irgendwie … in Schockstarre verfallen, als er mit mir geredet hat.«

»Also, wo bist du jetzt?«

»Das haben wir doch schon geklärt. Ich sitze im Auto.«

Max seufzte. »Und wo ist Colton?«

»Neben dem Auto.«

»Ich bin verwirrt.«

»Und ich eine Idiotin.« Ich stöhnte und schlug mir vor die Stirn. »Als das Handy geklingelt hat, habe ich das Fenster geschlossen, um ranzugehen, aber er rührt sich kein bisschen von der Stelle.«

»Nun …« Max räusperte sich. »Ich würde mal sagen, es gibt Schlimmeres im Leben, als dass ein sexy Typ am Seitenfenster lehnt, stimmt's?«

»Stimmt.« Meine Stimme schwankte. »Aber er steht irgendwie mit der Vorderseite zur Tür. Alles von ihm.«

»Alles von ihm?«

»Sein Teil«, machte ich die Lage etwas deutlicher. Ich schwöre, ich fühlte meinen ganzen Körper in Flammen aufgehen. Toll, jetzt würde ich in die Hölle kommen, weil ich auf sein Teil geschaut hatte. Sein sehr beeindruckendes Teil. Sein herrlich fest aussehendes und … Ich musste damit aufhören, bevor ich mich hier noch in einen Schlaganfall reinsteigerte. »Er lehnt mit seiner Vorderseite am Fenster, und Max, ich schwöre, die gesamte Vorderseite seines Körpers presst sich an … mein Auto.«

»Nackt?«

»Was?«, schrie ich.

»Na ja, du hast gesagt, sein Teil.«

»Nicht sein Teil-Teil«, stellte ich klar. Bitte, erschießt mich jetzt. Konnte dieses Gespräch noch schlimmer werden? »Egal, vergiss es, ich meine … Oh, Mist.«

»Was? Was ist?«

Ich konnte Max förmlich vor mir sehen, wie er mit der Kaffeetasse in der Hand im Starbucks auf und ab tigerte.

»Er streckt sich übers Auto und …« Ich stoppte mitten im Satz. »Verdammt, mein Bruder ist auf der anderen Seite.«

»Lass mich das klarstellen.« Max lachte leise. »Du hast deinen lebenslangen Schwarm, der zufällig der beste Freund deines Bruders ist, auf der einen Seite, sein Teil fest an deinen heißen, kleinen Mercedes gepresst, und dein Bruder, der von dieser traurigen Besessenheit nichts weiß, lehnt an der anderen Seite und ermöglicht es dir so, die Ausstattung seines besten Freundes zu bestaunen?«

»Japp.« Mein Atem beschleunigte sich, als ich Colton lachen hörte, und dann drückte sich seine Vorderseite gegen meine Tür. »Gütiger Gott, ich bekomme hier massive Hitzewallungen. Er …«

»Bitte, rede nicht weiter. Sonst muss ich mich übergeben. Und so sehr du mich auch damit aufziehst, dass ich keine Freundin habe, das liegt nicht daran, dass ich Männer bevorzuge, also bitte … erspare mir die Einzelheiten.«

»Okay.«

»Milo?«

»Was?« Mein Blick hing wie festgeklebt an Coltons heißem Körper, während der sein Eightpack streckte, das direkt von einem Cover eines Hochglanzmagazins stammen könnte.

»Verführ ihn.«

»Womit?«, flüsterte ich hektisch. »Ich habe ihm nichts zu bieten!«

»Ist nicht so, als würde ich dir vorschlagen, du solltest ihm eine Schokoladenspur vom Boden zu deinen Lippen legen.«

»Das weiß ich!«, fuhr ich ihn an. »Außerdem ist er auf Schokolade allergisch.«

»Bitte sag jetzt nicht, dass du seine gesamte medizinische Vorgeschichte auswendig kennst.«

»Tu ich auch nicht«, log ich, betrachtete plötzlich hoch interessiert das lederbezogene Lenkrad. »Außerdem spielt das keine Rolle. Auf seinem Facebookprofil steht, ›Blondinen bevorzugt‹. Meine Haare sind dunkel.«

»Ich werde mal ignorieren, dass du ihn auf Facebook stalkst, und dir helfen, das Problem zu beheben. Färb dir einfach die Haare.«

»Ja, ich hol nur eben das Haarfärbemittel von der Rückbank, kein Problem, Max!«

»Himmel, bist du aber empfindlich. Du, meine Liebe, musst dringend mal flachgelegt werden.«

»Was du nicht sagst«, erwiderte ich. »Ich bin diejenige, die im Auto festsitzt, allein mit meinem Kindle und sonst nichts als Gebeten zur Ablenkung.«

»Dein Leben macht mich echt traurig.«

»Halt die Klappe.«

»Verführ ihn.«

»Noch mal: Womit?«

»Deinem Körper.«

»Ich habe keinen Körper.« Schmollend sank ich im Sitz zusammen. »Außerdem weiß ich rein gar nichts über Verführung. Und er hasst mich.«

»Er hasst dich nicht.«

»Ich habe versucht, ihn zu küssen, als ich sechzehn war, und er hat mich glatt ausgelacht.«

»Um fair zu bleiben, dein Rock hing in deiner Unterhose.«

»Darum geht es gar nicht!«, schrie ich. Warum zum Teufel hatte ich nur diese Flasche Wein getrunken und Max alle meine peinlichen Momente gestanden? Die schrecklichen Zwei außerhalb meines Autos fingen an, laut gegen die Fensterscheiben zu klopfen. Toll, vermutlich hatte ich ihre Aufmerksamkeit mit meinem Schrei auf mich gezogen. Fantastisch, jetzt begann das Auto auch noch zu schaukeln. Ich hatte ganz offiziell die Monster geweckt.

»Ich bin in der Hölle.«

»Tja …« Max lachte. »Pass auf, dass dir die Flammen keinen Sonnenbrand verpassen. Ich muss los, habe eben meine Starbucks Barista erspäht … Ich werde eine Verabredung bekommen, und wenn's mich umbringt! Oh, und viel Glück. Du wirst es brauchen.«

»Sicher.« Ich drückte auf »Beenden« und stellte den Motor ab. Nichts lief wie geplant – so viel war schon mal sicher.

Kapitel 2

Milo

Ich öffnete die Autotür und stellte mich den Jungs.

»Hey, Milo! Du hast es geschafft!« Jason, mein älterer Bruder, gesellte sich zu Colton auf der anderen Seite des Autos und schlug ihm auf den Rücken. »Willst du die ganze Nacht im Auto bleiben oder aussteigen und mir gratulieren?«

Ich zuckte mit den Schultern und löste den Gurt. »Klar, Jason, Glückwunsch. Du hast all deinen Mut zusammengekratzt und beschlossen, zu heiraten. Ich bin so stolz auf dich.« Ich stürzte zu ihm und schlang die Arme um ihn, bevor er mich in den Schwitzkasten nehmen konnte.

»Sehr witzig«, murmelte er in meine Haare. »Übrigens, Coltons Date hat ihn sitzenlassen, also habe ich dich sozusagen auf dem Familienaltar der Gefälligkeiten geopfert. Ihr zwei hängt miteinander fest. Ist das okay?«

Ist das okay? Ich musste mich anstrengen, dass mir die Gesichtszüge nicht entglitten. Wie um alle Welt sollte ich es schaffen, über den Schwarm meiner Kindheit hinwegzukommen, wenn er jede Sekunde jeden Tages dieses Wochenendes um mich herum sein würde? Seit Colton mein Herz gestohlen und es im Pool seiner Eltern versenkt hatte, war ich bei meinen Besuchen zu Hause stets strategisch vorgegangen. Irgendwie machte es mich wütend, wie leicht wir uns voneinander entfernt hatten. Wo wir uns früher jede Woche gesehen hatten, trafen wir uns mittlerweile kaum noch mal zu Weihnachten.

Letztes Jahr war er mit seinen Eltern über die Feiertage sogar nach Europa gereist, daher war ich inzwischen fast schon achtzehn Monate lang nicht mehr Coltons Gegenwart ausgesetzt gewesen … Ich stellte ihn mir wie eine Art Pest vor, aber eine gute Art von Pest, die Sorte, vor der ich mich um jeden Preis beschützen musste. Theoretisch hatte ich natürlich gewusst, dass er zur Hochzeit hier sein würde, nur hatte ich mir nicht klargemacht, dass mir seine Gegenwart aufgezwungen werden würde oder dass ich allein von seinem Geruch wieder zu dem Mädchen wurde, das im ersten Highschooljahr seinen Namen mit Glitzerstift nachgefahren war.

Der Punkt war, diese achtzehn Monate hatten mir gutgetan. Ich hatte ein paar lockere Verabredungen gehabt, und ich hatte aufgehört, jeden Kerl mit ihm zu vergleichen. Na ja, halbwegs. Okay, sagen wir einfach, es ging mir besser, sehr viel besser. Ich freute mich auf die Zukunft, auf meinen Abschluss, darauf, mein Leben anzufangen, und das konnte ich nicht tun, wenn ich in der Vergangenheit feststeckte. Colton musste in dieser Vergangenheit bleiben. Ich weigerte mich, weiterhin zu hoffen, er könnte in mir je etwas anderes sehen als … eine Freundin.

»Sicher«, hörte ich mich selbst krächzen. »Kein Problem.«

»Hab ich auch nicht gedacht.« Jason lächelte träge. »Außerdem, haben du und dieser Typ nicht gerade vor ein paar Wochen Schluss gemacht?«

»Max?«, quietschte ich in vollem Panik-Modus.

»Ja.«

»Wer ist Max?«, fragte Colton.

»Ihr Freund, sah für eine Weile wirklich ernst aus.« Jason stieß mich mit dem Ellbogen an und wackelte mit den Augenbrauen. »Stimmt's?«

»Äh.« Toll. Mir fehlten ganz offiziell die Worte. Max war ein Freund – mein bester Freund. Er war seit meinem ersten Collegejahr ein Freund gewesen. Er hatte mich angesprochen, ich hatte angenommen, er wäre schwul, und, na ja, der Rest ist Geschichte. Max war unglaublich attraktiv, und ich war mir ziemlich sicher, der Kerl hatte eine Drehtür an seinem Schlafzimmer. Nicht, dass ich darauf besonders achtete. Männer wie Max waren nie mit Frauen befreundet – niemals. Aber irgendwie funktionierte das zwischen uns, auch wenn alle anderen stets annahmen, da würde mehr laufen.

Bis jetzt.

»Warum habe ich bisher noch nie was von diesem Max gehört?« Colton verengte die Augen. »Ist er ein guter Kerl? Ruft er dich noch an? Du musst es nur sagen, und ich bringe ihn um, wenn er dich anfasst, Milo.«

»He, mach mal halblang.« Jason legte Colton die Hände auf die Schultern und massierte sie. »Halt dich zurück, sie hat einen Bruder.«

»Ja«, wiederholte ich, »ich hab einen Bruder. Als ich das letzte Mal nachgeschaut hab, hast du nicht zur Familie gehört.« Ich hatte nicht beabsichtigt, das so spitz klingen zu lassen, aber es war immer noch schwer, nicht mehr die Enttäuschung über seine Zurückweisung von vor vier Jahren zu spüren. Selbst jetzt noch fühlte ich mich abgewiesen, dabei hatte er nichts anderes getan, als mich daran zu erinnern, dass ich die kleine Schwester war. Das war wie ein schlechter Film in Dauerschleife.

»Glaub mir«, der Blick aus Coltons grünen Augen hielt meinen fest, »das weiß ich.«

»Da bist du ja!«, rief Mom von der Tür aus und schwenkte einen Pfannenwender. Ihr schwarzes Haar hatte sie sich zu einem Dutt aufgesteckt. Perlen zierten ihre Ohren, und sie trug eine Kochschürze, auf der ein roter Stiletto prangte.

»Das bin ich.« Lächelnd warf ich mich in ihre Arme. Sie duftete nach »Oscar de La Renta«-Parfüm, meinem Lieblingsduft gleich nach dem von Colton. Was eigentlich traurig war, wenn man so darüber nachdachte.

»Wie war die Fahrt?« Sie fasste mich um die Schultern. »Jungs, kümmert euch um Milos Gepäck, ja?«

»Geht klar, Mom!« Jason und Colton verschwanden, während Mom mich ins Haus führte.

»Die Fahrt war super.« Der Geruch von gebratenem Truthahn empfing mich, und mein Magen knurrte erwartungsvoll. »Ich hab die Strecke in Rekordzeit geschafft.«

Mom ließ mich los und ging zum Ofen. »Ich verstehe immer noch nicht, warum du nicht einfach den Zug nimmst. Das ist so viel einfacher.«

Mit einem Achselzucken antwortete ich: »Ich fahre eben gern.« Und das tat ich wirklich, aber ich wollte auch mein eigenes Auto und meine Freiheit, wann immer ich zurück nach New Haven kam. Dieses Mal ganz besonders. Das ganze Wochenende über mit Colton abzuhängen, würde mich ganz sicher verrückt machen. Ich konnte ja nicht mal in vollständigen Sätzen sprechen, wenn der Typ anwesend war, davon, dass ich für diese Wochenendhochzeit sein Date sein würde, gar nicht zu reden.

»Alles bereit?« Dad kam in die Küche und küsste Mom auf die Wange, bevor er ihr einen Klaps auf den Hintern gab. »Oh, Milo, hab dich gar nicht gesehen.« Er zwinkerte mir zu.

»Hast du wohl.« Ich flog in seine Arme und küsste ihn auf die Wange. »Hab dich vermisst.«

»Hab dich auch vermisst, Zwerg.«

Ich kniff die Augen zu Schlitzen zusammen.

»Oh, komm schon«, sagte Jason von der Tür. »Du glaubst doch immer noch, wenn du nur genug Spinat isst, wächst du noch ein paar Zentimeter.«

Ich ignorierte ihn und schnappte mir eine Selleriestange. »Könnte nicht schaden.«

»Du bist nicht klein.« Colton entwendete mir den Sellerie, hielt ihn zwischen den Zähnen und wackelte mit ihm herum.

Ich streckte mich und klaute ihn zurück, biss ein großes Stück davon ab. Super attraktiv, ich weiß.

»Du bist einfach …« Er neigte den Kopf und musterte mich von oben bis unten. Das Selleriestück welkte in meinem Mund. »Perfekt.«

»Schleimer«, versteckte Jason in einem Huster. »Das sagst du nur, weil du Angst hast, sie könnte dich dieses Wochenende im Schlaf erstechen.«

Colton lachte. »Erwischt. Diese Hochzeit werde ich wohl nicht unbeschadet überstehen, nicht solange sie frei rumläuft.« Er deutete auf mich, und mir sank das Herz.

Ich mochte es, wenn ich dazugehörte. Mochte es, wenn sie mich mit einbezogen, was sie immer taten. Aber ich war erwachsen. Ich war endlich einundzwanzig und würde bald das College abschließen. Ich wollte nicht länger die kleine Schwester sein, die mit den Jungs Basketball spielte und sich weigerte, Kleider zu tragen.

Ich wollte eine Frau sein, aber Colton hatte mich nie so gesehen.

Ich schwöre, er hat geheult, als ich in die Pubertät kam.

Ganz so, als wäre er betroffener davon als ich, dass ich mich in ein Mädchen statt in einen Jungen verwandelte.

So begann der erste Tag vom Rest meines Lebens. Colton und Jason waren zwei Jahre älter als ich. In der Highschool hatten sich alle Mädchen entweder mit Jason oder mit Colton verabreden wollen, was bedeutete, sie alle wollten meine Freundin sein.

In meinem Spind fanden sich mehr Liebesbriefe als Hausaufgaben oder Schulbücher. Ich machte immer gute Miene dazu und reichte die Briefchen weiter und lachte, wenn die Jungs sie lasen.

Ich wäre gestorben, wenn sie gewusst hätten, dass ich jede Nacht in mein Tagebuch meine eigenen Liebesbriefe an Colton schrieb. Obwohl meine natürlich nicht grottenschlecht waren wie die der anderen. Meine waren umwerfend. Nicht, dass er sie je zu Gesicht bekommen würde. Niemals. Mist. Ich muss umgehend dieses Buch verbrennen. Für den unwahrscheinlichen Fall, dass ich an diesem Wochenende unerwartet dahinscheiden würde, war das Letzte, was ich wollte, dass sie zu meinem Begräbnis verlesen werden würden.

»Bin gleich wieder da.« Ich rannte die Treppe rauf und öffnete die Tür zu meinem alten Zimmer. Poster von Justin Timberlake und Harry Potter hingen an den Wänden. Ach ja, schöne Erinnerungen.

Hastig durchwühlte ich meine Schubladen und fand das Tagebuch, schob es so weit unter meine Matratze, wie ich nur konnte. Morgen würde ich es verbrennen. Heute Nacht würde ich es lesen, und dann würde ich Colton für immer aus meinem Leben streichen. Aber vorher … bevor ich all das aufgab …

Würde ich ein Kleid tragen.

Und er würde mich küssen, verdammt noch mal! Alles, was ich in den letzten vier Jahren getan hatte, war zu versuchen, ihn zu vergessen, und es brauchte gerade mal zehn Minuten in seiner Gegenwart, und ich war drauf und dran wieder auf den Colton-Zug aufzuspringen. Plötzlich ging es an diesem Wochenende um mehr als die Hochzeit meines Bruders, es ging auch darum, dass ich endlich bekam, was ich wollte, seit ich wusste, dass ich auf Jungs stand. Ein Kuss und ich wäre bereit dazu, mein Tagebuch samt meinem Begehren nach Colton zu begraben. Ich wollte nur einen Moment, in dem er mich als jemand anderen sah als seine kleine Schwester. Das verdiente ich, und ich würde dafür sorgen, dass ich das auch bekam.

Kapitel 3

Milo

»Milo! Abendessen!«, rief Mom von unten.

Schnell bürstete ich meine Haare aus und legte etwas durchsichtigen Lipgloss auf. Ich musterte mich im Spiegel. Mein langes goldbraunes Haar ergoss sich in Wellen über meine Schultern. Ich trug eine zerrissene Jeans mit einem weißen T-Shirt, das eine Schulter freiließ und einen Blick auf die Sonnenbräune gewährte, die ich in den letzten Monaten zu perfektionieren versucht hatte, in der Hoffnung, für die Hochzeit meines Bruders sexy auszusehen.

Meine braunen, mandelförmigen Augen schauten mich mit viel zu viel Hoffnung darin an. Ja, wollte ich laut sagen, wir machen das. Operation »Geküsst werden« ist offiziell angelaufen. Ich strich über meinen Oberkörper und atmete zur Beruhigung zweimal tief durch. Die Kombination sah gut aus, betonte meine athletische Figur. Dazu kam, dass ich Haut zeigte, nicht viel, aber genug, um ihn zum Nachdenken zu bringen … Hoffte ich wenigstens.

»Komme!« Nach einem letzten Blick in den Spiegel lief ich die Treppe runter, prallte aber plötzlich gegen eine harte Brust.

»Hungrig?« Colton blickte auf mich hinab, legte mir die Hände auf die Schultern, um mich zu stabilisieren. Instinktiv blickte ich auf seine Lippen und leckte meine.

Lachend wich er zurück. »Pass auf, wo du hinläufst, Zwerg.«

Ich streckte ihm die Zunge raus und begab mich zu meinem üblichen Stuhl am Tisch.

»Also, Milo.« Dad verschränkte die Hände hinter dem Kopf und lehnte sich in seinem Stuhl zurück. »Wie läuft's in deinem letzten Collegejahr?«

»Ja …« Colton grinste in meine Richtung. »Machst du immer noch einen Abschluss in … was war das noch gleich? Zeichentrickfilme?«

Ich verdrehte die Augen. »Kunst, mit Grafikdesign im Nebenfach.« Ich musste mich sehr beherrschen, um ihm nicht wieder die Zunge rauszustrecken. Schließlich wusste er ganz genau, was ich studierte.

Als er mich gebeten hatte, ein Tattoo zur Erinnerung an seinen Vater zu entwerfen, hatte ich geweint. Das war mir so peinlich. Ich meine, sein Dad war gestorben, während er an 9/11 Leben gerettet hatte, und anstatt sich selbst seinem Kummer hinzugeben, hatte Colton mich getröstet.

»Was für ein Motiv möchtest du?«, flüsterte ich unter Tränen.

»Irgendwas, das für Stärke, Ehre, Liebe steht …« Er verstummte, als er mir ein paar verirrte Tränen von den Wangen strich. »Ich vertraue dir, Milo. Ich werde toll finden, was immer du dir ausdenkst.«

Mir stockte der Atem. Wir waren einander so nah, ich wollte mich nach vorn lehnen. Ich wollte seine Lippen – nur ein Mal – auf meinen spüren.

»Wie auch immer.« Er lachte leise und blickte von mir weg. »Ich bezahl dir auch was.«

»Nein.« Ich schüttelte den Kopf. »Ich will kein Geld von dir. Ich bin deine Freundin.« Verdammt, das Wort schmeckte bitter. »Freunde tun das füreinander.«

»Richtig.« Er seufzte und wiederholte: »Freunde.«

»Ein Gefallen von einer Freundin«, sagte ich in dem Versuch, es besser klingen zu lassen.

»Danke, Milo.« Er stieß einen tiefen Seufzer aus. »Tausend Dank.«

Er war gegangen. Und an dem Tag hatte ich noch mehr geweint, nicht wegen der neu aufgelebten Trauer, sondern weil ich mich mit ihm ständig in der Schwebe fühlte, so nah und doch so weit entfernt, und ich hasste, dass es so schien, als würde ich die Initiative ergreifen müssen, wenn jemals etwas zwischen uns passieren sollte.

»Milo? Hast du irgendwas von dem gehört, was ich gerade gesagt habe?« Jason warf ein Brötchen nach mir.

Ich spürte, wie meine Wangen heiß wurden. »Äh, tut mir leid, bin einfach müde von der Fahrt.«

»Es sind doch nur anderthalb Stunden«, zog Colton mich auf. »Allerdings fährst du langsamer als meine Oma, also …«

Ich zielte mit dem Brötchen auf sein breites Grinsen und warf. Nimm das! Das goldfarbene Gebäck flog durch die Luft auf der perfekten Bahn zur Vernichtung, doch anstatt mein Ziel zu treffen, griff Colton zu, schnappte es sich aus der Luft und nahm einen großen Bissen davon. Sein perfekt geformter Mund schien mich mit jeder Kaubewegung aufzuziehen. Na dann viel Glück bei dem Versuch, dieses Bild in den nächsten zehn Jahren aus dem Kopf zu bekommen. Perfekte Zähne, die in ein weiches Brötchen bissen. Ich erschauerte und blickte weg. Toll, jetzt machten mich schon Brötchen an. Super.

»Colton«, rügte Mom. »Sei nett, sie hat gerade erst die Abschlussprüfungen hinter sich. Und du hast doch erzählt, du hättest heute bis Mittag geschlafen – wenigstens ist sie nicht faul.«

»Er hat bis Mittag geschlafen, weil er die ganze Nacht lang Bereitschaft hatte«, verteidigte Jason seinen Freund und hielt dann seine Hand auf. »Lass mal rüberwachsen.«

Colton warf ihm das Brötchen zu.

Und so nahm unser fast normales Familienabendessen seinen Lauf. Es betrübt mich, berichten zu müssen, dass ich dreimal Nachschlag vom Kartoffelpüree nahm – und das nur, weil die Schüssel vor Colton stand und sich unsere Finger berührten, jedes verdammte Mal, wenn er sie mir reichte.

Vielleicht hatte Max recht. Ich musste ihn entweder verführen oder diese fixe Idee vergessen, er könnte mich als potenzielle Freundin sehen.

Ich stöhnte auf.

Laut.

»Zu viel gegessen?« Colton zwinkerte mir über den Tisch hinweg zu.

»Halbverhungerte Collegestudentin.« Ich tätschelte mir den Bauch. Ja, tätschelte ihn, wie ein Verbindungsstudent nach zu viel Bier. »Du verstehst.«

»Ach, füttern sie dich nicht ordentlich an der NYU?«

»Ich bin Künstlerin.« Ich verschränkte die Arme. »Das gehört quasi zum Lehrplan. Wenn du nicht hungerst, bist du nicht talentiert.«

»Oh, Schatz«, unterbrach Mom. »Natürlich bist du talentiert. Und wenn du hungrig bist, rufst du mich einfach an, und ich schicke Jason oder Colton mit ein paar Keksen zu dir.«

Colton an meiner Tür? Mit Keksen? Nackt? O bitte, ja.

»Ist mir ja unangenehm, all dieses Gerede übers Verhungern zu unterbrechen, aber …«, Jason klatschte in die Hände und lehnte sich vor, »Hochzeitswochenende.«

Mom hob einen Finger und griff unter den Tisch, von wo sie das größte Notizbuch hervorzog, das ich jemals gesehen hatte. Sie ließ es vor sich auf den Tisch knallen.

Zwei Wörter: Masterplan Hochzeit. Auf gar keinen Fall würde ich Mom erlauben, mir anzutun, was sie Jason und Jayne antat. Ich würde nach Mexiko fliegen, heiraten, und dann eine Woche lang Margaritas schlürfen. Kein Hochzeitsbuch. Niemals.

»Also.« Mom schlug das Buch auf, wozu sie beide Hände benutzte, was vermutlich nötig war. Ein paar Zettel flatterten zu Boden. Seufzend überflog sie die Seite. »Die Leute von der Event-Agentur kommen um sechs Uhr, das heißt für euch, aufstehen um fünf, wenn ihr noch frühstücken wollt.«

»Wenn du sagst, für euch …«, ich spielte mit meiner Serviette, »dann meinst du …«

»Uns«, sagten sie alle gemeinsam.

»Mich eingeschlossen?«

»Uns alle.« Mom lächelte triumphierend. »Als Familie.«

»Ja, das habe ich irgendwie befürchtet.«

Ich war kein Morgenmensch. Wie sollte ich mich von meiner besten Seite zeigen, wenn meine Augen noch ganz verquollen waren?

Mom begann, Anweisungen abzufeuern, und mit jeder neuen Aufgabe drohten mir vor schierer Langeweile die Augen zuzufallen.

Pfingstrosen?

Hochzeitszelt?

Cupcakes, die eine Glasur benötigten?

Stühle?

Tafelaufsätze?

Okay, Mom war besessen. Das war die einzige Erklärung.

»Das ist alles.« Sie seufzte glücklich. »Jetzt weiter zum Samstag.«

»Das war ein Tag?«, rief ich.

Alle Aufmerksamkeit richtete sich auf mich.

»Ich meine …« Ich hüstelte. »Wow, das ist schon alles, was wir morgen zu tun haben?« Ich schlug die Hände zusammen. »Juhu.«

»Sehr überzeugend«, formte Colton mit den Lippen.

Ich zeigte ihm den Mittelfinger.

Keiner meiner besten Momente.

Er keuchte auf und zeigte auf mich. »Deine Tochter hat mir gerade den Finger gezeigt.«

»Das ist gelogen!«, behauptete ich. »Muss ich euch wirklich erst an den Pfannkuchen-Vorfall von siebenundneunzig erinnern?« An Thanksgiving hatten Colton und ich uns über Moms Pfannkuchenmischung hergemacht. Ich hatte Colton erzählt, Mom hätte gesagt, auf deren Grund wäre eine Belohnung versteckt – er müsse nur den gesamten Inhalt aufessen, um daran zu kommen. Er glaubte mir nicht. Daher wurde ich wütend. Und kippte ihm die Pfannkuchenmischung in die Hose. Das Witzige war, er war so ein schmächtiges Kind, dass ich ihn leicht überwältigen konnte. Unglücklicherweise war ich mir meiner körperlichen Überlegenheit nicht bewusst und verpasste ihm ein blaues Auge.

Als meine Eltern das sahen, log Colton und behauptete, er hätte sich das blaue Auge selbst verpasst. Meine Eltern erzählten es Coltons Eltern, und es wurde dieses … Riesending. Unnötig zu erwähnen, dass alle merkten, dass er geschwindelt hatte und ich an allem schuld war. Unsere Eltern waren überzeugt davon, wir hätten uns gestritten und geprügelt, also meinten sie, wir sollten lernen, unsere Meinungsverschiedenheiten durch Wettstreit statt durch gegenseitige Dresche zu lösen.

»Das war ein einziges Mal!« Jason schob seinen Stuhl zurück, während Dad sich um einen empörten Colton herum manövrierte.

Grinsend stand ich auf. »Mehr brauche ich nicht zu sagen.«

»Es gibt nur einen Weg, diesen Streit beizulegen.« Coltons Augen verdunkelten sich.

»Oh, verdammt«, murmelte ich, und das Herz hämmerte mir in der Brust, als ich den Ausdruck in seinen Augen erkannte.

* * *

»Bereit, Zwerg?« Ich spürte Coltons Atem in meinem Nacken. So hatte ich mir den Rest unseres Abends nicht vorgestellt. Ich hatte geistreiche Wortgefechte, romantische Filme und gar Küsse im Kopf gehabt, nicht … das hier.

»Ich bin immer bereit«, feuerte ich zurück. »Ich war schon letzte Weihnachten bereit, als du auf deinen Arsch gefallen …«

»Mom, Milo hat Arsch gesagt«, schrie Jason die Treppe hoch.

Ich ignorierte ihn und fuhr fort: »Und ich war auch letzten Sommer bereit, als wir das Spiel mit einem Unentschieden beendet haben, weil du den ganzen Tisch vollgeblutet hast.«

»Ich hatte mir den Finger gebrochen.« Colton riss die Hände hoch. »Und du hast gelacht!«

»Du hast ihn dir beim Tischtennisspielen gebrochen«, fuhr ich ihn an. »Was hätte ich tun sollen? Den Notruf wählen?«

»Leute!« Jason streckte die Arme zwischen uns aus.

Ich packte den Schläger und ging in Stellung.

»Lasst uns ein faires Spiel haben, okay?« Jason sah mich länger als nötig an. Na gut, ich hatte einmal geschummelt, aber da war ich zehn gewesen, der sollte mal halblang machen.

»Ein faires Spiel«, brachte ich schäumend hervor.

»Ein faires Spiel.« Colton warf mir eine Kusshand zu.

»Bedingungen?«, fragte Jason.

»Wenn ich gewinne«, sagte Colton und verengte die Augen, »verspricht sie, den Pfannkuchen-Vorfall nie wieder zu erwähnen – oder wenigstens ein Jahr lang, wir wissen ja alle, wie schwer es dem Zwerg fällt, den Mund zu halten.«

Ich streckte ihm die Zunge raus.

Colts Blick erhitzte sich für einen Moment, bevor er fluchte und sagte: »Süß.«

»Und deine Bedingungen?« Jason verengte die Augen. »Wenn du gewinnst?«

»Ich will …« Ich biss mir auf die Lippe. Ich wollte einen Kuss. Ich wollte Zeit mit Colton, ich wollte … »Dass Colton mit mir ›Star Wars‹ guckt.«

Colton stöhnte. Er war der einzige Mann auf der Welt, der »Star Wars« hasste. Als Kind hatte er Albträume gehabt, dass Jabba the Hutt sich in seinem Schrank versteckte.

»Vier, fünf und sechs«, fügte ich hinzu.

Jason pfiff leise. »Harte Bedingungen. Wirklich harte Bedingungen.«

»Ich nehme an.« Colton zuckte die Achseln, als ob er keinerlei Bedenken hätte. Mistkerl. »Ich bin nicht besorgt, hab trainiert, Gewichte gehoben …«

Ja, das hatte ich bemerkt. Nicht, dass er das vorher nötig gehabt hätte, aber verdammt, war der Mann jetzt gut gebaut.

»Milo? Akzeptierst du Coltons Bedingungen?«

»Absolut.« Ich lächelte zuckersüß. »Ich akzeptiere seine Bedingungen immer – vermutlich, weil ich mir noch nie Sorgen darüber machen musste, sie zu erfüllen. Einmal ein Verlierer …«, ich nahm den Tischtennisball aus dem Korb, »immer ein Verlierer.«

Kapitel 4

Milo

In meiner Vorstellung ähnelte unser Tischtennisspiel extrem dem Film »300«, wenn man mal von Schwertern, Blut und Umhängen absieht.

Ächzen und Flüche flogen durch die vor Anspannung dichte Luft wie Feuerwerkskörper. Ich schlug auf, Colton spielte zurück, und so ging das Spiel hin und her, hin und her.

Ein paar Mal riskierte ich meine körperliche Unversehrtheit, um einen Punkt zu ergattern. Aber meine kleinen Kratzer waren nichts im Vergleich zu seinen Kriegsverletzungen.

Colton stieß sich den Kopf am Tisch, als er einen tiefen Schlag versuchte, und ich war mir ziemlich sicher, dass Jason ein blaues Auge davontragen würde, nachdem ich aus Versehen den Ball in die falsche Richtung gesandt hatte.

»Foul!«, rief Colton.

»Es gibt beim Tischtennis keine Fouls, Mistkerl!«, schrie ich.

»Wow.« Colton hob die Hände. »Wer hat dir denn Feuer unterm Hintern gemacht, Zwerg? Dass du jetzt mit erwachsenen Schimpfwörtern um dich wirfst?«

»Ich kenne erwachsene Schimpfwörter, und ich kann erwachsene Sachen tun.« Innerlich zuckte ich zusammen. Ja, den zweiten Teil hätte ich mir sparen sollen.

Er grinste und stützte sich mit beiden Händen auf den Tisch, während ihm der Schweiß übers Gesicht lief. Wir spielten seit drei Stunden.

Jedes Spiel hatte unentschieden geendet.

»Was für erwachsene Sachen?« Er befeuchtete sich die Lippen.

»Einfach nur …«, meine Kehle war komplett ausgetrocknet, »Sachen.«

»Tiebreak!« Jason nahm sich den Eisbeutel vom Auge und legte ihn auf den Schreibtisch hinter sich.

»Wer den nächsten Punkt macht, gewinnt?«, bot ich an.

»Da habe ich eine bessere Idee.« Colton legte seinen Schläger auf den Tisch und ging darum herum zu mir. »Schlag-die-Hand.«

»Bist du zehn?« Ich verengte die Augen, traute ihm keine Sekunde lang über den Weg.

Colton blickte an sich hinab und hinauf und zuckte dann mit den Achseln. »Seh ich vielleicht aus wie zehn?«

Nein. Teufel, nein. Er sah aus wie … Nun, ich war mir nicht sicher, aber ich musste meinen Mund schließen, bevor ich noch Schnappatmung bekam. Sein Hemd war nassgeschwitzt, und der Stoff klebte an seinen Bauchmuskeln, was mich wiederum völlig aus dem Konzept brachte.

»Schlag-die-Hand.« Jason lachte und riss mich aus meiner Faszination mit Coltons Bauchmuskeln. »Ein Klassiker.«

Colton streckte seine Hände aus, hielt sie aneinandergepresst vor sich. »Ladys first.«

»Was für ein Gentleman«, murmelte ich und hielt meine Hände zu beiden Seiten von seinen.

»Bereit, wenn du bereit bist«, flüsterte er.

Ich warf einen Blick in sein Gesicht. Er verschlang mich förmlich mit den Augen.

Mist.

Er spielte mit mir.

»Hör auf damit.« Meine Kiefermuskeln verkrampften sich.

»Womit?« Er leckte sich wieder die Lippen, nahm sich dieses Mal auch die Zeit, sich auf die Unterlippe zu beißen, auf eine Art, die es unmöglich machte, mir nicht vorzustellen, wie sich seine Zähne auf meinem Körper anfühlen würden.

»Damit.« Ich sah weg. »Und ich bin bereit.«

»Ladys, wollen wir quatschen oder spielen?« Jason stellte sich neben uns und grinste.

»Spielen«, sagten wir gleichzeitig.

Ich zuckte. Colton zog seine Hände zurück, ich zuckte wieder und schlug mit meiner rechten zu, dann mit meiner linken, aber beim dritten Versuch erwischte ich ihn nicht.

»Ich bin dran.«

Colton erwischte mich einmal. Zwei … dreimal. Üblicherweise spielten wir drei Runden, und Jason entschied, wer gewonnen hatte, basierend darauf, wer wie viele erfolgreiche Schläge in den ersten zehn Sekunden gemacht hatte.

»Daneben«, zog ich ihn auf und hüpfte auf und nieder.

Wenige Minuten später seufzte Jason. »Sorry, Kumpel, aber sie hat sechs und du nur vier Schläge, eine Runde noch, dann entscheide ich, wer gewonnen hat.«

Mit einem triumphierenden Grinsen legte ich wieder los. Ich hätte wissen sollen, dass meine Glückssträhne nicht anhalten würde.

Ich zielte auf seine Hände und machte den Fehler, in sein Gesicht zu blicken, gerade als er die Lippen spöttisch zu einem Luftkuss formte.

Ich schlug daneben.

»Wow!«, rief Jason. »Versagen in der ersten Runde, tut mir leid, Kleines, aber du hast verloren.«

»Er hat geschummelt!«, schrie ich.

»Jetzt sei keine schlechte Verliererin«, verlangte Colton und ließ die Hände sinken. Mir war nicht mal klar, dass ich so viel angestaute Wut in mir hatte, bis meine Hand auf seiner Wange landete.

»Verdammt!« Er stolperte zur Seite.

Jason stand der Mund offen. Ich bedeckte meinen mit beiden Händen.

»Zum Teufel, was ist in dich gefahren, Milo!« Er fluchte weiter.

»Ich, ähm …«

Jason schlug die Hände vors Gesicht, als wäre ich eine super peinliche Schande für den Familiennamen, und lachte leise vor sich hin. »Ich hol dir Eis, Kumpel.«

»Danke«, knurrte er, dann blickte er mich an. »Und? Willst du das erklären, Rocky?«

»Du hast mich wütend gemacht?« Ich zog die Nase kraus und brach dann in Gelächter aus. »Tut mir leid! Ich sollte wirklich nicht lachen. Es ist nur … Du hast einen Abdruck meiner Hand genau da.« Ich berührte seine Wange. Er legte eine Hand über meine, drückte sie an seine Haut.

»Du hast mich gebrandmarkt«, scherzte er.

»Tja, jetzt kannst du mir nicht mehr entkommen.« Ich versuchte, einen leichten Ton anzuschlagen – versuchte es und scheiterte. Ich musste wirklich aufhören, auf seinen Mund zu starren. Sonst würden schlimme Dinge passieren. Eine Frau konnte sich in Gegenwart des anderen Geschlechts nur eine gewisse Zeit lang beherrschen, bevor sie sich auf denjenigen stürzte, der gerade greifbar war.

»Wer sagt denn, dass ich das will?«

»Was will?« Verwirrt schüttelte ich den Kopf.

»Entkommen.« Seine Augen hatten sich verdunkelt, während er einen Schritt auf mich zu machte, den Abstand zwischen uns reduzierte.

Die Luft um uns herum verdichtete sich. Meine Hand unter seiner brannte. Mit einem Fluch umfasste er meinen

Hinterkopf, und dann fanden sich unsere Münder in einem heftigen Kuss, einem, von dem ich wusste, dass ich ihn niemals vergessen würde.

Sein Mund eroberte meinen. Ich reckte mich ihm entgegen, und dann überwältigten mich die Gefühle, die er in mir hervorrief.

»Hier ist dein Eis!«, rief Jason vom oberen Treppenabsatz aus.

Colton gab mich ebenso unvermittelt frei, wie er mich gepackt hatte. Adrenalin rauschte durch meine Adern, machte es mir unmöglich, mich normal zu verhalten. Atmen war so gut wie ausgeschlossen, denn ich fürchtete, ich würde beim Einatmen zu viele Geräusche machen, und wenn ich ausatmete, würde er genau wissen, dass das, was er gerade getan hatte, jede einzelne Faser meines Körpers verändert hatte und mich wehrlos und voller Begehren zurückließ. Ich starrte ihn an, wartete darauf, dass er die Worte aussprach, nach denen ich mich mein Leben lang gesehnt hatte.

Ich meine, ich erwartete keinen Heiratsantrag oder eine Liebeserklärung. Einfach nur ein Eingeständnis unserer gegenseitigen Anziehung wäre nett gewesen.

Aber er sagte nichts. Stattdessen sah er zu Boden. Sein Gesicht war eine undurchdringliche Maske, sein Blick, eben noch so intensiv, war nicht einmal mehr auf mich gerichtet, sein Mund war zu einer grimmigen Linie verzogen, als wäre er enttäuscht.

»Hey!« Jason erreichte den Fuß der Treppe und legte Eis und Handtuch auf den Tisch. »Dad braucht mal wieder Hilfe mit dem Fernseher. Ich bin gleich zurück. Bringt euch nicht gegenseitig um, während ich weg bin.«

Ich lachte schwach und winkte ihn fort.

Colton sagte immer noch nichts.

Mit einem tiefen Ausatmen ging ich zum Tisch, schnappte mir das Eis und drückte es ihm schwungvoll gegen das Gesicht.

»Verdammt, Milo, könntest du etwas weniger gewalttätig sein? Bitte?«

»Tut mir leid.« Meine Stimme klang kleinlaut. Ich fühlte mich kleinlaut. Wir hatten hier ein Riesenproblem!

»Also.« Colton trat einen Schritt zurück. »Ich, äh, tut mir leid. Ich weiß nicht, was da über mich gekommen ist.«

»Es tut dir leid«, wiederholte ich und fühlte mich furchtbar. »Was genau?«

»Hör zu …« Colton fluchte und rieb sich die Augen. »Ich hätte das nicht tun dürfen. Du bist die kleine Schwester meines besten Freundes. Verdammt, du bist so was wie meine Schwester, verstehst du?«

Der Mund stand mir offen. Auch das noch. Auf keinen Fall würde ich zulassen, dass er jetzt wieder die Schwesternkarte ausspielte! Eines Tages würde ich diese blöde Karte finden, sie in winzige Stückchen reißen, mit einem Fluch belegen und neben seinem Leichnam verscharren. Okay, das war etwas extrem, aber ich hasste diese Karte. Hasste sie mehr als Erbsen, und das wollte was heißen. Erbsen hatten keine Existenzberechtigung. Überhaupt gar keine.

»Nein, nein.« Er schüttelte den Kopf. »Nicht so. Ich will nur sagen, ich kenne dich seit Ewigkeiten, und es tut mir leid. Ich habe … eine Grenze überschritten. Das hätte niemals geschehen dürfen.« Er fluchte wieder. »Wenn ich es rückgängig machen könnte, würde ich das tun.«

Wenn er es rückgängig machen könnte, würde er es tun? Das war schlimmer als zu sagen, es täte ihm leid! Da würde ich noch lieber von meinem eigenen Auto überfahren werden – oder in einer Massenpanik niedergetrampelt.

Mir schnürte sich die Kehle zu.

Ich bemühte mich, die Tränen zurückzuhalten, ich versuchte es wirklich. Stattdessen strömten sie mir so schnell über die Wangen, dass ich nicht mal Zeit hatte, sie wegzuwischen, bevor Colton sie bemerkte.

»Verdammt, Milo.« Er zog mich in seine Arme. »Wein doch nicht.«

Ich versuchte, mich ihm zu entziehen, aber er hielt mich fest an sich gedrückt.

»Nein, ist nicht wegen dir.« Ich konnte mich endlich aus seiner Umarmung winden. »Es ist nur, ähm …« Denk nach, Milo, denk nach. »Es ist nur, ich habe noch nie jemanden hintergangen, und ich fühle mich schlecht.«

Ein Goldsternchen für Milo.

»Hintergangen?« Verwirrt zog Colton die Brauen zusammen. »Was meinst du mit hintergangen?«

»Max.« Ja, der würde mich umbringen. »Wir waren all die Jahre mal zusammen, mal wieder nicht und, na ja, gerade sind wir sozusagen wieder zusammen und … ich werde ihm das sagen müssen … Du hast recht, Colton, das hätte nie passieren dürfen.« Ja, die Bitterkeit in meiner Stimme war unüberhörbar. Und der Oscar geht an …

»Milo …« Colton fluchte und fing an, vor mir auf und ab zu laufen. »Ich werde es ihm sagen, gib mir dein Handy.«

»Nein!«, schrie ich. »Ich, äh, ich meine, das sollte ich persönlich tun. Ich fühle mich schon so schlecht genug.«

Der Hundebellen-Klingelton ertönte.

Verflixt, Max!

»Da solltest du drangehen.« Colton nickte in Richtung meiner Tasche.

»Mailbox.«

»Das ist dein Freund.«

»Woher weißt du das?«

»Derselbe Klingelton und geraten.«

»Und?«

Colton verdrehte die Augen. »Sei erwachsen, Milo, geh an das verdammte Handy.«

Mit zitternden Händen zog ich das Telefon hervor und tippte auf »Annehmen«. »Hey, Baby.«

»Oh-oh, was hast du getan?«

»Ja, ich vermisse dich auch.«

»Milo, sag meinen Namen, wenn du etwas wirklich Dummes und Unverzeihliches getan hast, wie damals als du behauptet hast, ich würde mir keinen Splitter in den Hintern jagen, wenn ich den Holzschlitten benutze.«

»Max …«, schnurrte ich in dem Bemühen, sexy zu klingen. Colton lehnte sich vor, als wollte er unser Gespräch mithören. Ich funkelte ihn an und hoffte, er würde sich zurückziehen, mir etwas Raum geben.

»Verdammter Mist. Oh, sieh mal, ein Wolf! Was? Wie war das? Du willst mich ihm zum Fraß vorwerfen?«

»Also, hör mir zu … Du weißt, ich liebe dich.«

»Ich hasse dich so sehr, genau jetzt.«

Ich zwang mich zu einem Lächeln. »Aber ich habe vielleicht etwas wirklich Dummes getan …«

»Ich bin geschockt. Echt. Mir ist fast das Herz stehengeblieben.«

»… und einen anderen Mann geküsst. Aber um fair zu bleiben, er hat mich geküsst.«

»Willst du, dass ich rumschreie?«

»Ja!«

»Oh, welch grausamer Schmerz!«, rief Max. »Diese Qual in meinem Herzen! Es stirbt. Ich sterbe, du hast mich umgebracht! Du hast uns umgebracht! Bedeuten wir dir denn gar nichts? Ich habe dir eine Aloe-Vera-Pflanze gekauft, Milo! Weißt du überhaupt, was die bedeuten?«

»Ähhh.«

Colton streckte eine Hand aus. »Gib mir das Handy. Ich kläre das.«

»Nein«, wehrte ich ab.

»Nein!«, schrie Max. »Okay, lass mich das erklären. Aloe Vera bedeutet heilen, es bedeutet Liebe, und ich habe dir ein Stück meines Herzens geschenkt, damit du mich heilst und nicht mit deinem Mercedes überfährst!«

Colton gewann den Kampf ums Handy und riss es mir aus den Fingern. »Hör zu, es ist meine Schuld gewesen, okay.« Er verengte die Augen, und dann begann er zu lachen. »Oh, ja, das stimmt. Ja. Echt, Mann, du solltest unbedingt herkommen. Ja, das wäre fantastisch.«

Nein. Nein. Nein. Nein. Ich versuchte, das Handy zurückzuerobern, während Colton damit davonspazierte. »Sicher, Mann, ja, und noch mal, es tut mir leid, Kumpel, wirklich. Ich hab echt keine Ahnung, was da über mich gekommen ist.« Er lächelte mir zu. »Na klar ist sie das. Okay, das sag ich ihr.«

Er drückte auf »Beenden«, immer noch mit einem Lächeln im Gesicht. »Netter Typ.«

Jetzt war es offiziell. Ich hasste alle Männer.

Colton gab mir das Handy. »Oh, und er hat gesagt, du sollst ihn anrufen. Er meinte, er wollte dich überraschen und zur Hochzeit hier auftauchen, als dein Date, jetzt, wo die Lage so … heikel ist.« Er hüstelte. »Ich hab ihm gesagt, das wäre eine tolle Idee. Außerdem bist du vermutlich noch sauer auf mich, nachdem ich dich so mies behandelt habe. Du solltest auf jeden Fall ein Date für die Hochzeit haben.«

Verdammt sollte der Mann sein, dafür, dass er immer weiter auf meinem Herz herumtrampelte, als wäre es nichts als Dreck und er eine beschissene Armee, die die Burg eines anderen Mädchens eroberte.

»Klar.« Ich zwang das Wort über meine Lippen und schwor mir, ich würde nicht wieder weinen.

»Genau.« Colton nickte und schaute weg. »Ich sollte, äh, gehen und Jason helfen. Danke für …« Er hielt inne. »Gute Nacht, Milo.«

Kapitel 5

Milo

Colton für den Rest des Abends aus dem Weg zu gehen war unmöglich. Meine Eltern glaubten fest daran, abends alles gemeinsam zu machen – und ich meine wirklich alles. Als ich also sagte, ich würde lieber früh zu Bett gehen, statt mit allen zusammen einen Film anzusehen, erntete ich großes Geschrei, bis ich schließlich einwilligte, wenigstens die erste Hälfte mitzuschauen.

Jason machte Popcorn in der Küche – oben ohne. So machte er alles. Früher hat es mich gestört, dass er halb nackt Essen zubereitete. Andererseits war es nicht so, als hätte er eine problematische Brust- und Rückenbehaarung. Ich könnte schwören, dass er sie mit Wachs entfernte, aber das stritt er entschieden ab.

Ich neigte den Kopf, während er vor der Mikrowelle mit dem Hintern wackelte und dann weiter zu dem neuesten, irren Beat in seinem Kopf tanzte.

Mädchen waren schon immer auf ihn geflogen.

Ich hatte das nie verstanden.

Ich meine, klar, er hatte diesen olivfarbenen Teint und die leuchtenden Augen, die für ihn sprachen – dank meiner spanischen Großeltern –, aber trotzdem. Für mich war er einfach nur Jason.

Andererseits war er ja mein Bruder, also wäre Verständnis für diese ganze Anziehungssache vermutlich … schwierig.

Ich drehte mich weg und suchte im Kühlschrank nach einer Limo. Was ich wirklich wollte, war meinen Kummer in etwas Stärkerem ertränken, aber mich vor meinen Eltern betrinken, nur weil der Schwarm meiner Kindheit mich geküsst und zum Weinen gebracht hatte, nachdem wir Tischtennis und Schlag-die-Hand gespielt hatten? Genau … diese Vorstellung deprimierte mich nur noch mehr. Wenn man dann noch diese »du bist wie eine Schwester für mich«-Ansage hinzunahm, tja, sagen wir einfach, ich würde keine sehr amüsante Betrunkene sein. Das war das Letzte, was meine Eltern am Hochzeitswochenende brauchen konnten.

»Zwerg.« Colton gab mir mit einem Handtuch einen Klaps auf den Hintern und ging einfach so weiter.

Als wäre rein gar nichts passiert.

Ich umklammerte die Kühlschranktür so fest, dass meine Fingerknöchel weiß wurden.

»Also, was hat sie gesagt?«, fragte Jason hinter mir.

»Sie meinte, kein Problem.«

»Hab ich dir doch gesagt, dass sie dein Date sein würde.«

Die Limo-Dose, nach der ich gerade gegriffen hatte, landete mit einem dumpfen Aufschlag auf den Küchenboden. Schnell hob ich sie auf und schloss die Kühlschranktür, während ich weiter lauschte.

»Sie ist heiß«, fuhr Jason fort. »Ihr zwei werdet Spaß haben.«

»Da bin ich sicher«, sagte Colton, klang aber ganz und gar nicht überzeugt.

»Date?«, unterbrach ich und hielt mir die Dose vors Gesicht.

»Ja.« Colton nickte. »Da du ja Max hast und so … Eigentlich hättest du mein Date für die Hochzeit sein sollen, weißt du noch?«

Nein. Daran hatte ich nicht mehr gedacht. In der Hitze des Gefechts hatte ich schlicht versucht zu überleben. Ich hatte eine riesengroße Lüge erfunden, um meine verletzten Gefühle zu verbergen, und hatte es geschafft, mir selbst ins Knie zu schießen, nicht dass das eine Rolle spielte, denn eigentlich hatte Max die Pistole gehalten und den Abzug gedrückt! Ich hatte ihm eine klare Anweisung gegeben: Lüg! Und er hatte es fertig gebracht, sich selbst zur Hochzeit einzuladen. Am liebsten würde ich ihn erwürgen.

»Klar«, presste ich hervor.

»Siehst du?« Jason tätschelte mir den Rücken. »Passt alles perfekt.«

»Ja … alles super.« Ich machte die Dose auf.

Und schon spritzte mir zur Belohnung Limo über Gesicht und die weiße Bluse.

Die Jungs brachen in Gelächter aus.

Und zum zweiten Mal an diesem Abend wollte ich weinen.

Nichts hatte sich geändert. Nichts. Für Colton war ich eine Art geschlechtslose Freundin und selbst wenn die geringste Chance bestünde, dass er mehr wollte, war er zu feige, das zuzugeben.

»Blöde Idioten«, murmelte ich vor mich hin. »Ich geh duschen.«

»Brauchst du Hilfe, um in die Dusche zu kommen, ohne dich langzulegen, Zwerg?« Coltons Augen funkelten belustigt.

»Klar.« Ich starrte ihn wütend an. »Bietest du an, mir beim Ausziehen und Einseifen zu helfen, Colt?«

Sein Lächeln erlosch.

Jason sah mich an, als hätte ich ihm gerade gesagt, ich stünde auf Frauen.

»Eben.« Ich nickte. »Hab ich auch nicht gedacht. Gute Nacht, Jungs.«

Ich marschierte aus der Küche, beschämt, traurig, aufgewühlt und wütend.

Max hier zu haben würde nicht helfen, aber wenigstens würde es mich davon ablenken, dass mich der Typ, für den ich seit der Mittelstufe schwärmte, zurückgewiesen hatte. Und dieses Mal, nachdem er mich geküsst hatte.

* * *

In dieser Nacht schlief ich beschissen – was erneut bewies, wie recht ich hatte. Zur Hölle mit allen Männern. Meine Albträume wechselten zwischen Coltons Zurückweisung und Träumen von Max, der auf einer blöden Aloe-Vera-Pflanze angeritten kam, um mich zu retten.

Stöhnend warf ich mich hin und her, ehe ich schließlich gegen zwei Uhr morgens in einen tiefen Schlaf fiel.

»Feuer!«, durchdrang eine Stimme meine Träume. »Wach auf!«

Ich sprang aus dem Bett und erblickte Max, der gelassen am Fußende stand. Er hielt zwei Starbucks-Becher in den Händen, hatte eine hautenge, schwarze Jeans an, ein blaues T-Shirt mit V-Ausschnitt und ein Lächeln im Gesicht, das aussah, als gehörte es auf das Cover von GQ.

»Hey, du bist wach.« Sein Grinsen wurde noch breiter.

»Ja, komisch, ich hab gedacht, es brennt.«

Er reichte mir den Kaffee. »Ist doch so. Du landest doch bestimmt in der Hölle.«

»Wie bitte?«

»Weil du eine Lügnerin bist.« Er tätschelte mir das Bein und schüttelte den Kopf. »Will ich überhaupt wissen, wie das alles gekommen ist? Oder war es schlicht das Übliche?«

»Das Übliche?« Meine Stimme klang rau. Ich nahm einen großen Schluck Kaffee – was Wunder für meine Laune bewirkte.

»Ja, das übliche ›Milo flippt aus‹, wenn du sprichst, bevor du nachdenkst. Üblicherweise begleitet von viel Gefluche, Herumgeschreie, manchmal kommt es dabei sogar zu Handgreiflichkeiten, und ich bin immer derjenige, der es dann wieder richten muss.«

Mein Gesicht wurde brennend rot.

Max nickte. »Das Übliche also. Erwischt.«

»Warum bist du hier? Wie spät ist es eigentlich?«

»Fünf Uhr früh«, antwortete er. »Deine Mom ist übrigens eine ganz Schlimme. Ich schwöre, sie hat mir auf den Hintern gestarrt, als ich die Treppe hochgegangen bin.«

»Hat sie nicht.«

»Dein Dad hat auch gestarrt. Ich wette zehn Mäuse, dass deine Mom fragen wird, wo ich die Jeans gekauft habe, damit sie ihm eine besorgen kann. Oh, und nebenbei gesagt, du schuldest mir was. Ich hatte endlich das Starbucks-Mädchen um eine Verabredung gebeten, die ich dann absagen musste, weil meine andere Freundin«, seine Augen verengten sich, »einen Notfall hat.«

Ich zuckte zusammen. »Bitte sag mir, dass du ihr das nicht so erklärt hast.«

»Natürlich nicht. Ich hab gesagt, meine kleine, asthmatische Schwester hatte einen Anfall und wäre um ein Haar mit meinem Namen auf den Lippen gestorben.«

»Du hast keine Schwester.«

»Die kleine Maddie hat so laut geschrien, und alles, was sie wollte, war ihr großer Bruder Max.«

»Wer ist Maddie?«

»Und ich kann ihr unmöglich das eine verweigern, das sie im Leben will, das eine, was sie weiterleben lässt.« Max wischte sich eine falsche Träne von der Wange. »Ich bin ein gebrochener Mann, Milo, und Schwestern sind nun mal wichtiger als Verabredungen.«

»Ich bin sicher, sie war sehr verständnisvoll.«

Max grinste. »Das könnte man so sagen.«

»Widerlich.«

»Was?« Er hob beide Hände. »Ich bin ein Kerl. Nur weil du mich in deinem ersten Jahr am College mit dem Label ›schwuler Freund‹ belegt hast, macht mich das noch lange nicht dazu.«

Okay, ich hatte eine wohlbehütete Kindheit gehabt. Verklag mich doch! Als ich Max zum ersten Mal gesehen habe, hätte ich mich fast an meiner eigenen Zunge verschluckt. Er sah umwerfend aus und war wie ein Rockstar gekleidet. Obwohl er in der ersten Zeit unserer Freundschaft vier Mal versucht hat, mich rumzukriegen, konnten ihn meine Ablehnungen nicht davon abbringen, mit mir befreundet sein zu wollen. Jedes Mal, wenn ich ihn zurückgewiesen habe, lag es daran, dass ich Colton einfach nicht vergessen konnte. Schließlich gab er auf und erklärte, wenn er schon keinen Erfolg bei mir haben könne, wolle er wenigstens anderen dabei helfen, mich ins Bett zu kriegen. Nicht gerade romantisch, aber so war Max eben – unverblümt, direkt, unmöglich und irgendwie großartig. Wegen seiner stark metrosexuellen Anwandlungen, lernte ich schließlich die Kunst der Haarentfernung mit Wachs und wurde immer auf die besten Partys eingeladen. Von unserer Freundschaft profitierten wir beide, denn Frauen hielten ihn für loyal, obwohl er das tatsächlich nur zwei weiblichen Wesen gegenüber war, seiner Hündin Homeslice und mir. Und wenn es um Verabredungen ging, war er äußerst nützlich dabei, die gruseligen Typen abzuschrecken.

»Also …« Max stellte seinen Kaffeebecher auf dem Nachttisch ab und zog mich in seine Arme. Wir legten uns zusammen aufs Bett. »Was ist passiert?«

Ich stöhnte.

»Milo …«

»Er hat mich geküsst.«

Max hob eine Hand, damit ich einschlagen konnte. Ich drückte sie weg. »Was ist? Sind wir nicht begeistert davon?«

»Nein, sind wir nicht.«

»Erzähl weiter.«

»Er hat gesagt, wenn er es zurücknehmen könnte, würde er das tun.«

Er verzog das Gesicht. »Dieser Mistkerl … Das hat er laut gesagt? Nachdem er dich geküsst hat, hat er das gesagt?«

Ich nickte.

»Hast du ihm in die Eier getreten?«

Ich schüttelte den Kopf.

»Sie gepackt und dran gezogen?«

Wieder schüttelte ich den Kopf.

»Verdammt, Süße. Das ist wirklich bitter. Also gut, wie bin ich ins Spiel gekommen?«

»Na ja.« Ich rieb Max' Arm. »Ich habe geweint.«

»Verdammt.«

»Und ich wollte nicht, dass er glaubt, ich würde wegen ihm heulen. Ich meine, das wäre eine Verschwendung von Tränen gewesen, oder?«

Max küsste mich auf eine Augenbraue. »Absolut.«

»Also habe ich gesagt, ich würde heulen, weil ich noch nie jemanden hintergangen habe, und dann habe ich gesagt, du und ich würden miteinander gehen, und tja …«

»Nicht die beste Lüge, auf die du je gekommen bist«, verkündete Max nach ein paar Augenblicken des Schweigens.

»Ich schiebe das auf das dreistündige Tischtennisturnier.«

»Krasse Nummer, sag mir, dass du gewonnen hast.«

»Hatte einen schlechten Tag«, murmelte ich.

»Oh, Baby.« Max lachte und zog mich hoch, sodass wir nebeneinander saßen. »Mach dir keine Sorgen, ich werde dir helfen. Außerdem gebe ich tatsächlich einen glaubhaften Rivalen ab, also sollte das kein Problem sein.«

»Nichts für ungut, Max.« Ich tätschelte ihm ein Bein. »Aber du bist einfach …«

»Was?«

»Ich meine, ich sehe dich nicht als …«

Max warf den Kopf zurück und lachte. »Ich bin ein Mann. Mir ist egal, wie du mich jetzt siehst, denn das wird sich in den nächsten drei Tagen ändern. Ich drehe meinen Charme sonst nicht auf, wenn ich mit dir zusammen bin – hauptsächlich weil es mich nicht kümmert, was du über mich denkst.«

Ich griff mir mit einer Hand ans Herz und seufzte theatralisch. »Du bist so ein süßer Kerl.«

»Halt die Klappe.« Er nahm seinen Kaffeebecher und stieß mit mir an. »Eifersucht ist die beste Methode, um jemanden dazu zu bringen, sich seine Gefühle einzugestehen. Glaub mir, am Ende dieses Wochenendes wird er dich um einen zweiten Kuss anflehen.«

»Und wenn nicht?« Ich sank in mich zusammen und nahm einen Riesenschluck Kaffee, als wäre Whisky darin.

Max hob mein Kinn an. »Dann ist er ein Idiot und verdient dich gar nicht erst.«

»Ehrlich?«

»Ehrlich.« Er lächelte dieses strahlende Lächeln, von dem ich mir sicher war, es hatte die Starbucks-Lady dazu gebracht, sich vor ihm auszuziehen. Sein geschwungener Mund und die tiefen Grübchen würden jede dahinschmelzen lassen. Vielleicht würde das funktionieren – es musste funktionieren. Denn wenn nicht, nun, dann würde das bedeuten, ich wäre eine dieser verzweifelten Frauen, die nicht wussten, wann es Zeit war, aufzuhören.

»Okay.«

»Und jetzt.« Max stand auf. »Ziehen wir dich an und bereiten dich fürs Frühstück vor. Wir müssen einen Mann in die Falle locken.«

Ich lachte. Und er fragte sich, warum ich ihn nach unserem ersten Kennenlernen als uninteressiert eingestuft hatte?

Kapitel 6

MILO

»Denk an das, was ich dir gesagt habe«, instruierte Max mich, während wir Händchen haltend die Treppen hinuntergingen. »Wenn ich dich küsse, darfst du mich nicht wegstoßen … und auf keinen Fall dieses Gekicher.«

»Dieses Gekicher?« Ich drückte seine Hand fester. »Ich habe keine Ahnung, wovon du redest.«

»Wenn du super nervös wirst und dich schräg fühlst, kicherst du wie ein Kleinkind. Ist höllisch süß, aber er kennt dich wirklich gut – er wird das sofort durchschauen. Außerdem verletzt es irgendwie die Gefühle eines Mannes, wenn die Frau anfängt zu kichern, nachdem er ihr die Zunge in den Hals gesteckt hat.«

Ich verdrehte die Augen. »Du bist so romantisch, Max.«

»Wir sind uns also einig, was das Gekicher angeht?«

»Klar«, grummelte ich. »Klar wie …«

Und schon verschloss mir Max den Mund mit seinem. Ich bekämpfte den Drang, ihn wegzuschubsen. Es musste einen guten Grund dafür geben, nicht wahr? So wie: Colton kam gerade um die Ecke und …

Grundgütiger Gott. Was machte er da mit seiner Zunge?

Max zog sich zurück, die vollen Lippen zu einem Lächeln verzogen. »Gut gemacht, Schwein, gut gemacht.«

»Bitte sag mir, du zitierst einen Film und nennst mich nicht fett.«

»Das einzige Fett, das du am Körper hast, ist das in deinem Hirn, immer dann, wenn du einen sportlichen Wettkampf beginnst.«

»Nett.«

»Guter Kuss.« Max drückte meine Hand.

»Warte!« Ich fuhr herum und stieß ihn gegen die Schulter. »Was sollte das?«

»Ich musste doch einen Testlauf machen.«

»Das war ein Test?«

»Jap.« Er zog mich Richtung Küche.

Ich sträubte mich, weiterzugehen. »Und, habe ich bestanden?«

Max drehte sich zu mir um. Seine stahlgrauen Augen musterten mich von oben bis unten. »Vielleicht muss ich das noch mal überprüfen.«

Mit offenem Mund verfolgte ich, wie mein bester Freund sich in den Typ verwandelte, über den alle Frauen auf dem Campus Briefe nach Hause schrieben. Mein Herz begann zu rasen, während jeder Zentimeter meines Körpers unter Max' Blick prickelte. Selbst die Art, wie er ging, brachte mich dazu, ihn erneut küssen zu wollen.

Er kam selbstsicher in die Küche, zog mich an sich und küsste mich ein zweites Mal.

Direkt vor Colton und Jason.

Mit einem Knurren drängte er mich gegen den Kühlschrank, in den ich gestern fast geheult hätte, und gab mich dann frei. »Du schmeckst süß«, murmelte er, unmittelbar bevor seine Lippen wieder auf meine trafen.

»Und … mir ist der Appetit vergangen.« Jason fluchte. »Macht es dir was aus, uns deinen …«, er schüttelte den Kopf, »Bekannten vorzustellen?«

Max drehte sich um und musterte sowohl meinen Bruder als auch Colton, der die ganze Zeit über stumm geblieben war.

Zu dumm, dass ich nie eine Leidenschaft für Instagram entwickelt hatte – das Bild der drei, wie sie einander anfunkelten, hätte sich in Windeseile verbreitet.

Mir war nie aufgefallen, wie groß Max war. Genauso groß wie Jason und nur knappe drei Zentimeter kleiner als Colton.

»Freund. Und du musst … Jason sein?« Max streckte die Hand aus.

Jason schüttelte sie. »Stimmt.«

Max blickte Colton konzentriert an, als bemühte er sich krampfhaft, sich an etwas zu erinnern. Ich musste mir ein Lachen verkneifen. Er wusste genau, wer Colton war. »Und … Carlton?«

»Colton«, erwiderte der mit zusammengebissenen Zähnen. »Wie schön, dass du es hergeschafft hast.«

»Na«, Max zog mich an seine Seite. »Was für ein Freund würde ich denn sein, wenn ich die Liebe meines Lebens im Stich lassen würde, wenn sie mich am nötigsten braucht?« Er drückte meine Schulter, worauf ich ihn in die Seite kniff.

Er zuckte zurück und ließ mich los. »Also, was steht heute auf dem Plan?«

»Oh, Gott sei Dank, ihr seid alle schon wach!« Mom kam in die Küche. Sie sah aus, als hätte sie seit Wochen nicht geschlafen.

Schwungvoll ließ sie das Riesenbuch wieder auf den Tisch fallen und begann, auf Sachen zu zeigen.

»Jason, du musst damit anfangen, die Tische hinten im Garten aufzustellen. Colton, du holst die Stühle. Max, du kümmerst dich mit Milo um die Tafelaufsätze für den Empfang. Die Zelte haben Heizpilze, aber die sind noch nicht geliefert worden, und wir werden dasselbe Zelt für die Zeremonie und den Empfang nutzen, also werdet ihr heute Abend alles abbauen und morgen früh den Koordinatoren beim Aufbau helfen müssen. Der Junggesellenabschied findet direkt im Anschluss an die Probe statt, die Brautparty ist außerhalb an einem noch nicht bekannt gegebenen Ort geplant. Ich habe den Kühlschrank mit Wasser vollgepackt und zwei Kisten Proteinriegel gekauft. Wenn euch aus irgendeinem Grund schwindelig wird, setzt euch auf den Rasen und arbeitet weiter. Irgendwelche Fragen?«

Ich hob eine Hand.

»Milo?«

»Wo ist die Braut?«

»Jayne?« Mom nickte. »Sie bereitet sich für heute Abend vor. Außerdem habe ich ihr gesagt, das hier ist ihr Wochenende, und ihre Eltern haben mir beigepflichtet. Die Braut sollte keinen Finger krumm machen müssen. Sie bezahlen, wir erledigen die Arbeit.«

»Ich habe mal eine Jayne gekannt«, warf Max sehnsüchtig ein.

Ich stieß ihm mit dem Ellbogen in die Rippen.

»Weitere Fragen?«

Jason hob die Hand.

»Ja?« Mom klang verärgert.

»Was macht Dad?«

»Dad«, sagte Dad, der gerade die Küche betrat, »geht in eine Bar.«

»Ich auch!«, riefen alle drei Jungs gleichzeitig.

Das war jetzt ja wohl nicht wahr, oder?

»Er scherzt.« Mom blickte ihn irritiert an. »Er hilft beim Zeltaufbau.« Sie räusperte sich. »Also, noch mehr Fragen?«

Max hob eine Hand, auch wenn ich mit allen Mitteln versuchte, ihn daran zu hindern.

»Max?«

»Ist nicht wirklich eine Frage, eher ein Kompliment.«

»Oh?«

»Hat Ihnen schon mal jemand gesagt, wie wunderschön Sie sind, wenn Sie Anweisungen geben? Erinnert mich sehr an Milo. Jetzt weiß ich, woher sie ihre Gabe, wie ich sie nenne, Furcht und Schrecken zu verbreiten, hat.«

Ich stöhnte in meine Hände, während Mom und Dad lachten.

»Du weißt, dass das stimmt, Baby.« Max schlang die Arme um mich. »Komm schon, du hast letztes Semester einen Professor zum Weinen gebracht.«

»Jetzt ist aber genug.« Ich lachte verlegen.

Colton schnaubte. »Du hast einen Professor zum Weinen gebracht?«

»Um fair zu bleiben, es war ein Assistenzprofessor, und er war sehr … empfindlich«, murmelte ich. Ich würde Max umbringen. Umbringen!

»Macht einen Mann stolz.« Max nickte. »Jedenfalls, ich bin hier um zu helfen, wo ich nur kann.«

Mom strahlte.

Dad gab einen unbestimmten Laut von sich.

Und Colton wirkte, als würde er jeden Moment, Feuer speien und Max an Ort und Stelle versengen.

»Also …« Mom schlug das Buch so energisch zu, dass es durch die Küche hallte. »Esst etwas Müsli, schnappt euch ein paar Proteinriegel und …« Sie warf einen Blick auf ihre Uhr. »Die Hochzeitsplaner sollten jeden Augenblick hier sein! Alle auf ihre Plätze! Äh, könnt ihr eventuell gleichzeitig essen und gehen?«

»Als wären wir in einem Musical«, flüsterte Max mir zu.

Ich öffnete den Mund.

Er hielt ihn mir mit einer Hand zu. »Fang an zu singen, und ich werde dafür sorgen, dass du dir wünschst, ich hätte dir wirklich eine Aloe Vera geschenkt.«

»Stimmt was nicht?« Colton kam heran, die Hände in den Hosentaschen, die Kiefer angespannt.

Ich biss Max in die Hand.

Mit einem Aufschrei zog er sie zurück.

»Nö!« Ich strahlte, gerade als Max sagte: »Sie liebt es, mich zu beißen.«

Heilige Scheiße.

Coltons Nasenlöcher weiteten sich, bevor er sich mit einem leisen Lachen abwandte. »Ich verstehe genau, was hier gespielt wird.«

»Ach ja?«, stießen Max und ich gemeinsam aus.

»Jap.« Colton begann, so heftig zu lachen, dass er sich am Tisch festhalten musste. »Milo, warum hast du nicht einfach was gesagt?«

»Was gesagt?« Ich war ernsthaft verwirrt. War er high?

»Du lügst, Milo.« Coltons Augen zogen sich amüsiert zusammen. »Du wirst immer rot, wenn du lügst, und du kratzt dich dabei im Gesicht. Als hättest du einen nervösen Tick. Was geht hier vor?«

»Nichts«, sagten Max und ich gemeinsam.

Jason tauchte hinter Colton auf. »Bist du damit durch, den Freund meiner Schwester zu verhören?«

»Ähm, ja.« Colton drehte sich um, aber nicht bevor er erst auf Max, dann auf mich gedeutet hatte. »Ich hab euch im Visier.« Großartig, wir bekamen beide die De-Niro-Behandlung.

Als die beiden die Küche verlassen hatten, seufzten wir erleichtert auf.

»Was zum Teufel ist mit dir los?« Max schubste mich sanft. »Alles lief rund, bis du angefangen hast, mich zu treten und zu stoßen!«

»Du hast meine Mom angemacht!«

»Sie ist eine bildhübsche Frau!«, gab er zurück.

»O mein Gott.« Ich ließ mich auf einen der Stühle fallen und stöhnte. »Das ist eine Katastrophe.«

»Gar nicht.« Max schüttelte den Kopf. »Du musst nur überzeugender sein. Ich meine, würde es dich umbringen, mich als vögelbar zu betrachten?«

»Vögelbar? Was soll das überhaupt heißen?«

»Es reicht.« Max schnappte sich meine Hand und zog mich die Diele entlang. »Wo ist das Badezimmer?«

»Äh …« Ich deutete auf die entsprechende Tür.

Mit einem Ruck bugsierte er mich in das Badezimmer unter der Treppe und schloss die Tür. Wörter und Geräusche kamen aus seinem Mund, aber ich konnte nichts davon verstehen. Max drückte mich gegen die Tür und zeigte mit einem Finger auf mein Gesicht. »Ich werde dich küssen, verdammt, und es wird dir gefallen. Und ich werde mein Hemd ausziehen, und du wirst mich anfassen und aufhören, so nervös zu sein, oder ich werde dich, so wahr mir Gott helfe, über dieses Sofa im Wohnzimmer legen und dir deinen sexy Hintern versohlen.«

Ich stand schockstarr da. »Wo kommt das denn her?«

»Von tief drinnen.« Max blickte mich an und grinste. »Ich habe viele Gefühle, und ich habe die Nase davon voll, dass du mich ansiehst, als hätte ich keinen Penis. Ich mag ja an deine Unschuld gewöhnt sein, aber einfach für meinen Stolz, tu bitte so, als fändest du mich attraktiv. Jetzt schließ deine verdammten Augen.«

»Hör auf zu fluchen.«

»Hör auf, so schwierig zu sein! Ich will dir helfen. Und hör auf, so herumzuzappeln. Verdammt, nimm eine Beruhigungspille oder irgendwas.«

»Max.« Ich schloss die Augen und schnaubte. »Das wird nicht …«

Meine Hand landete auf etwas Hartem.

Ich blinzelte und öffnete die Augen.

Seit wann hatte er ein Sixpack?

Ich neigte den Kopf, um besser sehen zu können. Seine Haut war weich, aber straff, jeder einzelne Muskel so fein definiert, dass es mich in den Fingern juckte, sie zu erkunden.

»Oh, sieh nur, er ist tatsächlich ein Mann«, sagte Max, gelangweilt klingend. »Ich bin nicht dein geschlechtsneutraler Freund. Ich bin nicht dein verdammter Bruder. Ich bin nicht dein schwuler Freund. Und gerade jetzt denke ich ganz bestimmt an nichts anderes als daran, wie gut sich deine Hände auf meiner Haut anfühlen. Also werde ich dich küssen, und du wirst so reagieren, als würde dich die Vorstellung von meinen Lippen auf deinen nicht zum Weinen bringen – und du wirst es mögen.«

»Ich werde es mögen«, wiederholte ich.

»Braves Mädchen.« Seine Augen leuchteten auf, und dann küsste er mich wieder, nur dass dieses Mal sein Körper in Flammen zu stehen schien, während er sich an mich drückte. Ich spürte jede Erhebung seiner Bauchmuskeln; die gesamte Länge seines Körpers war mehr als umwerfend.

Langsam schlang ich ihm die Arme um den Nacken und zog ihn noch näher zu mir.

KAPITEL 7

COLTON

»Ich kann ihn nicht leiden«, sagte ich zum zehnten Mal, während Jason und ich die Tische aufstellten.

»Mann!« Jason verdrehte die Augen. »Was spielt das für eine Rolle? Sie ist wie eine Schwester für dich. Wir werden sie beschützen, wenn er sich als Blödmann entpuppt.«

»Absolut.« Denn das war genau das, was mir Sorgen bereitete. Ihre Unschuld. Wegen der hatte ich den größten Teil der Nacht wieder und wieder diesen Kuss durchlebt und war dermaßen sexuell frustriert aufgewacht, dass ich meine Kissen quer durchs Zimmer gepfeffert hatte.

Weil ich sie so dringend beschützen wollte.

Wirklich zum Schreien komisch.

Kleine Schwester. Kleine Schwester. Das war eine jagdfreie Zone. Und wenn man sich einmal auf die Jagd einließ, kam man entweder nicht lebendig wieder raus oder wünschte sich, man wäre zerfleischt worden.

Wir würden niemals als Paar funktionieren.

Niemals.

Niemals nie.

»Äh, alles in Ordnung mit dir?« Jason zog die Augenbrauen hoch mit einem Ausdruck, von dem ich nur annehmen konnte, dass er die Frage ausdrückte, warum ich wirkte, als würde ich Baumstämme ausreißen und auf jeden Kerl namens Max schleudern wollen.

»Klar, warum?«

Er deutete auf mich. »Du siehst aus, als wolltest du diesen Tisch verhauen, und deine Hände sind so fest zu Fäusten geballt, dass ich mir langsam Sorgen mache, du könntest vor Blutunterversorgung ohnmächtig werden.«

»Bin nur gereizt«, knurrte ich.

»Ach, echt?«, flüsterte Jason, gerade als Max und Milo um die Ecke bogen. Ach du Scheiße, ich verlor noch den Verstand.

Ihr Haar war verwuschelt.

Die Lippen geschwollen.

Okay, das war's. Jason würde mich festnehmen müssen. Ich würde in den Knast gehen. Ich würde mich nachts in Max' Zimmer schleichen, ihn bewusstlos schlagen, ihn mit einem Kopfkissen ersticken und dann seine Leiche in den Pool werfen.

Nein, Scherz … Der Pool war nicht tief genug.

In einen Teich.

Einen sehr großen Teich.

Einen See.

Einen Ozean.

»Colt?« Jason wedelte mit einer Hand vor meinem Gesicht herum. »Ich hab dich was gefragt.«

»Sorry«, murmelte ich. »Was hast du gesagt?«

»Max meinte, er habe kein Talent für Arrangements, also wird er mit den Tischen hier weitermachen, und du wirst Milo helfen, okay?«

»Sicher. Was auch immer.« Ich ließ den Tisch fallen. Abrupt. Unglücklicherweise landete er auf Jasons Fuß.

»Scheiße!« Er hüpfte auf einem Bein herum und fluchte ausgiebig.

Ich verzog das Gesicht. »Sorry?«

»Eis.« Jasons funkelte mich wütend an. »Hol mir Eis.«

Ich rannte zum Haus, Milo dicht auf meinen Fersen. »Was ist mit Jason?«

»Ich habe ihm einen Tisch auf den Fuß fallen lassen«, antwortete ich und suchte nach den Eiswürfeln. Der Mann hatte bereits ein blaues Auge, und jetzt hatte er auch noch einen gebrochenen Zeh. Ich war wirklich der mieseste Trauzeuge aller Zeiten.

»Warum hast du das gemacht?« Milo hielt ein Handtuch bereit, in das ich die Eiswürfel füllen konnte.

»Oh, du weißt schon, nur so zum Spaß.«

»Ah, verstehe – du hast dich in die Braut verliebt«, zog sie mich auf.

Ich verdrehte die Augen. »Jayne? Nein, danke.«

Milos Gesicht verfinsterte sich. Mist. Jetzt wusste sie, dass ihr Bruder den Teufel heiratete.

»So habe ich das nicht gemeint …«

»Klar.« Sie zuckte mit den Achseln. »Hast du wohl, aber vielleicht hat sie sich verändert, ist jetzt reifer, nicht mehr so …«

»Sie ist eine blöde Zicke«, sagte ich mit brutaler Aufrichtigkeit. »Aber er liebt sie, und das ist alles, was zählt, außerdem ist sie immer etwas verwöhnt gewesen.«

»Ja.« Milo wirkte, als wäre sie meilenweit weg.

»Danke für die Hilfe mit dem Eis.«

Sie strahlte.

Ihr Lächeln traf mich mit voller Wucht. Ich hatte schon immer für ihr Lächeln gelebt, für ihre Besuche. Als sie ins College ging, hatte sich das angefühlt, als nähme sie einen Teil von mir mit, aber das würde ich wohl niemals laut aussprechen können.

Ich begehrte sie seit Jahren.

Aber begehren und bekommen waren zwei verschiedene Sachen.

Lieber würde ich sie niemals bekommen, als sie als Freundin zu verlieren. Und ich war letzte Nacht so nah dran gewesen, sie zu verlieren. Ja, ich hatte wirklich den Mund zu voll genommen und war beinahe daran erstickt – aber wenigstens konnten wir zurück auf normal schalten. Oder?

»Also, Max …« Ich hielt ihr die Tür auf, während wir in die frische Morgenluft zurückkehrten. »Er ist … nett.«

»Lügner.« Sie stupste mich gegen die Schulter. »Aber ich weiß das Bemühen zu schätzen.«

»Vielleicht könnte ich ihn eher respektieren, wenn er dich nicht vor meinen Augen abknutschen würde.«

»Hmm.« Milo zuckte die Achseln. »Das mit dem Abknutschen schien dir letzte Nacht nichts ausgemacht zu haben.«

»Milo …«

»Nein.« Ihr Lächeln wirkte gezwungen. »Schon gut. Freunde, richtig?«

Ich kannte diesen Blick. Sie war immer noch sauer. Aber sie hatte einen Freund! Sie hatte jemanden betrogen. Wenn hier also einer sauer sein durfte, dann ich, nicht sie.

Ich schnappte mir ihre Hand und zog sie zu mir, lehnte mich hinab, sodass unsere Stirnen sich fast berührten. »Genau, Freunde.«

Ihre Augen blitzten.

Teufel, die Anziehungskraft, die sie auf mich ausübte, war von einer anderen Welt. Ich wollte den Abstand zwischen unseren Mündern überwinden. Ich verzehrte mich danach, sie wieder zu berühren, selbst jetzt, wo ihr Freund nur wenige Schritte von uns entfernt war.

»Eis!«, brüllte Jason. »Große Schmerzen hier drüben!«

Mit einem Grinsen warf ich ihm den Eispack zu und drehte mich wieder zu Milo. Aber sie lief schon in Max' wartende Arme.

Das hatte ich getan.

Ich hatte sie dazu gezwungen, das war die einzige Erklärung, die mein Stolz mir erlaubte. Ich hatte immer etwas zwischen uns gespürt, und dieses Etwas löste sich gerade in Nichts auf – und zwar rasant. Ich hatte sie erfolgreich in die Arme ihres idiotischen Freundes zurückgestoßen, weil ich wegen eines Kusses ausgeflippt war.

Alles nur, weil ich Angst hatte.

Kapitel 8

Milo

Max pfiff anerkennend. »Gut gemacht.«

»Ich schwitze.«

»Solltest du auch, so wie er dich angefasst hat.«

Wir standen nebeneinander und unterhielten uns mit gedämpften Stimmen, während ich darauf wartete, dass Jason aufhörte, auf einem Bein herumzuspringen, und Colton zurückkam und sich mir anschloss. Es war Max' Idee gewesen, die Aufgaben zu tauschen.

Ich hatte mich dagegen ausgesprochen.

Er hatte mir versprochen, er würde mir helfen, Colton zu bekommen, und wenn es das Letzte wäre, das er täte.

Männer waren verwirrend. In der einen Sekunde war Max sauer, weil ich ihn nicht als attraktiven, verfügbaren Mann wahrnahm, und in der nächsten machte er Pläne, wie ich am besten in das Bett eines anderen käme.

»Wiederhol es noch einmal«, murmelte Max.

»Nein.«

»Milo.« Er grinste. »Ich muss sichergehen, dass du die

Anweisungen, die ich dir in den letzten Minuten unermüdlich eingehämmert habe, auch wirklich behalten hast.«

»Lächeln, mich unnahbar geben, seinen Arm streifen …« Ich hüstelte in meine Hand, während ich den letzten Punkt der Liste murmelte.

»Was war das Letzte?« Max zwinkerte mir zu. »Komm schon, Milo, lass hören.«

Hitze strömte in mein Gesicht. »Mich bücken.«

»Braves Mädchen.«

»Ich bin kein Hund.«

»Du hast einen hübschen Hintern.« Er zuckte die Achseln und verschränkte die Arme. »Und Kerle werden nun mal vom Hingucken angemacht. Das ist wissenschaftlich bewiesen. Er ist nicht blind, glaub mir, er wird anbeißen.«

»Und wenn nicht?«, fragte ich kleinlaut.

Max lehnte sich vor und küsste mich auf eine Augenbraue. »Dann können wir immer noch rummachen und Mädchenfilme gucken, während du in dein Eis heulst. Und dann kann ich ihm den Hintern versohlen.«

»Ich mag es, dich zu küssen.« Es ließ keine Schmetterlinge in meinem Bauch umherflattern oder so was, aber er hatte gute Lippen, und wenn ich mich wirklich bemühte, konnte ich verstehen, was andere Frauen in ihm sahen, aber da war keine Anziehungskraft zwischen uns, nur Freundschaft, mehr nicht.

Max seufzte und verdrehte die Augen, als hätte er diese Worte von mir schon millionenfach gehört. »Alle mögen es, mich zu küssen.«

»Du hast auch keine Beziehung zu dem Wort Bescheidenheit, oder?«

»Null.« Er salutierte. »Sieht aus, als käme Lover Boy jetzt zu uns rüber. Viel Spaß!« Er ging zu Jason, der wirkte, als wäre er gerade von einer Rocker-Gang in die Mangel genommen worden, und fing an, Tische aufzustellen.

»Wird er wieder?« Ich deutete auf Jason.

Colton drehte sich um und zuckte zusammen, als Jason von seinem Stuhl fiel. »Ja, wird schon, ist nur eine Beule.«

»Ha, eine Beule.« Ich lachte und trat von einem Fuß auf den anderen wie eine Schülerin auf dem Pausenhof. »So wie das blaue Auge.«

»Alles Unfälle«, beschied mir Colton knapp. »Okay, also, was machen wir mit dem blöden Zeugs?«

»Wow, Hochzeiten bringen wirklich die romantische Seite in euch Kerlen zum Vorschein, was?« Ich nahm die künstlichen Blumen aus dem Karton und begann, sie auf dem Tisch zu arrangieren.

»Das sind Blumen. Seh ich wie ein Mann aus, der Blumen arrangieren möchte?«

»Ja.«

»Milo«, knurrte Colton.

»Zeig mir dein Tattoo, und ich sage Nein.«

Er hob sein Hemd.

Ich nickte ihm zu. »Nein, Colton. Du bist ein muskulöser, harter Typ mit einem Tattoo – du hast mit Blumen nichts am Hut.«

»Irgendwie hab ich gedacht, dieses Kompliment würde sich besser anfühlen«, bemerkte er und griff nach einer der roten Seidenrosen.

»Also.« Ich ignorierte ihn und zog die Instruktionen hervor. »Drei rote Rosen kommen in die Mitte, und dann sollen wir den Rest der Vasen hiermit auffüllen …« Ich hob den weißen Tüll hoch.

»Was ist das?«

»Äh … Dekoration?«

Colton nahm ein Stück davon und hielt es so weit wie nur möglich von sich weg, als würde er befürchten, wenn es seiner Männlichkeit zu nahe käme, würde es ihr den Garaus machen. Seine Lippen verzogen sich vor Abscheu, während er die Augen verdrehte und es auf den Tisch legte.

»Okay.« Ich rieb mir den Nasenrücken. »Steck die spitzen Dinger in das grüne Schaumzeugs, das wie SpongeBob aussieht, und dann stopf den weißen Fummel in die Glasdinger und vergewissere dich, dass sie gut gefüllt sind.«

Von Coltons Lächeln konnte man erblinden. »Verstanden. Warum hast du das nicht gleich gesagt?«

Die nächste halbe Stunde lang arbeiteten wir mehr oder weniger schweigend. Ich machte alles, was Max vorgeschlagen hatte. Ich ließ mindestens zehn Rosen fallen und bückte mich, um sie aufzuheben, sodass Colton es bemerken könnte, aber der Mann war wie eine Maschine. Es schien, als könnte er gar nicht erwarten, endlich wegzukommen.

Mit Schwung ließ ich eine weitere Rose fallen und wollte sie gerade aufheben, als Colton meine Hand so fest packte, dass ich vor Schmerz zusammenzuckte.

»Lass sie.«

»Aber …«

»Ich sagte …« Er war so nah, dass mein Atem sich mit seinem vermischte. »Lass sie.«

Seine Kiefer mahlten, als er meine Hand näher an seinen Körper zog und sie dann losließ, als hätte ich ihn verletzt.

»Ich glaube, wir sind fertig.« Er räusperte sich. »Oder?«

»Sicher.«

»Jason!« Ein schriller Schrei durchbrach die Verwirrung in meinem Kopf. »Baby! Ich brauche dich!«

»Wenn man vom Teufel spricht«, murmelte Colton.

Ich hatte Jayne Harrison jahrelang nicht gesehen. Aber ich hatte ihr immer noch nicht vergeben, dass sie in der ersten Klasse meine Barbie-Lunchbox als doof bezeichnet hatte. Sie hatte auch gesagt, ich würde nach Thunfisch riechen.

Manchmal hatte ich mir in der Schulzeit vorgestellt, ein Riesenkrake würde sie verschlingen oder sie würde von der

Schaukel fallen und sich ihr kleines perfektes Gesicht zerschlagen.

Ich spähte hinter Colton hervor und musste feststellen, dass sich seit der Highschool nichts verändert hatte. Ihre Haare waren zu einem blonden Bob geschnitten, und sie trug genug Make-up, um ihren eigenen Laden zu eröffnen.

Das enge, schwarze Lederkleid wäre für einen Club angemessen gewesen, aber nicht für diese Tageszeit – vielleicht war sie eine dieser Vampirinnen, die Tageslicht vertrugen oder so.

»Wo bist du?«, jammerte sie und blickte sich im Garten um, bis sie schließlich Colton erspähte.

Er packte mich und schob mich rasch vor sich.

»Mutig, mutig«, murmelte ich.

»Selbsterhaltungstrieb«, murmelte er zurück. »Und es tut mir nicht leid. Meine Eier würden sich am liebsten in meinen Körper zurückziehen, wenn ich diese Stimme höre.«

»Milo!« Jaynes dick mit Mascara betonte Augen weiteten sich. »Bist du das? Oh, sieh dich nur an! Wie süß! Du trägst immer noch die Klamotten von deinem Bruder!«

Ich ballte die Hände zu Fäusten und hätte beinahe zugeschlagen, doch Coltons leichte Berührung an meinen Schultern beruhigte mich – wenigstens so weit, dass ich einsah, welch ein Fehler es wäre, ihr ein blaues Auge zu verpassen, das dem meines Bruders in nichts nachstehen würde.

»Oh, du kennst mich doch. Ich liebe Jungsklamotten einfach«, erwiderte ich durch zusammengebissene Zähne.

»Ja.« Sie musterte mich von oben bis unten. »Tja.« Mit gelangweiltem Blick sah sie hinter mich. »Colton, gut siehst du aus.«

»Und schon sind sie weg«, flüsterte er und fügte dann lauter hinzu: »Danke, J, du auch.«

»Wo ist er?«, rief sie so laut, dass ich zusammenzuckte.

»Baby!« Jason humpelte auf uns zu, gefolgt von Max. »Wie geht's dir?«

»Jason!« Sie schlug sich die Hände vors Gesicht. »Was ist mit deinem Auge passiert? Und dein Fuß! Bist du okay?«

»Alles gut.« Er grinste. »Du weißt doch, was abgeht, wenn Milo nach Hause kommt.«

»Ich weiß.« Sie funkelte mich an und kniff dann meinem Bruder mit ihren Krallen in die Wangen. »Wir kriegen dich schon wieder hin.«

Colton hinter mir fing wild an zu husten.

Alle Blicke richteten sich auf ihn.

»Insekt«, keuchte er und schlug sich ein paar Mal fest auf die Brust. »Sorry.«

»Hey, was geht hier ab?« Max kam auf uns zugelaufen und erstarrte. Alle Farbe wich aus seinem Gesicht.

»Max?«

»Jayne?«

»Oh, nein«, murmelte ich, während mir das Herz bei Max' verwundetem Ausdruck sank.

»Ich hab gedacht, du wärst dabei, das College abzuschließen.« Mit einer schüchternen Geste strich sie sich eine Haarsträhne hinters Ohr. Diese Frau hatte nicht für ein Gramm Schüchternheit in ihrem Körper.

Max errötete. Er errötete! »Ja, also, ich bin mit Milo hier.«

»Oh.« Jayne nickte, ihre Stimme war eisig. »Bist du so was wie ihr Tutor? Du weißt schon, für Erstsemester.«

»Was zum …« Ich wollte mich auf sie stürzen, doch Colton hielt mich mit einem Arm zurück. Er schüttelte sich. Vor Lachen. Großartig.

»Eigentlich …« Max sah mich an. O nein, er würde etwas Schlimmes tun, etwas wirklich, wirklich Schlimmes, und dann würde ich ihm einen Kinnhaken verpassen wollen.

»Ich bin mit Milo hier, weil …«

Gleich würde es kommen.

»Weil sie miteinander gehen«, warf Colton geschmeidig ein und gab mich frei, damit ich in Max' Arme laufen konnte.

Er lachte leise und flüsterte mir zu: »Sie hat mir mal das Herz gebrochen, spiel jetzt einfach mit.«

Verdammt.

»Kleine Welt, was?« Ich küsste Max auf die Wange und dann auf den Mund, schmiegte mich an ihn, als wäre er der einzige Mann auf der Welt. Er antwortete mit einem tiefen Grollen und zog an meinem Haar und hob mich dann hoch. Okay, jetzt ging er ein wenig zu weit.

Nicht, dass ich es schrecklich fand.

Keine Frau bei klarem Verstand würde das schrecklich finden. Ganz egal, für wen sie eigentlich schwärmte.

Jayne lachte laut, als gäbe sie sich Mühe, die Aufmerksamkeit von uns wegzulenken. »Äh, Entschuldigung? Könntet ihr das vielleicht nicht in aller Öffentlichkeit machen?«

»Sorry.« Max stellte mich wieder auf die Füße. »Ich kann mich einfach nicht beherrschen.«

Ich sah ihm zärtlich in die Augen.

Er erwiderte den Blick.

»Max, wir sollten uns mal, äh, auf den neuesten Stand bringen.« Jayne fummelte an ihrer Handtasche herum.

»Sicher.« Ich sah, wie das Licht in den Augen meines Freundes erlosch. »Das sollten wir.«

»Toll.« Jayne nahm meinen Bruder bei der Hand und hatte Max schon vergessen. »Komm, wir wollen einen Kaffee trinken, dann kannst du mir alles über dieses blaue Auge erzählen.«

Sie gingen, ließen uns zurück, ich mich immer noch an Max klammernd und Colton zitternd, als wäre er gerade mit eiskaltem Wasser übergossen worden. »Tut mir leid, Mann, diese Frau macht mir Angst«, erklärte er und musterte sich eingehend, als wollte er sich vergewissern, dass sein Körper nach dem Zusammentreffen mit Jasons Verlobter noch intakt war. Er schüttelte sich und rieb sich dann den Nasenrücken. »Ich muss gehen … duschen oder irgendwas.«

Max und ich schwiegen, bis wir allein waren.

»Spuck's aus«, sagte ich schließlich.

»Ich will nicht drüber reden.«

»Ich bin gerade genau hier auf dem Rasen meiner Eltern fast von dir geschwängert geworden – das Mindeste, was du tun könntest, ist, mir erzählen, was passiert ist.«

Er zuckte mit den Schultern und blickte zu Boden. »Ich war nicht genug.«

»Genug?«

»Um sie zu halten.« Max runzelte die Stirn. »Ich war nicht genug.«

Kapitel 9

Milo

»Setz dich.« Ich deutete auf einen der Liegestühle beim Pool.

Max nahm Platz und lehnte sich in dem Stuhl zurück, schloss die Augen für ein paar Momente, bevor er fluchte und sich vorlehnte, die Ellbogen auf die Knie stützte.

»Sie hat dich abgewiesen?«

»Für meinen Bruder«, erwiderte Max scharf.

Schock durchfuhr mich, ließ mich zurücktaumeln. »Wow. Moment mal. Du hast einen Bruder?«

»Er ist viel älter.« Max blickte hoch und zuckte dann mit den Schultern. »Hat vor fünf Jahren den Abschluss an der Uni von New York gemacht. Jetzt ist er am Broadway.«

»Cool. Hab ich irgendeins seiner Stücke gesehen?«

Max' Augen wurden kalt.

»Nicht der richtige Zeitpunkt. Verstanden.« Ich schüttelte den Kopf. »Also, Jayne ist ein Miststück.«

Max brach in Gelächter aus. »Ja, so was in der Richtung. Ich war in meinem Abschlussjahr auf der Highschool in sie verliebt.«

»Wo hast du sie kennengelernt?«

»Sommerferienlager.«

»Du machst Witze.«

»Nein.« Max grinste. »Ich bin zu einem dieser wirklich bescheuerten Theatersommerferienlager gefahren.«

»Oooh.«

»Halt die Klappe.«

»Und?«

»Und sie war da, genau wie mein Bruder, allerdings war er einer der Lehrer. Ganz offensichtlich hat sie uns beide verarscht. Ich hab mich Hals über Kopf in sie verknallt. Als das Ferienlager zu Ende ging, hab ich ihr gesagt, ich würde sie gerne wiedersehen. Sie hat mich ein Jahr lang hingehalten. Es hat bis zum nächsten Sommer gedauert, bis ich anfing, Pläne zu machen, sie für eine Woche zu besuchen, da erst hat sie mir erzählt, dass sie meinen eigenen Bruder hinter meinem Rücken gevögelt hat. Reid hatte keine Ahnung davon, also konnte ich nicht mal auf ihn sauer sein.«

Ich griff nach seiner Hand und drückte sie. »Sieh's positiv.«

Er blickte mich zweifelnd an.

»Jetzt bin ich mit ihr gestraft, und während du noch mal entkommen bist, hat mein Bruder dagestanden und die volle Breitseite eingesteckt.«

»Vermutlich blutet er noch, der arme Kerl«, murmelte Max.

»Sag mir, dass du nicht noch auf sie stehst.« Ich gab seine Hand frei und erhob mich. »Sie ist völlig irre.«

»Natürlich nicht.« Max verdrehte die Augen. »Du hast echt keine Ahnung von Männern.«

»Du sagst das immer wieder, aber …«

»Zurückweisung ist eine üble Sache, okay? Es spielt keine Rolle, ob das Mädchen sich völlig daneben benimmt – es trifft einen. Sie hat mich hingehalten, und sie hat mich betrogen, dann hat sie mich abserviert. Obwohl sie diejenige war, die an allem schuld war, habe ich nie die Chance gekriegt, sie anzuschreien, ihr die Tür vor der Nase zuzuschlagen, sie als Miststück zu beschimpfen, ihr zu sagen, sie hätte Lippenstift auf den Zähnen …«

»Du hast eindeutig viel zu viel darüber nachgedacht.«

»Das ist einfach totaler Mist. Wenn man seine Ex sieht, will man gewinnen.«

»Gewinnen?«

Max seufzte und klopfte sich auf die Knie. »Setz dich, und ich erkläre dir, wie die Welt funktioniert, Milo.«

Ich setzte mich auf seinen Schoß und verschränkte die Arme vor der Brust.

»Junge trifft Mädchen. Junge und Mädchen machen Schluss. Junge und Mädchen gehen getrennte Wege. Zehn Jahre später. Junge trifft Mädchen im Supermarkt. Junge will wie ein Mann rüberkommen, Eier aus Stahl haben, ein Sixpack zum Vorzeigen und einen Ferrari fahren. Okay, jetzt behaupte du mal, Mädchen wollten nicht dasselbe.«

»Ich wollte noch nie Eier aus Stahl haben.«

Max presste die Lippen zusammen und wartete.

»Okay, gut, wenn ich das Supermarkt-Mädchen wäre, würde ich Riesenbrüste haben wollen, eine super schmale Taille, ein Outift, das ihn umhaut, ein umwerfendes Auto, und eine dieser Kreditkarten, die kein Limit haben.«

»Ich schließe die Beweisführung.« Max knackte mit den Fingerknöcheln. »Alles, was ich sage, ist, ich will gewinnen.«

Jaynes kreischendes Lachen zerriss die friedliche Morgenstille. Max und ich zuckten gleichzeitig zusammen.

»Gewinnen«, sagten wir im Chor und brachen in Gelächter aus.

Max küsste mich auf die Stirn und half mir von seinem Schoß.

»Max?«

»Hmm?« Er legte die Arme um mich.

»Du wirst doch nicht …« Ich spürte, wie meine Wangen vor Scham heiß wurden. »Ich meine, du wirst dich nicht …«

»Spuck's aus, Milo.«

»In mich verlieben.«

»Verdammt.« Max wich zurück, sein Gesicht wirkte blass. »Das ist, als könntest du Gedanken lesen. Ich liebe dich, okay? Ich liebe dich seit Jahren. Ich will einfach nur in deinem Leben sein. Gott, schließ mich nicht aus! Liebe nicht ihn! Liebe mich! Die Pflanze, Milo! Die Aloe Vera! Wie kannst du mich zurückweisen?«

Irgendwie hatte er in der Mitte seiner Ansprache zu einem britischen Akzent gewechselt.

»Shakespeare Theaterferienlager?« Ich verschränkte die Arme.

»Ich war der verdammt beste Hamlet, den sie je gesehen haben.« Max' Grinsen breitete sich über sein Gesicht aus, und seine Grübchen hätten mir fast einen mädchenhaften Seufzer entlockt. »Und, tut mir leid, ich mag ja ein toller Küsser sein, und ja, du machst mich an – du bist heiß, also was erwartest du? Aber Liebe? Auf so was lasse ich mich nicht ein. Ich bin wie einer dieser Typen, über den ihr Mädchen schreibt. Der Schuft.«

»Der Bad Boy?«

»Genau der.«

»Großartig.«

»Ich werde vermutlich einsam sterben.« Max atmete aus und verzog das Gesicht zu einem Ausdruck, der wohl Tapferkeit ausdrücken sollte. »Aber ich werde immer die Erinnerungen an uns haben.«

Ich zog ihn in eine Umarmung und kicherte. »Wir sollten vielleicht einen dieser Pakte schließen, dass wir, wenn wir beide dreißig und unverheiratet sind, miteinander den Bund der Ehe eingehen.«

»Abgemacht.« Er zuckte mit den Schultern. »Ich hätte absolut nichts dagegen, für den Rest meines Lebens neben dir aufzuwachen, aber ich bin mir ziemlich sicher, dass das nicht passieren wird.«

»Ach ja?« Ich verdrehte die Augen. »Wieso bist du da so sicher?«

Max zog mich fest in seine Arme, dann flüsterte er mir zu: »Weil Colton dich die ganzen letzten zwanzig Minuten lang vom Fenster aus beobachtet hat.«

Kapitel 10

Colton

»Was machst du da?«, fragte Jason und erschreckte mich halb zu Tode. Ich fluchte und schlug mir die Stirn am Fenster an, fuhr zurück und traf ihn mit dem Ellbogen am Kinn.

»Was soll die Sch…«

»Jason!« Mrs Caro, seine Mom, kam um die Ecke und verschränkte die Arme. »Achte auf deine Wortwahl!«

»Ich wollte doch nur Sch…«

»Schokolade sagen. Ja, ich weiß. Die Ausrede benutzt du seit der Mittelstufe. Was ist mit deinem Gesicht passiert?«

»Blaues Auge von gestern Abend.« Jason zuckte die Achseln.

»Nein, nein.« Mrs Caro lehnte sich vor und umfasste seinen Kiefer. »Dein Kinn sieht aus, als ob du blutest.«

»Der verdammte Hur…«

Mrs Caro runzelte die Stirn.

»Bastard.«

»Schon besser.« Mrs Caro atmete tief durch und streckte ihm eine Hand hin. »Jetzt lass uns gehen und dich wieder präsentabel machen.«

»Besser nicht«, sagte Jason. »Ich schwöre, so wie sich diese Vorfälle häufen, komme ich noch unter ein Auto, bevor ich heirate.«

»Da kann man nur hoffen«, murmelte Mrs Caro.

»Was war das?«, fragte Jason.

»Man kann nur hoffen, dass wir Dial-Seife haben.« Sie blinzelte mir zu und tätschelte dann Jason den Rücken. »Die desinfiziert.«

»Oh.« Jason folgte ihr den Flur entlang, sodass ich auf meinen Beobachtungsposten zurückkehren konnte. Warum zum Teufel wirkten sie und Max so verdammt glücklich? Ich schwöre, dass ich dem Kerl fast den Kopf abgerissen hätte, als er sie wieder geküsst hat.

»Drecksmist«, murmelte ich. Sie waren nicht mehr auf dem Rasen. Ich lehnte mich näher ans Fenster und versuchte, nach links zu spähen, um zu erkennen, ob sie ums Haus herum gegangen waren.

»Beobachtest du Vögel?«, durchbrach Milos spöttische Stimme meine lächerliche Spähaktion.

»Japp.« Ich rührte mich nicht von der Stelle. »Vorfrühling, da kommen viele … Vögel zurück aus … Florida.«

»Ach ja?« Milo stellte sich neben mich und drückte nun ihr Gesicht gegen die Fensterscheibe. Verdammt, sie roch so unglaublich gut. »Wow, schau dir die alle an, das ist ja wie in einem abgefahrenen Hitchcock-Film da draußen.«

Klar. Keine Vögel. Nicht einer. Nicht mal ein künstlicher, die manche Leute in ihren Gärten aufstellten. Großartig.

»Sind verschwunden.« Ich räusperte mich. »Du hast sie bestimmt mit deinen lauten Schritten erschreckt.«

»Dich scheinen meine lauten Schritte nicht erschreckt zu haben.«

Verdammt, da hatte sie mich erwischt.

»Okay.« Ich ging vom Fenster weg. »Wo ist Max?«

»Was essen. Er ist ständig hungrig. Ist unglaublich, wie viel dieser Kerl verdrücken kann.«

»Cool.«

Cool? Wow, jetzt hatte ich die Situation noch merkwürdiger gemacht. Ich schob die Hände in die Hosentaschen und wartete darauf, dass sie etwas sagte, um das Schweigen zu beenden. Ich wusste nicht, wie ich mich normal verhalten sollte oder wie ich mich interessiert geben konnte, ohne sie erstens zu verschrecken und zweitens alles zu ruinieren. Dann wiederum, mich interessiert geben, wäre nicht richtig. Was sollte das? Ich musste mich gleichgültig geben, aber auch nicht zu sehr, damit sie mich nicht für einen Arsch hielt.

Was mich aussehen ließ wie einen kompletten Loser, während ich beobachtete, wie ihr Lächeln immer breiter wurde.

»Colt …«

»Ja?«

»Bist du sicher, dass es dir gut geht?«

»Natürlich!« Ich lachte, um es zu überspielen. »Ich hab letzte Nacht nur nicht besonders gut geschlafen.« Wenn einem die ganze Nacht lang Bilder der kleinen Schwester des besten Freundes durch den Kopf tanzten, war das nicht sehr erholsam. »Bin nur müde.«

»Ich auch. Wenn wir nur nicht diese ganze Arbeit hätten.«

Ich nickte.

Milo riss den Kopf hoch. »Hey! Ich weiß, was wir tun können.«

»Hä?«

Sie schnappte sich meine Hand und zog mich den Flur entlang zum Gästeschlafzimmer, das zum Dachboden führte. »Ähm, Milo?«

»Sch.« Sie drückte mir die Finger auf die Lippen.

Das brachte mich zum Schweigen.

Es brachte auch alle Prozesse in meinem Körper zum Stillstand außer der inneren Stimme, die mich anschrie: Küsse sie besinnungslos, und schließ dich für ein paar Tage mit ihr auf dem Dachboden ein!

»Wir verstecken uns bis zur Pause. Sieht so aus, als würde Mom uns gegen neun Uhr Kaffee und ein paar Donuts gönnen.«

»Wir verstecken uns im Gästezimmer?« Ich blickte mich in dem leeren Zimmer um.

»Nö.« Sie grinste. »Dachbodenzeit. Hoch mit dir!« Mit einem Lachen zog sie die Tür zum Dachboden auf und knipste das Licht an.

Und sofort war ich zurück in meiner Kindheit. Milo hatte immer von mir verlangt, den Drachentöter zu spielen. Ich hatte beides sein müssen: der Drache und der Drachentöter. Was jedes Mal zu einem Problem wurde, wenn ich am Ende des Spiels sterben sollte, aber das hatte sie nie gekümmert. Die einzige Aufgabe, die ich als einer ihrer besten Freunde hatte, war, den Drachen zu töten, die Prinzessin zu retten, das Schloss (alias den oberen Treppenabsatz) rechtzeitig zu erreichen und ihr mein Schwert darzubieten. Natürlich war es nur ein Holzschwert gewesen. Sie hatte mich dann zum Ritter geschlagen, und wir hatten an einem Tisch gesessen, der quadratisch statt rund gewesen war, und Jason zu König Arthur erklärt.

»Komm schon.« Sie zog an meiner Hand, führte mich die Stufen hinauf. Schon komisch, als Kind war es mir komplett egal, wenn sie mich zum Ritter schlug.

Heute? Heute würde ich einen Mord begehen, nur um ein Anwärter dafür zu sein.

Kapitel 11

Milo

Colton verzog das Gesicht, während er langsam die Treppe hinaufkam. Schon komisch, wie das Leben so spielte. Ich hatte meine halbe Kindheit damit verbracht, oben an der Treppe auf ihn zu warten.

Und jetzt? Jetzt wartete ich wieder auf ihn.

Nicht, damit er einen Drachen tötete, sondern damit er etwas noch viel Heldenhafteres vollbrachte.

»Ist kleiner, als ich es in Erinnerung hatte«, bemerkte er, als er oben ankam. Sein Blick wanderte durch den Raum. Die Spielzeugkiste stand noch immer in derselben Ecke, zusammen mit meinen Prinzessinnenkleidern und dem riesigen Familienfoto, das kurz nach meiner Geburt gemacht worden war. Meine Eltern hielten mich zwischen sich hoch, als wäre ich Simba aus »Der König der Löwen«, während ein angesäuerter Jason der Kamera eine Grimasse schnitt. Unbezahlbar.

Staubige Kartons stapelten sich entlang der Wände. Die standen dort schon, so lange ich zurückdenken konnte. Früher hatten wir Burgen aus ihnen gebaut.

Der Drache wurde immer – und ich meine wirklich immer – erschlagen, bevor er die Kartonburg erreichte. Darin war Colton gut.

Ich zuckte mit den Schultern. »Du bist halt größer.«

»Ja, vermutlich.« Colton ging zu dem kleinen Fenster und setzte sich auf die Spielzeugkiste. »Wir verstecken uns also einfach bis zur Pause?«

»Hast du eine bessere Idee?«, zog ich ihn auf und fuhr mit einem Finger über einen der staubigen Kartons. »Mom verliert noch den Verstand wegen dieser Hochzeit. Schüttel nicht den Kopf, du weißt, dass es stimmt. Dabei mag sie Jayne nicht mal.«

»Nein.« Colton klopfte mit der Hand auf den freien Platz neben sich. »Aber sie liebt Jason, und wenn Jason Jayne liebt, dann liebt deine Mom Jayne auch, was bedeutet, sie will, dass alles perfekt wird.«

»Da hast du recht.«

»Wie bitte? Ich habe das nicht richtig verstanden.« Er grinste, und ich fühlte mich, als würde mir das Herz eine Etage tiefer rutschen.

»Ich werde das nicht noch einmal sagen, Colt.«

»Na gut.« Er seufzte und hob das Holzschwert auf, das vor seinen Füßen lag. »Dann sag mir, was für ein krasser Drache ich war.«

Lachend nahm ich das Schwert. »Du hast den Drachen jedes Mal erwischt. Heißt, du warst echt gut darin, dich umzubringen und dich dann wieder in den Ritter zu verwandeln. Und ich muss zugeben, der Drache hat immer ein sehr cooles Todesröcheln von sich gegeben.«

»Warum haben wir damit aufgehört?«

»Hmm?« Ich war zu sehr damit beschäftigt, seinen Mund zu beobachten, um auf die Worte zu achten, die aus ihm herauskamen.

»Drache und Ritter zu spielen.«

»Äh, ich hab Brüste bekommen?«

Colton ließ das Schwert fallen und fluchte.

»Sorry, ist doch wahr.«

»Du hast …« Er deutete auf mich und schaute dann weg. »Du bist schon immer ein Mädchen gewesen.« Seine Ohren wurden ein wenig rot. War es möglich, dass dem großen Colton Mathews das hier etwas peinlich war?

»Klar«, sagte ich langsam. »Aber in dem Moment, in dem du begriffen hast, dass ich nicht nur ein Mädchen war, sondern zu einer jungen Frau wurde, hast du mit dem Spielen und Drachenerlegen aufgehört und stattdessen angefangen, alle meine Freundinnen zu erlegen.«

Colton funkelte mich missbilligend an. »Ich hab deine Freundinnen nicht erlegt. Und ich nehme mal an, mit erlegen meinst du flachlegen, nur weil's so ähnlich klingt und du so was lustig findest.«

Mir zog sich der Magen zusammen. Ich konnte mich noch gut daran erinnern, wie es sich angefühlt hatte, zu Jasons und seiner Abschlussparty zu gehen und zu sehen, wie Colton seine Lippen auf Jennas presste. Sie waren hinter der Garage gewesen, hatten sich im Dunkeln geküsst. Als Colton mich entdeckte, hatte er versucht, mich einzuholen, aber ich war weggerannt und hatte mich versteckt wie eine komplette Idiotin. Mein Herz war gebrochen. Immerhin waren Jenna und ich in derselben Klasse, was bedeutete, er interessierte sich für Mädchen meines Alters. Nur eben nicht für mich.

»So viele Mädchen waren das gar nicht, Milo. Ich glaube, du übertreibst total. Außerdem habe ich mich geändert. Ich hatte keine ernsthafte Verabredung mehr seit …«

»Wann?«, unterbrach ich ihn und verschränkte die Arme vor der Brust. »Dreißig Tagen? Hast du Schwierigkeiten, so weit zu zählen?«

»Ist eine Weile her.«

»Wie auch immer …« Ich stand auf. »Geht mich auch gar nichts an.«

Es wurde still auf dem Dachboden.

»Wirklich nicht?«, flüsterte er und suchte meinen Blick. Als ich nichts sagte, stand er auf und zog mich in seine Arme. »Sag mir, dass es dich nichts angeht.«

»Es …«

»Jayne, ernsthaft, lass das!«, brüllte Max.

Colton und ich erstarrten, dann schlichen wir uns die Treppe hinunter zur Tür und lauschten.

»Was?«, jammerte Jayne.

Ich zog eine Grimasse Richtung Colton, während er mit einer Hand eine Pistole imitierte, die er an seinen Kopf hielt und den Abzug drückte.

»Komm schon, muss doch niemand wissen … Um der alten Zeiten willen.«

»Lauf weg!«, flüsterte ich. »Lauf!«

»Nein, nein, wirklich nicht. Aber danke für das absolut unangebrachte Angebot«, sagte Max mit harter Stimme.

Fluchend ging sie weg und knallte die Tür zu.

Ich drückte die Dachbodentür auf und schrie: »Zum Teufel, Max!«

Ups, jetzt wirkte ich wie die verletzte Geliebte.

»Sie hat mich angemacht.« Max hob beide Hände. »Und du hast gehört, was ich gesagt habe. Diese Schlampe muss verschwinden! Das meine ich ernst, Leute. Sie hat versucht, mich unterm Tisch zu befummeln. Und als ich ihre Hand weggeschoben habe, hat sie das als Einladung verstanden, noch aggressiver vorzugehen.« Er stöhnte und schloss die Augen. »Ich hab gedacht, wenn ich einfach Orangensaft auf sie kippe, wird sie ausflippen. Stattdessen hat sie es als Vorwand genutzt, uns irgendwohin zurückzuziehen, wo wir ungestört wären.«

Ich ging zu ihm und legte ihm einen Arm um die Schultern.

»Moment mal …« Max blickte zwischen Colton und mir hin und her. »Was habt ihr zwei im Wandschrank gemacht?«

»Dachboden«, sagte Colton schnell. »Wir haben nur Ausschau gehalten …«

O nein, wenn er wieder was von Vögeln sagte, waren wir geliefert.

»Nach etwas Altem, für Jayne, für die Hochzeit.«

Ich nickte und zwinkerte Max zu.

»Ist fast schon Zeit für die Pause, ich werde einfach …« Colton spazierte aus dem Zimmer, ließ mich allein mit Max zurück.

Ich schlug ihn gegen die Brust. »Du hast unseren Moment ruiniert.«

»Ich wäre fast auf der Fahndungsliste für vermisste Personen gelandet«, brüllte Max. »Sie hat kein Nein akzeptiert!«

»Du bist ein Mann, also bring sie dazu!«

»Ich mag ja ein Mann sein, aber sie jagt mir Angst ein. Ja, sie hat mir das Herz gebrochen, aber heilige Scheiße, es ist, als hätte sie eine Gehirntransplantation bekommen. Sie hat mich gefragt, was Ingenieure so verdienen.«

Ich lachte. »Was hast du ihr gesagt?«

»Ich hab ihr gesagt, dass ich nicht vorhabe, je zu arbeiten. Du weißt schon, von wegen weiter zur Uni gehen und nie aufhören zu studieren, weil Lernen die Grundlage des Lebens ist und ich der Welt etwas vom Leben zurückgeben will.«

Ich neigte den Kopf und betrachtete ihn aus zusammengekniffenen Augen. »Denkst du dir diesen Mist im Voraus aus, oder kommt dir das einfach so über deine weisen Lippen?«

»Das ist eine Begabung.« Er zuckte mit den Schultern. »Unglücklicherweise habe ich mich total verkalkuliert, was ihre Fähigkeit betrifft, komplizierte Sätze und bedeutsame Worte zu verstehen, also hat sie aus meiner genialen Erklärung schlicht geschlossen, dass ich genug Geld habe, um für den Rest meines

Lebens an der Uni zu bleiben.«

»Verdammt.«

Max seufzte. »Daher die Theorie mit der Vermisstendatei. Sie hätte mich zweifellos entführt, und du hättest auf alle Ewigkeit von meinen Küssen geträumt.«

»Zweifellos.«

»Du solltest es Jason sagen.«

»Sag du es Jason!«

»Okay.« Max riss die Hände hoch. »Damit fangen wir gar nicht erst an. Ich weigere mich mitzumachen.«

»Was soll das bitte bedeuten?« Ich verstellte ihm den Weg zur Tür.

»Das hier.« Er deutete mit beiden Händen. »Das, was du immer machst. Du brichst einen Streit vom Zaun, weil du frustriert bist, wenn auch nur sexuell. Kleiner Hinweis, zieh dein T-Shirt aus und starr ihn nieder. Funktioniert in neun von zehn Fällen.«

»Und in dem einen, in dem es nicht funktioniert?«

»In dem erlebst du vielleicht eine Wiederholung deines sechzehnten Geburtstags und wirst ausgelacht.«

»Willst du damit sagen, mein Busen taugt nichts?«

»Oh, Mist. Du willst schon wieder einen Streit anfangen.« Max ging zum Bett und setzte sich darauf. »Bringen wir's hinter uns.«

»Was?« Ich sah mich im Zimmer um. »Bringen wir was hinter uns?«

»Lass uns einen Blick darauf werfen.« Er deutete auf mein Oberteil und seufzte ungeduldig. »Komm schon, wir haben nicht den ganzen Tag Zeit. Das ist wie im Knast hier, deine Mom erwartet uns in einer Viertelstunde zurück bei der Arbeit.«

»Also gut.« Ich fummelte an meinem Shirt herum. »Aber lach nicht, und sei ehrlich. Ich will wissen, ob ich eine zehn- oder eine neunzigprozentige Chance habe, okay?«

»Okay.«

Ich hob das T-Shirt ein Stückchen und hielt inne. »Und wenn's schlimm ist, dann … dann bring's mir schonend bei. Sag einfach so was wie, ›oh, wow, wenigstens hast du wirklich hübsche Unterwäsche‹.«

»Geht klar.«

Ich zog den Stoff langsam höher und wollte schon fast kneifen, als Max aufstöhnte und rief: »Verdammt, Milo, zieh dich aus!«

Verärgert zog ich mir das T-Shirt über den Kopf.

Als sich die Tür öffnete.

»He, Leute, Mrs Caro will …«

Das Shirt bedeckte immer noch meinen Kopf. Max starrte vermutlich, und das war Coltons Stimme.

»Äh, ich meine, wenn ihr, äh, fertig seid …«

»Das ist nicht, wonach es aussieht!« Ich drehte mich zur Tür und rannte in die grobe Richtung, während ich mich bemühte, den Stoff wieder herunterzuzerren.

Als das T-Shirt sich endlich löste, stolperte ich in Coltons Arme, was ihn gegen die Tür krachen ließ, und mein Shirt fiel weit genug herunter, dass ich sehen konnte, dass er sich den Wangenknochen angeschlagen hatte.

»Verdammt!« Er drückte sich von mir weg, aber mein Oberteil hing immer noch an meinem BH fest, also berührten seine Hände direkt meinen nackten Bauch. »Verdammt!« Er stieß mich weg und wollte sich umdrehen, aber war ganz klar verwirrt, denn dieses Mal rannte er gegen die andere Seite der Tür, stolperte, und humpelte dann den Flur entlang, eine Hand gegen die verletzte Wange gedrückt.

Nach einigen Momenten der Stille, in denen ich betete, jemand aus der Zukunft hätte Zeitreisen erfunden und würde zurückkommen und meinen dämlichen Arsch retten, fing Max schließlich an zu klatschen. »Oder du könntest einfach dein

T-Shirt ausziehen, ihm zwei Kopfwunden verpassen, und ihn den Flur runterjagen. Ja, das funktioniert auch.«

»O nein.« Meine Augen füllten sich mit Tränen.

»Hey, hey.« Max kam zu mir und half mir, mich wieder ordentlich anzuziehen. »Falls du dich dann besser fühlst: Dein Busen sieht umwerfend aus.«

»Im Ernst?«

»Kommt aus tiefstem Herzen.« Er grinste. »Genau hier.« Sein Grinsen wurde noch breiter, als er eine Hand tief auf meiner Brust platzierte.

Ich stöhnte, als er in Gelächter ausbrach.

»Okay, Kleines, lass uns Schadensbegrenzung betreiben und uns diesem Drillsergeant von Mutter stellen.«

»Er wird mich niemals begehren«, wisperte ich.

»Natürlich wird er das.« Max hielt mich fest. »Wenn nicht, bringe ich ihn einfach um.«

Kapitel 12

Colton

Ich war so mitgenommen, dass ich in die Küche stolperte und ein paar Momente lang einfach nur dastand. Mein Kopf hämmerte wie wild, und mein Körper? Nun ja, sagen wir einfach, obwohl ich unterhalb der Hüfte nichts abbekommen hatte, hieß das nicht, dass ich die Auswirkungen nicht spürte.

Überall.

»Verdammt!« Ich zog einen Stuhl zurück und setzte mich.

Jason kam in die Küche, warf einen Blick auf mein Gesicht und deutete darauf. »Hat Milo dich auch erwischt?«

»Was zum Teufel ist mit ihr los?«, brach es aus mir heraus.

»Mehreres.« Jason zuckte zusammen, als würde ihm der Schmerz von seinem blauen Auge wieder bewusst. »Sie ist ein unberechenbarer Risikofaktor. Brauchst du Eis oder Verbandszeug oder … irgendwas?« Er musterte mein Kinn und meine Wange. »Sieht aus, als hätte sie dich voll erwischt.«

»Sie hat mich nicht geschlagen«, erklärte ich leicht defensiv.

Jason setzte sich auf den Stuhl neben mir und lehnte sich zurück. »Wie hat sie dich dann verletzt?«

Ha. Na klar. Das war genau das, was ich ihrem großen Bruder erklären wollte. Also, du musst verstehen, ich hab sie überrascht, als sie kein Shirt anhatte, hab mir fast in die Hose gemacht, bin gegen die Tür gelaufen, hab mir zum zweiten Mal fast in die Hose gemacht und bin dann im Quasimodo-Stil den Flur runtergestolpert.

Oh, und ich hatte sie mir nackt vorgestellt, mindestens sieben Mal, seit Jason sich hingesetzt hatte.

Ich räusperte mich und winkte ab. »Missverständnis. Ich bin gestolpert, sie ist gestolpert, du weißt schon, wie diese Dinge passieren.«

»Hey«, rief Max hinter mir. Mit jeder Faser meines Körpers wartete ich darauf, auch Milos Stimme zu hören. »Machen wir schon Pause?«

»Kaffee ist aufgesetzt, und Mom ist in die Stadt gefahren, um frische Donuts zu besorgen.«

»Sie darf das Gelände verlassen?« Max klang irritiert, während er zur Kaffeekanne ging und sich einen Becher einschenkte.

Ich unterdrückte ein Lachen.

Er trank Kaffee wie ein Weichei.

Spreizte er auch den kleinen Finger ab?

Nein, Moment.

Oh, gut gemacht. Nicht der kleine Finger, definitiv ein Mittelfinger, der in meine Richtung zeigte. Nett.

Milo stand sonst so gar nicht auf seinen Typ – diese Art von übermetrosexuell, enge Hosen, enge Hemden, glatte Haut.

Oh, toll. Glatte Haut? Was war mit mir los? Achtete ich jetzt auf seine Haut? Ich musste mir den Kopf härter angeschlagen haben als gedacht.

»Äh …« Jason zeigte auf mein Gesicht.

»Was?«

»Du blutest.«

»Wo?« Ich tastete mein Kinn ab, dann meine Lippen, und meine Finger waren sofort nass und rot.

»Nasenbluten!«, schrie Max und machte einen Schritt auf den Tisch zu, nur um auf die Knie zu fallen und dann rückwärts wegzukippen. Bewusstlos. Er war komplett ohnmächtig geworden.

»Hilfe irgendwer!«, brüllte Milo von der Tür.

»Ich blute!«, gab ich zurück.

»Er könnte eine Gehirnerschütterung haben!«

»Gut!«, brüllte ich.

Jason und Milo starrten mich an, als hätte ich ihnen gerade gestanden, ich hätte Max' Kaffee vergiftet, und das mit einem Lächeln.

Fluchend stand ich auf und schnappte mir ein Handtuch. Ich drückte es mir gegen das Gesicht und schob Milo aus dem Weg, damit ich Max helfen konnte.

»Er ist wirklich ohnmächtig.« Jason tippte Max' Gesicht an.

»Ist das normal?«, flüsterte ich.

»Du bist der Feuerwehrmann!« Milo verpasste mir eine Kopfnuss. »Hast du keine Erste-Hilfe-Kenntnisse?«

Doch, Teufel, ja. Mir war nur nicht danach, mich für Max zu verausgaben. Denn er hatte sie nackt gesehen. Nackt! Verdammt, sie hatte so weich gewirkt, ganz seidig und glatt. Da musste ein Mann doch einfach seine Hände …

»Hey!« Milo verpasste mir eine zweite Kopfnuss. »Hilf ihm!«

»Klar.« Ohne nachzudenken, gab ich Max eine Ohrfeige.

Er riss die Augen auf. »Was zum Teufel!«

»Bist du okay?«

»Warum hast du mich geschlagen?«

»Sieht gut aus.« Ich kniff ihn in die Wange, versetzte ihm noch einen leichten Schlag und stand dann auf. »Er wird's überleben.«

»Das ist alles?« Milo stampfte mit einem Fuß auf. »›Er wird's überleben?‹ Was für ein Feuerwehrmann bist du eigentlich?«

Ich zuckte mit den Schultern, während Max versuchte, sich aufzusetzen. »Ich muss mich übergeben«, sagte er.

»Angst vor ein bisschen Blut?« Was für ein Weichei!

»Ja«, quetschte er mit zusammengebissenen Zähnen hervor.

»Warte, ich helfe dir in dein Zimmer.« Milo brachte den Kerl auf die Füße und begann, mit ihm den Flur entlangzugehen, nur war er ganz offensichtlich zu schwer für sie.

Ich verdrehte die Augen, trat zwischen die beiden und packte Max bei den Schultern, auch wenn ich ihn lieber bei den Eiern gepackt und heftig dran gezogen hätte. »Ich hab ihn.«

Max Augen weiteten sich. »Mir geht's eigentlich schon viel besser.«

»Nein«, sagte ich geschmeidig, während ich ihn den Flur entlangführte. »Geht's dir nicht.«

Er blickte mich an, dann grinste er. »Oh, oh, oh, sieht aus, als hätte ich deine Schwachstelle entdeckt, Clark Kent.«

»Hä?«

»Magst du sie?«

Ich war so geschockt, dass ich ihn fast fallen ließ. »Nein.«

»Klar.« Er nickte. Wir waren beinahe an der Tür zum Gästezimmer. »Alles cool. Ich meine, was an ihr könnte man nicht mögen? Umwerfender Körper, wunderschönes Lächeln, fester, kleiner Hintern …«

»Red weiter, und ich breche dir den Kiefer.«

»Eine Tigerin im …«

Ich rammte ihm meine Faust ins Gesicht, riss ihn von den Füßen und schleuderte ihn ins Schlafzimmer. Mit einem dumpfen Aufprall ging er zu Boden. »Ich hab dich gewarnt.«

Max lächelte durch das Blut hindurch, das ihm aus der Nase über den Mund lief. »Hübscher … kleiner … Arsch.« Er machte eine Geste, als würde er jemandem einen Klaps geben.

Ich sah rot. So wie in: Ich verlor komplett die Kontrolle und stürzte mich auf ihn, nur um Milo meinen Namen schreien zu hören, gerade als ich ihm noch eine verpassen wollte.

»Colton!« Sie schlang die Arme um mich und zog mich zurück. »Was zum Teufel machst du da?«

»Er hat …« Ich deutete auf den Mistkerl und sah, wie er ihr unschuldig zulächelte und sich dann über die Wange fuhr. Verdammt, gab er vor zu heulen?

»Tut weh«, sagte Max und verzog den Mund zu einem Schmollen. »Gibst du mir einen Kuss und machst es besser, Baby?«

»Du willst mich wohl verarschen«, murmelte ich unhörbar vor mich hin.

»Natürlich!« Milo ließ mich los und eilte zu Max. »Was ist passiert?«

Max' Augen funkelten. »Ich bin hingefallen, Colton hat versucht, mich aufzufangen, aber er war nicht schnell genug. Komisch, oder? Das scheint sein Thema zu sein. Nicht der Erste sein, nicht schnell genug sein … Dinge verlieren.« Max' Mittelfinger salutierten mir, während er Milo eng in die Arme schloss.

»Bleib du hier.« Milo küsste seine Stirn. »Du hast dir eine Pause verdient.«

»Dass ich nicht lache.« Das hatte ich nicht laut sagen wollen.

»Und du!« Milo stapfte hinüber zu mir und kniff mich in den Arm. »Lass ihn in Ruhe!«

»Fein!«

»Fein!«

»Fein!«, wiederholte Max wie ein Echo von uns beiden. Ich machte einen Satz auf ihn zu, wurde aber von Milo blockiert. Schnell schloss sie die Tür und verschränkte die Arme. Der Flur war zu schmal für einen unserer Kämpfe.

»Was?« Ich bewegte mich nervös hin und her.

»Hast du ihn geschlagen?«

»Er hat über deinen Hintern gesprochen.« Ich lehnte mich vor und presste sie gegen die Wand.

»Wenigstens spricht irgendwer über ihn.« Sie hob kämpferisch das Kinn und funkelte mich an.

»Was zum Teufel soll das jetzt wieder heißen?«

»Du weißt genau, was ich meine!« Sie stieß mir mit einem Finger gegen die Brust, und ich muss gestehen, es fühlte sich an, als hätte Oskar, die Supermaus, von ihrem Finger Besitz ergriffen. Es tat höllisch weh.

»Stopp.« Ich hielt ihre Hände fest.

Sie kämpfte gegen mich an, wehrte sich, während ich versuchte, ihr die Arme an die Seiten zu drücken, und dann komplett die Kontrolle über meinen Körper verlor.

Und sie küsste.

Schon wieder.

Kapitel 13

Milo

Er küsste mich.

Mitten auf dem Flur.

Mein angeblicher Freund war in dem Gästezimmer nur ein paar Schritte von mir entfernt, und Jason war am anderen Ende des Flurs.

Es war einer dieser Küsse, von denen Frauen ihren Freundinnen vorschwärmen – besitzergreifend, dunkel, hungrig. Ich liebte es. Ich wollte die Arme um ihn schlingen und ihn an mich ziehen.

Stattdessen küsste ich ihn kaum zurück.

Denn so wollte ich ihn nicht.

Aus Wut? Aus Eifersucht? Weil er sauer war, weil ich endlich außerhalb seiner Reichweite war? Während seine Lippen meine bedeckten, dachte ich nach – fast so, als wäre die Zeit stehengeblieben. Ich erlaubte meinen Gedanken zu wandern. Würde ich mich jemals mit nur einer Hälfte von ihm – der eifersüchtigen Hälfte – zufriedengeben können, wenn ich doch das Gesamtpaket wollte? Das Gemeine an unerwiderter Liebe ist, dass man sich nie wirklich sicher sein kann, wo die andere Person steht. Man kann nur Vermutungen anstellen, aufgrund der eigenen Gefühle, und sich dann damit trösten, dass es besser ist als eine klare Zurückweisung. Ja, er mag wohl sagen, dass er dich will, aber ist sein Verlangen so stark wie deins? Tut es weh? Schmerzt es?

Sanft schob ich Colton weg. »Wir sollten das nicht tun.«

»Tut mir leid.« Seine Stimme klang rau. »Ich weiß nicht, warum ich das immer wieder mache.«

»Doch, weißt du«, sagte ich, während sich in mir das kalte Gewicht von Enttäuschung und Ablehnung breitmachte wie ein Sack voller Steine.

»Er ist nicht der Richtige für dich.«

»Und du bist da der Experte, weil …?«

Colton lehnte seine Stirn an meine. »Wir sind seit der ersten Klasse befreundet – seit du mit einem pinken Stift deinen Namen überall an meine Zimmerwände geschrieben hast.«

Tränen stiegen mir in die Augen, ließen mir die Kehle eng werden. Er war nur nett – was ich eigentlich geschrieben hatte, war: Colt + Milo = Love.

»Ich kenne dich.« Er betonte das dich so stark, dass ich anfing zu zittern. »Vertrau mir.«

»Wie kann ich einem Kerl vertrauen, der nicht mal selbst weiß, was er will?« Ich drückte ihm die Hände gegen die Brust. »Was willst du von mir?«

Unsicher wanderte sein Blick hin und her.

Und genau das war es.

Ich wollte, dass er sich sicher war. Kein Zögern.

»Ich will …«

»Ich bin wieder da!«, rief Mom aus der Küche. »Donuts! Zeit, sich wieder zu versammeln! Die Dekorateure sind da, also brauchen wir alle Hände, um mit anzupacken! Vorwärts, Truppen!«

Colton trat von mir zurück und ging durch den Flur Richtung Küche.

Seufzend begab ich mich wieder ins Gästezimmer, um Max zu retten.

Er saß auf dem Bett und schrieb eine SMS.

»Wow, eine Wunderheilung«, scherzte ich.

Er blickte von seinem Handy auf und grinste. »Theaterferienlager. Gib's zu, du stehst total auf meine Schauspielfähigkeiten.«

»Diese Schauspielfähigkeiten haben dir einen Fausthieb eingehandelt.«

»Falsch.« Max verschränkte die Arme. »Meine Schauspielfähigkeiten haben dich und Colton zum Reden gebracht. Himmel, ihr zwei seid so langweilig. Ich schwöre, man kann ihm jeden Gedanken am Gesicht ablesen. Ich bin überrascht, dass Jason noch nicht dahintergekommen ist und ihn umgebracht hat.«

»Das würde Jason niemals tun.«

Max verdrehte die Augen. »Würde er, und er würde mich bei der Beseitigung der Leiche sogar um Hilfe bitten. Du bist die Nicht-Angriffszone, kapiert? Vertrau mir. Oh, und P.S.: Colton findet, du hast einen hübschen Hintern.«

»Das hat er gesagt?« Nervosität explodierte in meinem Bauch.

»Nein.« Max' Grinsen wurde noch breiter. »Ich hab es gesagt, und dann hat er mich geschlagen.«

»Ich bin verwirrt.«

»Wenn er sich nichts aus dir machen würde, hätte er nicht zugelangt.«

»Vielleicht hat er meine Ehre verteidigt.«

»Ehre, dass ich nicht lache. Er will diese Ehre beackern und kleine Babys machen und seinen Erstgeborenen Max nennen.«

»Hä?«

Max stand auf und zuckte zusammen, als er mit den Fingern über sein Kinn strich. »Guter rechter Haken, das muss ich zugeben. Hat auch verdammt wehgetan. Was ich so alles für meine Freunde tue.«

»Bester Freund.«

»Beste Freundin.« Max umschloss meine Hand. »Vertrau mir, Milo. Ich weiß, dass das, was wir tun, funktioniert. Wir haben noch den ganzen restlichen Tag Zeit, ihn dazu zu bringen, die Hosen runterzulassen.«

»Äh.« Ich hob meine freie Hand.

»Frage?«

Ich nickte.

»Du darfst fragen.«

»Kann er seine Hose anbehalten?«

»Warum zum Teufel willst du, dass er die Hose anbehält, wenn du willst, dass er sie runterlässt? Mädchen sind seltsam.«

»Max.« Ich zog ihn zur Tür. »Die Hosen bleiben an.«

»Aus.«

»An!«

»Hosen aus!«, dröhnte er und stieß die Tür auf.

Und dort stand Jason, eine Hand erhoben, als hätte er gerade anklopfen wollen, ein Ausdruck von totaler Verlegenheit im Gesicht. »Ich, ähm, äh, Mom ist zurück, und ich dachte, ähm …« Sein Blick glitt zwischen uns hin und her. »Weitermachen.«

Er schob die Hände in die Taschen und schlurfte über den Flur davon.

»Ja.« Max nickte. »Deine Familie hält dich jetzt mit Sicherheit für eine Hure.«

»Danke.« Ich knirschte mit den Zähnen.

Max legte mir den Arm um die Schultern. »Hör auf, so streitlustig zu sein, und ich höre auf, die Stimme zu erheben.«

»Auf gar keinen Fall.«

Er seufzte. »Wenigstens hab ich es versucht. Und jetzt pass auf.«

Wir blieben vor der Küche stehen. Max drehte mich zu sich herum und umfasste mein Gesicht. »Eye of the Tiger.«

»Der Song?«

»Der Fokus, von dem in dem Song die Rede ist.« Er schnipste mit den Fingern. »Also, wer ist der Tiger?«

»Colton?«

»Sehr gut.« Er tätschelte mir die Wange. »Und jetzt will ich, dass du dir einen Donut vorstellst.«

»Was ...«

»Stell dir einfach den Donut vor, verdammt!«

»Welche Geschmacksrichtung?«

»Spielt das eine Rolle?«, fragte er irritiert.

»Für mich schon.«

»Schokolade. Du bist ein Schokoladen-Donut.«

»Verstanden.«

»Jetzt«, flüsterte Max, »werde der Donut.«

»Hä?«

»Ich rede doch nicht in einer Fremdsprache. Werde der Donut.«

»Ich bin ... ein Schoko-Donut ... Ich schmecke ... gut?«

»Verkauf's mir.«

»Ich schmecke umwerfend!«

»Na bitte.« Er gab mir einen Klaps auf den Hintern. »Wenn du jetzt da reingehst, dann sei dieser köstliche Schokoladen-Donut, kapiert? Du schmeckst gut, du riechst gut, du siehst gut aus. Sei ... der ... Donut.«

Hand in Hand betraten wir die Küche.

Mom aß einen Donut und unterhielt sich angeregt mit Dad. Jason hatte einen Schokoladen-Donut und einen Vanille-Donut übereinandergestapelt, und Colt saß am anderen Ende des Tisches und griff nach einem mit Vanille. Er schaute hoch und unsere Blicke fanden sich, ließen einander nicht los.

Colton hob das Vanille-Teil an seine Lippen und biss hinein. Ja, ich war so was von dieser Donut, mein gesamter Körper prickelte.

Max grinste und gab mir noch einen Klaps auf den Hintern, flüsterte mir ins Ohr: »Wie ich gesagt habe: Sei der Donut, spür diese Zähne, hol dir deinen Mann, Bitch.«

Kapitel 14

Milo

»Also.« Mom wischte sich die Mundwinkel mit einer Serviette ab und blickte jeden von uns an, bevor sie die Serviette wieder weglegte und sich räusperte. »Der Rest des Dekorationsteams sollte jeden Moment hier eintreffen und …«

»Nein!« Ein schriller Schrei erklang aus dem vorderen Zimmer.

Max verschluckte sich an seinem Donut. Ich schlug ihm auf den Rücken und keuchte auf, als Jayne in die Küche marschiert kam, einen mörderischen Ausdruck in den Augen. »Das ist alles falsch!«

»Was alles?«, fragte Dad, während er ruhig seine Tasse auf der Untertasse absetzte und ihr einen ausdruckslosen Blick zuwarf.

»Die Farben!« Sie stampfte mit dem Fuß auf.

Colton nahm Augenkontakt mit mir auf, und Max schüttelte den Kopf.

»Schätzchen, du hast gesagt, du willst rot.« Oh, arme Mom. Das war, als wollte man ein Nilpferd beruhigen. Es würde sich auf einen stürzen, ganz egal, wie freundlich man auf es einredete. Es würde sich auf einen stürzen und einen dann entweder ertränken oder sich auf einen draufsetzen.

»Ich habe gesagt«, schrie Jayne, während hektische Flecken ihre Wangen überzogen, »Wassermelonenrot!«

»Rot ist rot«, murmelte Max.

»Was?« Jayne funkelte ihn an. »Was hast du gerade gesagt?«

Alle Farbe wich aus Max' Gesicht. »Jason ist tot, er wird tot sein, weil es doch immer der Fehler des Bräutigams ist, richtig? Ha, ha.« Er zwang sich ein Lächeln auf die Lippen, während Jason ihn vom anderen Ende des Tisches wütend anstarrte.

»Ich glaube das einfach nicht!« Jayne stapfte hin und her. »Die Hochzeit ist morgen! Alles muss perfekt sein! Es wird nicht zusammenpassen!« Sie blieb stehen. Ja, das Nilpferd würde jetzt jede Sekunde losstürmen. »Was wirst du dagegen unternehmen?« Und schon ging es los.

Sie richtete die Frage an Mom.

Max schob Jason ein Messer zu und nickte ermutigend.

Jason beäugte das Messer, als würde er ernsthaft in Erwägung ziehen, es zu benutzen, während Colton ganz ruhig die Waffe an sich nahm und auf seinen Schoß legte.

Mom erhob sich. »Ich verstehe ja, dass du aufgewühlt bist.«

Jayne zuckte zurück, mit einem Ausdruck purer Fassungslosigkeit auf dem Gesicht.

»Aber du musst dich beruhigen.«

»Ohhh.« Max schüttelte den Kopf. »Schlechte Idee, ganz schlechte Idee. Das ist, als würde man dem Hai einreden wollen, man wäre ein Surfbrett. Er wird einen beißen, nur um sich zu vergewissern, dass man wirklich keine Robbe ist, und dann wird er einen doch umbringen. Mein Bein, mein Bein!« Ich schlug ihn auf den Bauch.

Jayne verengte die Augen, während sie Mom fixierte.

Die Stühle rund um den Tisch quietschten über den Boden, als wir sie alle gleichzeitig zurückschoben.

»Du hast gesagt, du würdest dich um alles kümmern«, sagte Jayne mit leiser Stimme. »Das ist kein Kümmern!«

»Hör zu, Süße …«

»Wir werden heiraten!«, rief Max aus.

»Was?«, brüllte Colt, während ihm ein Donut aus der Hand flog und Jasons verletztes Auge nur um einen Zentimeter verfehlte.

Alle wurden still.

»Überraschung!« Max riss die Hände hoch. »Der Zeitpunkt ist genauso gut wie jeder andere, Schatz.« Er griff nach meiner Hand; ich zog sie zurück und funkelte ihn an. Dieser Idiot! Was machte er?

»Oh, Schatz!« Mom rannte um den Tisch herum und umarmte mich. »Wir haben immer gedacht, das würde nie passieren!«

»Wow, danke.« Nichts war ermutigender, als wenn die eigenen Eltern einen als ewige Jungfrau abschrieben und an eine kinderlose Zukunft glaubten. »Aber wir werden nicht …«

»Wir werden!« Max presste die Zähne aufeinander und nickte zu Jayne hinüber.

Ihr Kampfgeist erlosch. Sie sank auf einem Stuhl zusammen. »Max? Ihr beide, ihr heiratet wirklich?«

»Japp.« Er drückte mich so fest, dass ich um Luft rang. »Komm her, Baby.«

Er küsste mich vor allen mitten auf den Mund.

Ich hätte schwören können, dass ich das Messer in Coltons Hand zucken sah.

»Darauf müssen wir anstoßen!« Mom klatschte in die Hände und holte eine Flasche Champagner.

»Aber es ist erst halb elf Uhr morgens.« Vier Augenpaare richteten sich auf mich, deren Blicke selbst die Hölle hätten zufrieren lassen. »Ich meine, das klingt fantastisch!«

Max flüsterte mir zu: »Wenn wir keinen Alkohol bekommen, werden wir alle krepieren. Ich bin überzeugt, dass ich vielleicht meinen nächsten Geburtstag nicht mehr erlebe, wenn ich noch länger in diesem Haus bleiben muss. Behalt du Jayne im Auge, stell sicher, dass sie aufhört, deine Mom zu drangsalieren, und ich werde alles andere in Ordnung bringen.«

»Wie zum Teufel willst du das wieder in Ordnung bringen?«

Er zuckte mit den Schultern. »Ich habe Verbindungen. Und jetzt, stoß auf unsere Zukunft an, und stell dich nah zu Colton. Oh, und erinnere dich an unser Gespräch.«

»Donut, ich weiß, der Donut sein.«

»Nein.« Er verdrehte die Augen. »Eye of the Tiger.«

Mit diesen Worten stahl er sich aus der Küche, Dad im Schlepptau.

»Wo gehen sie hin?« Mom stellte den Champagner auf den Tisch.

»Jungszeug, Hochzeitszeug«, log ich.

»Das ist gerade …«, Mom wischte sich eine Träne aus dem Auge, oh, Mist, »zum allerbesten …«, und schon fing ihr Kinn an zu zittern, »wunderschönsten … wundervollsten …«, die Wasserfälle setzten ein, »Tag geworden.« Sie fuhr sich über die Wangen.

»Nicht weinen, Mom.« Ich sagte es wie einen Befehl.

»Tut mir leid.« Sie weinte nur noch mehr.

»Mom, im Ernst, hör auf zu weinen.«

»Ich bin einfach nur so stolz auf dich.«

Ich biss die Zähne zusammen. »Ja, klar, ich habe gerade das Problem des Welthungers gelöst, indem ich Max heirate.«

Jayne merkte auf. »Wirklich?«

»Klar.« Ich nickte heftig. »Denn das ist, was Hochzeiten bewirken, Frieden, nicht Krieg.«

Jason verschluckte sich am Champagner.

»Milo?« Colton reichte mir ein Glas Champagner. »Kann ich dich kurz sprechen? Draußen?«

»Sicher.« Ich grinste, während mir voll und ganz bewusst war, dass er Antworten wollen würde. Super! Noch mehr Lügen, um Lügen zu verschleiern. Fantastisch.

Kapitel 15

Colton

Heiraten. Heiraten! Heiraten? Egal, wie ich es sagte, egal, von welchem Blickwinkel aus ich es betrachtete – alles, was ich sah, war Rot. Die Farbe der Wut, und wenn ich ganz ehrlich mit mir war? Schmerz mit einer guten Dosis Bedauern. Verdammt.

Ich kippte den Rest meines Champagners runter und stellte das Glas auf einem der Tische ab, gerade als einer der Dekorateure vorbeikam und ein großes Gebilde abstellte, von dem ich sicher war, dass es einem mittelalterlichen Folterinstrument nachgebildet war.

»Was ist das?« Ich deutete darauf.

»Da steht die Torte drauf.« Der Typ zuckte mit den Schultern, während Milo herankam und das Dinge ebenfalls beäugte.

»Wird das eine SM-Hochzeit oder was?«

Ja, da gingen meine Gedanken auch hin.

Milo mit einer Peitsche.

Von Kopf bis Fuß in Leder gekleidet und mich mit Schlafzimmerblick anschauend. Ich wurde hart, als ich mir vorstellte, wie sie die Peitsche schwang. Verdammt, war es falsch, Gewalt so sehr zu lieben, wie ich es tat?

Ich meine, diese Frau war die Reinkarnation von Gewalt, sie forderte das geradezu heraus.

Ich hustete, um meine Verlegenheit zu überspielen und sicherzugehen, dass ihr Blick nirgendwo anders als auf meinem Gesicht landete – damit ich mich nicht noch mehr blamierte und in den kalten Pool springen musste –, und erlangte ihre Aufmerksamkeit.

»Also, was gibt's?«

»Heiraten?«, krächzte ich. »Du willst mich verarschen, oder?«

Ganz offensichtlich hatte ich meine Berufung als Therapeut oder Motivationstrainer verpasst.

»Ich glaube schon.« Milos Wangen leuchteten rot. »Ich meine, ich glaube ... ja?«

»Du glaubst?«, fuhr ich sie an, und mein Temperament ging mit mir durch. »Du glaubst, schon? Du glaubst?« Ich marschierte zu ihr hinüber und packte sie bei den Schultern. »Eine Heirat ist nichts zum Glauben, Milo, das ist fürs Leben! Was zum Teufel ist los mit dir? Du bist immer noch so unreif wie früher. Verdammt.«

»Was?« Ihre schrille Stimme ließ mich in Deckung springen wollen.

Ups. Ich stand kurz davor, wieder einen Hieb abzubekommen – dieses Mal mit Absicht.

»Ich bin nicht unreif.« Sie versuchte, sich mir zu entwinden, aber das ließ ich nicht zu. Wütend wie ich war, hielt ich sie mit eisernem Griff gepackt.

»Doch. Das bist du. Man heiratet nicht einfach ein Arschloch, nur weil er einen fragt.«

»Er ist kein Arschloch!«

»Du warst nackt!«

»Was?«, brüllte Jason, der sich hinter uns näherte. »Wer war nackt?«

»Soll ich es ihm sagen oder willst du?«, höhnte ich.

»Alles in Ordnung?« Max joggte herüber, die Hände hoch in der Luft, als wäre er komplett unschuldig, der perverse Mistkerl!

»Also?« Jason verschränkte die Arme vor der Brust.

»Sie hatte ihr T-Shirt ausgezogen …« Ich nickte. »Für ihn!«

Milo zeigte auf mich. »Du hast auch hingeguckt!«

Jasons Augen weiteten sich und verengten sich dann, als er mich anblickte.

»Nein.« Ich presste Milo härter an mich. »Nein, so war das gar nicht.«

»Doch«, sagte Max hilfreich. »Genau so. Ich war total unschuldig an der ganzen Sache. Ehrlich, ich weiß nicht mal, wovon er redet.«

Ich würde den Kerl mit bloßen Händen umbringen.

»Du hast meine Schwester nackt gesehen!«, schrie Jason.

Alle kamen aus dem Haus, Jayne inklusive. Oh, gut, Zeugen. Wenigstens würden sie alle sehen, wie ich ermordet wurde. Und genau deswegen hatte ich mich Milo nie auf diese Weise genähert. Es ging nicht nur darum, ihre Freundschaft nicht zu verlieren – sondern auch darum, Jasons zu nicht verlieren.

»Nein.« Ich schluckte. »Du verstehst das alles falsch.«

»Er hat mir auf die Brüste gestarrt«, sagte Milo triumphierend.

Jason stürzte auf mich zu. Ich ließ Milo etwas plötzlich los, und sie flog in das Tortenstandmetalldings.

Es folgte jede Menge Knirschen und Fluchen.

Jason erstarrte.

Ich schloss die Augen.

Und Jayne fing an zu weinen – heulen und wehklagen, traf es vermutlich besser.

»Mein Tortenständer!«, schrie sie Richtung Himmel wie ein jaulender Werwolf und stampfte dabei über den Rasen, tötete jedes Samenkorn, das gehofft hatte, zu wunderschönen Grünpflanzen zu erblühen. »Du hast alles ruiniert!«

»Gott sei Dank«, murmelte Jason.

»Nimm sie fest!« Jayne zeigte auf Milo. »Nimm sie sofort fest!«

»Verdammt noch mal, sie ist verletzt.« Ich ging zu Milo, um ihr aufzuhelfen. Doch sie stieß mich weg, während ich zog, und ich verlor das Gleichgewicht, fiel rückwärts – mitten in den Pool.

Als ich wieder auftauchte, sah ich, wie Jason Handschellen hervorholte.

»Was zum Teufel machst du da?«, rief ich, während ich versuchte, aus dem Pool zu kommen.

»Zerstörung von Privateigentum«, schniefte Jayne. »Und Jason ist ein guter Polizist, ein gerechter Polizist, also wird er sie festnehmen.«

Max, der Mistkerl von Verlobtem, hielt sich beide Hände vor den Mund.

Und Mrs Caro, die gerade die Szene mit der Champagnerflasche in der Hand erreicht hatte, begann, direkt aus dieser zu trinken.

Keine schlechte Idee.

»Jason.« Mr Caro machte einen Schritt nach vorn. »Vielleicht ist das …«

»Nein.« Jason nickte. »Jayne hat recht. Fair bleibt fair, ich bringe sie auf die Wache. Ich bin vermutlich für ein paar Stunden weg, aber …«

Der Mistkerl! Er würde sich bei den Hochzeitsvorbereitungen voll aus der Affäre ziehen!

Nicht mein stolzester Moment, aber sobald ich auf den Füßen war, rannte ich mit voller Geschwindigkeit auf eine der Dekorateurinnen zu und schlug ihr die Kerzen, die sie trug, aus den Händen. Sie prallten dumpf auf dem Boden auf.

»Oh-oh«, sagte ich trocken und streckte meine Hände aus. »Nimm mich fest, Jason. Sieht aus, als hätte ich noch mehr

Eigentum zerstört.«

Max kam zu mir und flüsterte: »Verfehlt irgendwie den Zweck, wenn du auf die Bombe springst, nachdem sie hochgegangen ist, aber mach nur weiter.« Er trat zurück.

»Wie du willst.« Jason packte mich mit der rechten und Milo mit der linken Hand.

»Max, tu doch was!«, rief Milo.

»Sicher.« Er nickte und griff dann nach der Champagnerflasche. »Darf ich?«

Wortlos gab Mrs Caro sie ihm, und er nahm einen tiefen Schluck.

»Das zählt nicht als was tun!«

»Das ist alles, was mir einfällt. Ich werde sofort die Kaution für dich hinterlegen, Milo. Versuch in der Zwischenzeit, sie nicht noch weiter zu verletzen – immerhin sitzen die zwei mit dir im Auto fest und nicht umgekehrt.«

Nach seinem Gesichtsausdruck zu schließen schien Jason darüber einen Moment lang nachzudenken. Ja, genau. Vermutlich dachte er an all das, was ihm in den letzten vierundzwanzig Stunden an Gewalt angetan worden war.

»Willst du's dir noch mal überlegen?«, fragte ich.

»Ab in das verdammte Auto mit euch beiden.«

Ich ging nach vorne.

»O nein, Teufel, nein.« Er öffnete die hintere Tür. »Du bist festgenommen worden, Freundchen, du sitzt hinten. Die Jungs auf dem Revier werden dir die Hölle heißmachen.«

»Lass sie.« Ich lächelte ihm vom Rücksitz aus zu, während Milo finster dreinblickte. »Wir verlassen das Gefängnis und gehen in den Knast. Da wähle ich doch den Knast.«

Im Auto wurde es still.

»Hey, können wir bei Starbucks anhalten?«, fragte Milo, als wir die Auffahrt hinter uns ließen.

Kapitel 16

Milo

»Als ich gesagt habe, sei der Donut …« Max lehnte sich gegen die Gitter des Stadtgefängnisses. »Da habe ich keineswegs sagen wollen, sei dumm wie einer, und lass dich von einem Donut essenden Polizisten einlochen.«

»Sehr witzig.«

Er sah hinter sich und grinste. »Hey, sie hatten Hunger.«

Auf einem der Schreibtische stand eine ganze Kiste von den Dingern. Max dachte, das würde die angespannte Atmosphäre lockern, während er seinen Charme spielen ließ, um mich auf Kaution freizubekommen. Allerdings war es auch nicht so, als wären wir schlecht behandelt worden.

Und es war nicht das erste Mal, dass ich mit Colton im Knast hockte.

Alles in allem waren wir dreimal zusammen hinter Gittern gelandet. Einmal hatten unsere eigenen Eltern wegen uns die Polizei gerufen. Extrem peinlich, gelinde gesagt. Ich wusste, Jason hätte uns nicht hinter Gitter gebracht, wenn echte Kriminelle in dem kleinen Gefängnis gewesen wären, aber da waren nur wir, was bedeutete, dass er entweder etwas klarmachen wollte oder unsere ungeteilte Aufmerksamkeit brauchte, ohne dass der Rest der Familie zugegen war.

Er saß in einer Ecke und grinste – quietschfidel, das war er.

Max' Handy klingelte. »Bin gleich wieder da.«

»Verlass mich nicht, Max!«

»He, ich muss eine Hochzeit retten. Du kommst an zweiter Stelle.« Er warf mir einen Luftkuss zu und ging.

Colton schnaubte verächtlich. »Da hast du dir einen echten Gewinner angelacht. Echt, ich glaube, die Heiligsprechung ist ihm sicher.«

»Kalt?« Ich neigte den Kopf, als Colton wieder heftig zitterte. Er war immer noch nass von seinem Sturz in den Pool. Man hatte ihm zwar eine Decke gegeben, aber ich konnte sehen, dass er immer noch unter der Kälte litt.

»Nee, gar nicht. Heiß. Ich schwitze. Glühe. Brenne.« Er starrte mich wütend an.

»Okay, zieh die Hose aus, und beweis es.«

»Das beweist gar nichts!«, brüllte er und wurde knallrot.

»Es beweist ein klein bisschen was.« Ich zwinkerte ihm zu. »Oder nicht?«

»Ich hasse dich.«

»Witzig.« Ich setzte mich neben ihn. »Genau das hast du auch das letzte Mal gesagt, als wir im Knast gelandet sind.«

»Wieder.« Er blickte finster drein. »Deine Schuld.«

»Bitte!« Ich stieß ihn leicht an. »Das war nicht meine Schuld, und das weißt du ganz genau.«

»Du hast die Kirche in Brand gesteckt.«

Ich fummelte an meinen Fingernägeln herum und blickte zu Boden. »Zu meiner Verteidigung, du hast mich gegen die Kerzen geschubst.«

»Weil du mich gereizt hast.« Seine Stimme wurde lauter. »Ständig hast du wiederholt, ›Colton, spring! Colton, spring!‹

Es war die verdammte Galerie!«

»Drei Meter.« Ich kämpfte darum, ernst zu bleiben. »Ich hab dich dazu bringen wollen, drei Meter tief zu springen.«

»Das waren mehr als drei!«

»Nein, waren es nicht.«

»Doch.« Er hob eine Hand. »Können wir aufhören, uns zu streiten?«

»Warum? Willst du mich wieder mit einem Kuss zum Schweigen bringen?«

Er erstarrte und heftete dann wie ein Verhungernder den Blick auf meine Lippen. »Kommt drauf an. Wirst du den Kuss erwidern, so wie du es sonst auch getan hast? Jedes … verdammte … Mal.«

Falls er dachte, ich hätte den zweiten Kuss erwidert, machte er sich besser auf ein raues Erwachen gefasst.

»Willst du mir jetzt ein schlechtes Gewissen machen, weil ich dich zurück geküsst habe?«

»Ich will nur sagen, dass es zwei zum Küssen braucht.« Er zuckte mit den Schultern. »Das ist schon alles.«

»Klar, das ist alles.«

»Verdammt!« Er packte mich an den Schultern. »Musst du immer das letzte Wort haben?«

Ich sagte nichts.

»Hallo?«

»Ich hab nur versucht, nicht das letzte Wort zu haben.«

Er ließ mich los und fuhr sich durch die Haare. »Verflixt und zugenäht, du machst mich echt verrückt.«

Ich zuckte zusammen und rutschte von ihm weg.

»Milo«, knurrte er. »So hab ich das nicht …«

»Ihr seid frei!« Max stand vor der Zelle und ließ die Handschellen vor seinem Gesicht hin und her baumeln. »Oh, und ich behalte die hier für später.«

Er zwinkerte.

Ich verzog das Gesicht. »Widerlich.«

»Widerlich?«, sagten Max und Colton gemeinsam.

»Äh, Metall. Ich mag kein Metall beim …« Ja, diesen Satz konnte ich eindeutig nicht zu Ende bringen.

»Sex.« Max nickte. »Sorry, Baby, ich weiß, ich sollte in den Kopf kriegen, dass du es nicht magst, mit Handschellen ans Bett gefesselt zu werden. Es ist nur, ich scheine das immer wieder zu vergessen, weißt du? Vielleicht, weil die meisten meiner Fantasien sich um … Oh, schaut nur, da ist Jason, bin gleich zurück!«

Ich blickte verstohlen zu Colton. Er klammerte sich so fest an die Bank, dass ich schon dachte, er würde einen auf Herkules machen und sie von der Wand reißen.

»Alles klar?«

»Bitte sag nichts.« Seine Stimme klang rau.

»Er macht nur Scherze, Max und ich haben noch nicht …« Ich schüttelte den Kopf. »Haben wir nicht.«

An seinem Auge zuckte ein Muskel. »Ihr habt nicht …?«

»Das getan.«

»Handschellen.«

»Sex.«

»Ich wette, er ist ein schrecklicher Liebhaber. Ich wette, er weint hinterher und lutscht am Daumen.« Colton lachte, und dann fluchte er. »Ich hab das laut gesagt, oder?«

»Jap.«

»Mist.«

»Bist du okay?« Ich berührte ihn an der Schulter.

»Nein.« Er biss sich auf die Lippe. »Ich werde im Verlauf dieses Tages entweder deinen Verlobten umbringen oder mich im Pool ertränken. Im Moment ist noch nicht ganz klar, was.«

»Würdest du dich besser fühlen, wenn ich dir einen Schlag verpasse?«

»Nein.« Er schluckte. »Aber du könntest mich noch mal küssen.«

Ich riss den Kopf hoch.

»Tut mir leid, Leute.« Max kam zur Zelle zurück. »Dieser Jason ist wirklich saukomisch. Oh, und P.S.: Wir hetzen die lokale Russenmafia auf Jayne.« Er fuhr sich mit einer Hand über die Kehle.

»Er macht Witze.« Jason tauchte hinter ihm auf und schlug ihm auf den Rücken.

»Schade«, grummelte ich.

»Mann, warum heiratest du die überhaupt?« Das kam von Max.

Jason wurde blass und blickte zu Boden, scharrte mit den Füßen. »Das ist kompliziert, und irgendwie wollte ich euch deswegen auch für eine Weile von Mom und Dad weg haben.«

»Ich hätte auf die ganze Gefängnisnummer verzichten könnten«, sagte ich säuerlich.

Jason zuckte mit den Schultern. »Zu einer Bar wäre Jayne uns gefolgt, außerdem hat sie ihre Spione überall.«

»Schockierend«, murrte ich. »Also, dann ent-kompliziere die Dinge mal für uns.«

»Ich muss sie heiraten.«

»Nein, musst du nicht!« Colton sprang auf. »Musst du wirklich nicht.«

»Ich muss!«, schrie Jason. »Sie ist schwanger, okay?«

Nach ein paar Sekunden angespannten Schweigens sprach Max: »Und warum spielt das eine Rolle?«

Da sprach er aus, was wir alle dachten.

»Weil«, sagte Jason mit zusammengebissenen Zähnen, »das hier eine Kleinstadt ist und jeder von jedem alles weiß, und wenn ich sie schwanger am Altar stehen lasse, werde ich mich niemals als Bürgermeister aufstellen lassen können.«

»Du willst Bürgermeister werden?«, quietschte ich.

»Irgendwann.« Er seufzte. »Hört zu, ich habe alles versucht, aus der Nummer rauszukommen, aber egal, was ich tue, ich stehe wie der letzte Mistkerl da. Welche Art Mann schwängert eine Frau und verlässt sie dann?«

Max hob eine Hand. »Frage. Woher weißt du, dass sie die Wahrheit sagt?«

Jason verengte die Augen. »Weil sie es mir gesagt hat.«

»Hast du ein Bild dieser Frucht eurer Liebe? Bist du mal mit ihr beim Arzt gewesen? Ist ihr wirklich übel? Nimmt sie zu? Verliert sie an Gewicht? Muss sie ständig pinkeln? Hat sie schon angefangen, Umstandskleidung zu kaufen? Das sind die Dinge, die du wissen musst.«

Jason kniff die Augen zusammen, fluchte und schaute zu Boden. »Nein zu all dem, aber …«

»Theaterferienlager.« Max schüttelte den Kopf. »Ich verwette meine nicht-existierende Katze darauf. Sie spielt mit dir. Mädchen wählen sehr sorgfältig aus, mit wem sie schlafen, und möglicherweise habe ich es aus gut unterrichteter Quelle, dass sie die Pille nimmt.«

»Was zum Teufel?«, knurrte Jason.

»Ein kleiner Vogel namens Reid hat mir das gesteckt. Kein Grund zur Sorge.« Max winkte ab und seufzte lang gezogen. Es war die Art von Seufzer, von dem ich allmählich lernte, er hieß, Max würde gleich etwas wirklich Dummes anstellen.

»Ein Kerl muss tun, was ein Kerl nun mal tun muss.« Max schüttelte den Kopf. »Mann, dieser Wolf geht einfach nicht weg, und deine gesamte Familie schubst mich ihm immer wieder vors Maul. Milo, du verstehst das, oder? Gut möglich, dass ich seelischen Beistand brauche, nachdem ich getan habe, was ich jetzt tun werde.«

»Oh-oh, was hast du vor?«

»Allen den Tag retten. Ich wollte schon immer ein Superheld sein.«

»Max …«

»Nein.« Er hob eine Hand. »Ich werde jede Menge Gatorade brauchen, ein Kamerahandy und eine Säge.«

»Du kannst sie nicht umbringen!«

»Die Säge brauche ich, um aus der Holzkiste rauszukommen, in die sie mich sperren wird, sobald sie begreift, was ich mache. Himmel, Milo, ich bin kein Psychopath.«

Colton gab einen unverbindlichen Laut von sich.

»Saukomisch«, sagte Max trocken. »Okay, Jason, hau mir eine rein.«

»Was?«, riefen wir alle gleichzeitig.

»Ich kämpfe für ihre Ehre. Vertraut mir, Mädchen stehen auf Jungs, die sie verteidigen. Sie wird das blaue Auge sehen und sich wieder an mich ranschmeißen.« Max zuckte mit den Schultern. »Schlag mich.«

Jason blickte entsetzt drein. »Ich werde dich nicht schlagen!«

»Ich mach es!«, rief Colton.

»Nicht hilfreich«, stöhnte ich.

»Schlag mich, du Weichei, Nichtsnutz, Hinterwäldler, Donut fressender Sohn einer …«

Jasons Faust traf Max' Gesicht.

Er stolperte, fiel auf die Knie und seufzte. »Großmutter, bist du das? Ich kann sie spüren, sie ist so kalt …«

»Himmel, Jason, du hättest ihn umbringen können.«

»Was geht hier vor?« Der Polizeichef spazierte hinein und blickte sich um.

Wir zeigten alle auf Max.

»Verdammter Wolf«, murmelte er.

Kapitel 17

Milo

»Okay, du hast zwei Stunden, um ihm das Leben zu retten.« Ich packte Max an den Schultern. »Kriegst du das hin?«

Er verdrehte die Augen. »Mit verbundenen Augen.« Max schüttelte sich vor Abscheu. »Nicht, dass ich mit verbundenen Augen auch nur in der Nähe dieser Frau sein möchte.«

»Du bist ziemlich cool, weißt du das?« Jason nickte, offenbar waren sie jetzt Freunde, seit sie nicht mehr hinter Gittern saßen. »Oh, und P.S.: Falls sie herausfindet, dass das eine Falle ist, werde ich jegliche Beteiligung leugnen und deinen Arsch in den Knast bringen. Wieder.«

»Auf welcher Grundlage?«, fragte Max.

»Illegale Prostitution«, antwortete Jason.

»Würde auf meinen Bewerbungen nicht besonders gut aussehen …« Max tippte sich gegen das Kinn, dann wandte er sich mir zu. »Okay, sprüh mich ein.«

»Du willst ihn das echt so machen lassen?« Colton packte mich an den Schultern und zog mich von Max weg. »Er ist dein Verlobter.«

Max hob eine Hand.

»Nicht jetzt, Max«, fuhr ich ihn an.

»Nein, er soll sagen, was er zu sagen hat. Immerhin ist er derjenige, der sich für Jayne zur Hure machen und seine Männlichkeit auf dem Schlampenaltar opfern wird.«

»Danke, Mann.« Jason stieß den Atem aus. »Gut zu wissen, dass ich für den Rest meines Lebens auf diesem Altar liegen könnte. Hat irgendwer Whisky dabei? Irgendwer?«

Max griff in seine hintere Tasche und zog einen Flachmann heraus.

»Ernsthaft?« Ich schlug ihn gegen die Brust.

»Der letzte Wunsch eines Sterbenden«, verteidigte ihn Colton. »Wenn er in Whisky baden möchte, während Meerjungfrauen für ihn singen … lass ihn.«

»Meerjungfrauen tragen keine Oberteile«, fühlte Max sich offensichtlich verpflichtet herauszustellen.

»Konzentrier dich!« Ich klatschte in die Hände. »Zack rein, zack raus.«

Die Jungs brachen in Gelächter aus, dann fügte Max an: »Oh, Baby, das würde sie aber frustriert zurücklassen, oder nicht?«

»Ich hasse Männer«, murmelte ich.

»Du liebst uns«, erklärte Max laut genug, dass ich ihn in sein perfektes Gesicht schlagen wollte. Er zog seine Lederjacke an und schnappte sich die Autoschlüssel. »Wünscht mir Glück!«

»Viel Glück!«, sagten wir einstimmig.

»Der Mann hat Eier.« Jason starrte Max hinterher, als wäre der ein griechischer Gott oder eine Football-Legende.

»Aus echtem Stahl«, stimmte Colton zu, nachdem Max in seinen Jeep gestiegen war.

»Auf den Mann, der wir alle eines Tages zu sein hoffen.« Jason hob den Flachmann hoch und trank, gab ihn dann an Colton weiter.

»Unglaublich. Er zieht nicht in den Krieg, Jungs. Er geht zu einem Junggesellinnenabschied. Er wird umgeben sein von läufigen Brautjungfern und versuchen, die Brut des Satans dazu zu bringen, zu gestehen, dass sie nicht schwanger ist, was wir, nebenbei bemerkt, gar nicht sicher wissen. Höchstwahrscheinlich wird er in zwei Stunden betrunken und im Gefängnis sein.«

»Hast du ihre Freundinnen mal kennengelernt?«, fragte Jason.

»Äh, nein.«

»Tja.« Er rieb sich das Kinn. »Lass mich einfach sagen, ihre Idee einer Party beinhaltet Tee, Kekse, Klatsch und Tratsch und jede Menge Parfüm.«

»Aber es ist ein Vor-Junggesellinnenabschied?« Ich beobachtete, wie Max davonfuhr.

»Vor-Junggesellinnenabschied? Hölle? Beides praktisch dasselbe.« Jason nickte. »Glaub mir, der Kerl wird mindestens eine Woche lang alle Frauen hassen. Ich hoffe, das ist kein Problem.«

»Nö.«

»Danke, Schwesterchen.«

»Hä?« Ich war viel zu sehr darauf konzentriert zu hoffen, mein Freund würde gesund zurückkommen und nicht in einer Holzkiste, wie er angenommen hatte. »Wofür?«

»Dafür, dass wir uns deinen Verlobten ausborgen dürfen.« Jason nickte. »Ich muss zugeben, Colt und ich waren besorgt, du würdest dich da Hals über Kopf in etwas stürzen – aber er ist echt ziemlich in Ordnung.«

»Ja.« Ich wusste nicht, was ich sagen sollte, also stimmte ich einfach zu. »Er ist ziemlich toll.«

»Wie auch immer und ohne zu kitschig zu werden: Colton und ich sind echt stolz auf dich, dass du dich mit so einem aufrechten Kerl häuslich niederlässt, stimmt's, Mann?« Er schlug Colton auf den Rücken, aber der sagte eine Minute lang gar nichts. Stattdessen starrte er einen Moment lang durch mich hindurch, bevor er sich zusammenzureißen schien.

»Begeistert.« Er räusperte sich. »Hocherfreut, absolut, wahnsinnig glücklich.«

»Okay.« Jason schlug die Hände zusammen. »Ich werde ein kurzes Schläfchen im Gästezimmer machen, damit Mom mich nicht aufspüren kann, und mich dann fürs Probeessen fertig machen. Kommst du, Colt?«

»Gib mir noch einen Moment.« Seine Augen blieben auf meine gerichtet.

Ich bewegte mich nervös hin und her.

Wir standen vor dem Haus. Der Nachmittag war kühl, und eine Brise ließ mich zittern.

»Was gibt's?« Meine Fähigkeit, unbeeindruckt zu klingen, während er mich so anstarrte, existierte quasi nicht. Nervös kratzte ich mich am Arm und wartete.

»Du und ich.«

»Du und ich, was?«

»Es ist an der Zeit.«

»Hä?«

»Ich hab auch betrogen.«

Was zur H…

»Du hast eine Freundin!«, schrie ich und kämpfte gegen die Tränen an, die sich in meinen Augen sammelten.

Anstatt mir zu antworten, nahm er mich bei der Hand und führte mich ins Haus und dann hinab in den Keller.

Ich brauche eine verdammte Papiertüte oder irgendwas. Freundin! Die ganze Zeit über! Was sollte der Mist?

Zitternd setzte ich mich aufs Sofa und wartete darauf, dass er mit seiner Ansprache begann. Die, bei der der Typ einem die Hand tätschelt, den Kopf um zwei Grad nach rechts neigt, das Mitleidslächeln lächelt, einem schließlich das Kinn anhebt und sanft mit der Faust darüber streicht, als wollte er sagen: »Komm schon, Kleines, alles halb so wild«.

Ich konnte diese Ansprache auswendig.

Er hatte mir diese dämliche Ansprache gehalten, als ich sechzehn war, nachdem ich ihn mit meinen Lippen attackiert hatte.

Um fair zu bleiben, der verflixte Unterwäsche-Vorfall ruinierte was immer an romantischer Stimmung da hätte sein können, und, na ja, technisch gesehen, war er achtzehn, was bedeutete, das Ganze war irgendwie illegal. Aber nicht wirklich, ich meine, wen kümmern schon diese Gesetze?

»Ich hab betrogen«, fing er wieder an. Mir sank das Herz. Nein. Nein. Nein. »Beim Tischtennis.«

Ich riss den Kopf hoch. »Wie bitte?«

»Du hast ein paar Punkte gemacht, die ich nicht gezählt habe, was du nicht erkennen konntest, weil es aussah, als hätte der Ball die Platte verfehlt – dabei hat er sie drei Mal getroffen, als ich gesagt habe, er wäre im Aus gewesen.«

»Du kranker Mistkerl!«, brüllte ich, während ich mich quer über die Couch schmiss und ihn mit den Fäusten bearbeitete. »Du hast einen Eid geschworen! Einen Eid, dass wir immer ehrlich sein würden, wenn wir ein Spiel spielen! Wir haben uns die Hand darauf gegeben, Arschloch! Wir haben Spucke …«

»Mein Lieblingspart«, stöhnte er unter mir, während ich weiter auf seinen Rücken einschlug. Er hatte sich um mich gerollt, sodass ich keinen wirklichen Schaden anrichten konnte. »Schon erschöpft? Oder willst du noch eine Runde?«

Keuchend sank ich auf die Couch zurück. »Ich bin durch.«

»Du lässt nach.«

Ich hob eine Hand und ließ sie wieder sinken, als Colton zu reden anfing.

»Mach schon«, forderte er mich heraus. »Verpass mir eine Ohrfeige, sieh, was passiert.«

Da ich vor keiner Herausforderung zurückschrecke – ganz egal, wie umwerfend das dazugehörige Gesicht auch sein mag –, hob ich erneut die Hand, aber Colton schnappte sie, warf mich von der Couch und auf den Rücken und hielt mich am Boden fest.

Kalte Luft strich über meinen Bauch, als mein Shirt nach oben Richtung meines BHs rutschte. Coltons drückte seine Hände auf meine, die wie mit verdammten Reißzwecken an den Boden geheftet waren.

»Leicht oder hart?«, fragte er atemlos, die Lippen nur einen Zentimeter von meinen entfernt.

Ich verweigerte die Antwort.

»Das hab ich mir gedacht … Für dich heißt es … immer hart.«

Ich grinste und bog mich unter ihm nach oben.

Er fluchte und schaute weg. »Okay, ich habe betrogen, verklag mich. Immerhin hab ich mich entschuldigt, und ich bin bereit, die nächsten zwei Stunden mit einem Star-Wars-Film zu verbringen, einem, nicht dreien, also entscheide dich.«

»Das würdest du tun?« Ich konnte die Begeisterung in meiner Stimme nicht verbergen. Als wir noch klein waren, hatten Colton und ich im Sommer jede Nacht eine Filmnacht gehabt. Jason schlief dabei immer ein, also waren es immer Colton und ich, die Popcorn aßen, Spiele spielten, denen schlecht von zu viel Süßkram wurde.

Die zwei Sachen, die ich am meisten vermisste, wenn ich weg von zu Hause war? Colton und die Filmnacht.

Meine Kehle verengte sich, während ich mich bemühte, all diese Gefühle unter Kontrolle zu bekommen, aber so läuft das nun mal nicht, wenn man etwas so sehr will, dass es wehtut – dann kann man nur mit rohen Emotionen darauf reagieren.

Vergessen wir mal, dass ich einen Kuss von dem Kerl wollte – diese Gefühle würden immer da sein. Aber ihn als Freund zu haben? Einen Freund für immer, einen, der früher Chewbacca nachgemacht hatte, damit ich mich nicht fürchtete, Stormtroopers könnten sich in meinem Schrank verstecken?

Colton war immer für mich da, wenn ich ihn brauchte, das war vielleicht Teil meines Antriebs, Teil meiner Verzweiflung. Er war alles, was ich je gewollt hatte.

Wir waren zusammen auf der Couch eingeschlafen – jedes Mal.

Bis ich größer wurde.

Dann saßen wir auf getrennten Plätzen, bis wir schließlich ganz mit der Filmnacht aufhörten.

»Bist du okay?«, flüsterte er und gab sanft meine Hände frei, strich mir ein paar Haarsträhnen aus dem Gesicht.

Ich nickte stumm, weil ich meiner Stimme nicht traute.

»Tut mir leid.« Er suchte meinen Blick. »Tut mir leid, dass all diese Sachen, diese Momente, vorbei waren, sobald du älter geworden bist. Tut mir leid, dass ich nicht länger den Drachentöter gespielt habe. Aber mir tut nicht leid, dass ich mit dir gestritten und gekämpft habe.«

»Was?«

Seine Stirn berührte meine. »Lieber kämpfe ich mit dir, streite mich jeden verdammten Tag meines Lebens mit dir, als nichts zu haben. Ich bin selbstsüchtig genug, dass ich egal welchen Teil von dir haben will – und wenn es der schlimme, der hässliche, der lächerliche ist. Ich würde also, selbst wenn du mich hassen solltest, als glücklicher Mann sterben … weil ich dir immer noch im Gedächtnis wäre.«

»Ja?«, sagte ich schwach. Mein Herz sang, auch wenn ich ihm zuredete, die Hoffnung gar nicht erst aufkeimen zu lassen. Colton meinte das nicht romantisch, er gab sich nur Kindheitserinnerungen hin.

»Lieber bekomme ich ein blaues Auge von dir verpasst, als von einer anderen einen Kuss.« Er küsste mich auf die Wange, sein nachmittäglicher Bartschatten rau an meiner Haut. »Und das ist die Wahrheit.«

Kapitel 18

Colton

Es gibt diese Momente. Momente, die uns Gott, aus dem einen oder anderen Grund, gibt, um uns unserer Bestimmung zuzuführen.

Sie war meine Bestimmung.

Und irgendwie hatte ich das verpasst – sie verpasst.

Statt bei jeder Chance, die mir geboten worden war, sie zu wählen, hatte ich Gründe gefunden, warum ich die andere Richtung einschlagen sollte, oder hatte gleich ganz die Tatsache ignoriert, dass mir eine Chance gegeben worden war. Ich suchte nach Entschuldigungen und ignorierte diese kostbaren Momente.

Dann ist da noch diese andere Sache bei den Momenten, die uns geschenkt werden. Sie sind begrenzt. Wir bekommen keinen endlosen Vorrat. Wenn man sie verpasst, sind sie verloren. Zeitmaschinen gibt es nicht. Man kann nicht zurückkehren und in Ordnung bringen, was man kaputt gemacht hat.

Ich hasste es, zuzugeben, dass ich Angst hatte – Todesangst, dass ich, weil ich dreiundzwanzig Jahre meines Lebens das Falsche getan hatte, jetzt keine Chance mehr bekäme, es richtig zu machen.

Sie würde heiraten.

Max heiraten.

Ich wollte wirklich nicht der Erste sein, der Steine warf, aber ihre Beziehung schien mir doch sehr seltsam: Im einen Moment konnten sie die Finger nicht voneinander lassen, im nächsten wirkten sie … komisch, fast als wären sie eher beste Freunde als Liebende.

Seufzend versuchte ich, mich auf den Film zu konzentrieren.

Nicht Max.

Nicht Milo.

Und ganz bestimmt nicht auf die Tatsache, dass ich die Filmnacht vor all diesen Jahren beendet hatte, weil ich mich nicht mehr beherrschen konnte.

Sie erinnerte sich anders daran – sie war unschuldig.

Ich jedoch wusste genau, was damals passiert war. Sie hatte mich geküsst, und ich hatte Gott gedankt, dass sie sich dabei ungeschickt genug angestellt hatte, sonst hätte ich ihr gleich hier im Keller die Jungfräulichkeit genommen.

Jason hätte mich umgebracht.

Ich hätte mich umgebracht.

Die Filmnacht war nicht mehr dasselbe wie zuvor. Ich konnte nicht neben ihr sitzen, ohne an ihre weichen Lippen zu denken – ich konnte nicht mal dieselbe Luft atmen, ohne dass ihr Duft mich umhüllte.

Es war die Hölle, und ich fühlte mich wie ein kranker Perverser, weil ich als Oberstufenschüler in eine aus der Mittelstufe verknallt war, und zwar nicht nur irgendeine, sondern in Jasons Schwester.

»Pass auf, das ist der beste Teil.« Milo schlug mir gegen die Schulter, als der Film anfing. Früher hatte sie immer darauf bestanden, dass ich den Text vom Anfang vorlas, weil sie meine

Stimme cooler fand.

Ich schluckte gegen die Trockenheit in meiner Kehle an, während ich versuchte, mich zurückzulehnen und zu entspannen. Ja, das würden die zwei längsten Stunden meines Lebens werden.

Milo beugte sich vor und stoppte den Film. »Wir müssen noch mal zurückspulen, du hast den Anfang verpasst. Du musst ihn doch laut vorlesen.«

»Verdammt.«

»Hä?«

»Nichts.« Ich bemühte mich, nicht angespannt zu klingen, während ich darauf wartete, dass sie den Film wieder startete. Ich las so schnell, wie ich konnte, erlaubte dem Murmeln meiner eigenen Stimme, die Erregung zurückzudrängen, die ich verspürte, als Milos Arm an meinem entlangstrich.

Einhundertundsechsunddreißig Minuten in der Hölle. Ich wusste genau, wie lang dieser Film war, weil, auch wenn ich kein Mathe-Fan war, das doch das Einzige war, was mich davon zurückhielt, ihr die Klamotten vom Leib zu reißen.

Wenn sie sich noch ein Mal bewegte, würde ich jede Zurückhaltung verlieren. Es war gegen Ende des Films, als sich etwas änderte. Mit einem Seufzer lehnte sie sich an meine Schulter und zog die Füße unter sich.

Ich blickte hinunter – ich schwöre, nur um zu sehen, was sie tat.

Und ich hatte direkten Einblick in ihren Ausschnitt.

Verdammter Mist.

Sie bewegte sich leicht; ich starrte weiter.

Ich würde in der Hölle brennen.

Und der Weg dorthin würde mit zwei sehr runden, sehr kecken Brüsten gepflastert sein. Es gab schlimmere Arten zu sterben, oder?

»Luke!«, rief Milo aus, dann schmiegte sie sich enger an mich. Mein Körper vibrierte förmlich, als sie den Kopf an meiner Brust rieb.

Ich stellte mir vor, wie sie meinen Namen schrie.

Und entwickelte plötzlich ein nicht-so-kleines Problem.

Sanft versuchte ich, mich wegzudrehen, um jeden Beweis dafür zu verbergen, wohin meine Gedanken wanderten. Ich wollte ganz sicher nicht, dass sie glaubte, ich stünde auf Luke Skywalker oder – Gott behüte – auf Roboter.

»Nein.« Sie gähnte und kuschelte sich wieder an meine Brust. »Ist gemütlich hier.«

Fast hätte ich gebrüllt: »Ich sterbe hier!« Stattdessen lächelte ich und sagte: »Ja, finde ich auch.«

Von wegen.

Ich hätte schwören können, dass jedes meiner Körperteile mich anschrie, während meine Muskeln sich gegen meine Kleidung drückten. Befrei mich! Befrei mich! Ich bewegte mich unruhig. Nimm sie, nimm sie!

Als ich dachte, ich würde es keine Sekunde länger aushalten – gerade als ich ernsthaft darüber nachdachte, einen Krampfanfall vorzutäuschen, um etwas Abstand von ihrem heißen, kleinen Körper zu bekommen –, erlosch das Licht – zusammen mit dem Fernseher.

»Tut mir leid!«, rief Mrs Caro von oben. »Meine Schuld! Wir haben eine Sicherung rausgehauen! Durchhalten, der Strom kommt gleich zurück.«

Kommen, war das falsche Stichwort.

Und durchhalten war das Problem. Noch etwas länger, und ich würde mich zum kompletten Idioten machen.

Mit einem Seufzer versuchte ich wieder, mich wegzubewegen, aber Milo schnappte sich meine Hand. »Ich hab immer noch Angst im Dunkeln.«

»Und ich hab immer noch Angst vor Haien, also können wir immer noch Freunde sein.«

»Ich hasse das Wort.«

In der Stille konnte ich meinen eigenen Herzschlag hören. »Ja«, flüsterte ich. »Ich manchmal auch.«

Das Licht flackerte wieder an. Ich drehte den Kopf und sah, dass Milos Mund direkt vor meinem Kinn war. Verdammt, diese Frau hatte ihre eigene Schönheit nie begriffen. Sie war eine Frau, die Kerlen Angst und Schrecken einjagte. Ihre Gesichtszüge waren viel zu perfekt geformt, weich, wo man das wollte, und sexy, wo es drauf ankam. Ihre hohen Wangenknochen und der Schmollmund machten mich bereits nervös – man füge ihre karamellfarbenen Augen hinzu, und ich war verloren, vollkommen hypnotisiert.

Ich war die verdammte Schlange im Korb – auf mehr Arten denn eine.

Oh, wenn sie doch nur eine magische Flöte hätte.

»Seid ihr da unten?«, rief Jason. Das Geräusch seiner Schritte auf den Stufen erinnerte mich an eine tickende Uhr. Mit jedem Schritt entfernte ich mich weiter von Milo, und im Gegenzug verschloss sich ihr Gesicht mehr und mehr, als sie sich ganz in sich zurückzog.

Wieder ein Moment, den ich verpasst hatte.

Wieder ein Moment, den ich absichtlich ignoriert hatte.

Mein Herz verkrampfte sich, als ich mich fragte, ob das meine letzte Chance gewesen war.

Kapitel 19

Milo

»Star Wars.« Jason schüttelte den Kopf. »Hast du beim Tischtennis nicht gewonnen?« Er zog verwirrt die Augenbrauen zusammen.

»Er hat betrogen.« Ich schlug Colt gegen die Schulter und erntete ein ausdrucksloses Starren. Was war mit ihm los? Seine Haut war so gerötet, dass er aussah, als hätte er Fieber.

Ich hatte geglaubt, er würde mich gleich küssen.

Seltsam, denn als ich gedacht hatte, er würde mich anschreien, hatte er mich geküsst, und als ich glaubte, er würde mich küssen, zog er sich zurück.

Männer. Ich würde sie nie verstehen. Niemals. Colton war mal heiß, mal kalt, wir hatten einen Moment miteinander, und dann drehte er sich um hundertachtzig Grad, benahm sich, als wäre er sauer auf mich.

Mein Handy klingelte.

»Max?« Ich schrie fast. Der Kerl hatte die letzten zwei Stunden geschwiegen wie ein Toter. Ich konnte nur annehmen, dass er erfolgreich war.

»Axt.« Seine Stimme klang wie Kies, der in einer Waschmaschine herumgeschleudert wurde. »Sag Jason und Colton, sie sollen die Axt bereithalten, ich bin in fünf Minuten da.« Er legte auf.

»Äh, Jungs, das war Max.«

»Er lebt!«, rief Colton und schien ehrlich überrascht von dieser Enthüllung. »Verdammt.«

»Wie bitte?«

»Nichts.« Er schaute weg.

»Er hat gesagt, er braucht eine Axt.«

»Eine Axt?« Jason rieb sich das Kinn. »Wofür zum Teufel sollte er eine Axt brauchen?«

Ich zuckte die Achseln.

»Tja.« Jason nickte zur Treppe hinüber. »Wir schulden ihm was dafür, dass er mit Vollgas in die Höhle des Löwen gestürmt ist. Holen wir also die Axt aus der Garage und warten draußen auf ihn.«

Fünf Minuten später hielt Max vor dem Haus.

Nichts hätte mich auf das vorbereiten können, was ich sah, als er aus dem Jeep stieg.

Das Hemd war ihm halb vom Körper gerissen worden, seine Arme waren mit Kratzern übersät, ein Auge sah leicht geschwollen aus, und auf seinem Kragen war Lippenstift. Ich hätte schwören können, dass ihm, um das Ganze noch schlimmer zu machen, rechts am Kopf eine beträchtliche Menge Haare fehlte – und er humpelte.

»Axt«, krächzte er hervor, dann räusperte er sich. »Gebt mir die Axt.«

Jason klappte den Mund auf und zu und reichte Max die Axt.

Max sagte nicht Hallo.

Er lächelte nicht.

Er packte die Axt mit beiden Händen und ging schnurstracks an uns vorbei, wie ein Mann auf einer Mission.

»Was zum Teufel hat er vor?«, fragte Colton.

»Keinen Schimmer.« Jason zuckte mit den Schultern.

Max ging weiter. Endlich stoppte er vor einer riesigen Eiche – und schwang die Axt.

»Ich bin ein Mann, verdammt!« Wieder schwang er die Axt, und Rindenstücke flogen umher, während er den alten Baum massakrierte, Axtschwung um Axtschwung um Axtschwung.

»Ahhhh«, sagten die Jungs einstimmig, als verstünden sie plötzlich, warum mein bester Freund den Verstand verloren hatte.

»Was? Was soll dieses Ahhhh?«, schrie ich. »Max ist ein Großstädter. Bis heute hätte ich nicht mal geglaubt, dass er weiß, was eine Axt ist, ganz zu schweigen davon, wie man sie benutzt.«

»Männlichkeit.« Colton schüttelte den Kopf. »Der arme Kerl versucht, seine Männlichkeit zu finden. Verdammt, dieser Vor-Junggesellinnenabschied muss die Hölle gewesen sein.«

»Die Dinge, die er gesehen …«, Jasons Stimme brach, »und überlebt hat.« Er nahm seine Baseballmütze ab und neigte den Kopf. »Der Mann ist ein Held.«

»Er war beim Tee«, protestierte ich.

»Manche Wunden«, stimmte Colton zu, »sind innerlich. Und das wird das Schwerste für ihn sein, verstehst du, wenn er durchkommt.«

»Du schaffst das, Mann!«, schrie Jason. »Du schaffst das!«

Als hätte Max gerade einen Orden für Tapferkeit verliehen bekommen, ließ er die Axt auf den Boden fallen, ging auf die Knie und stieß einen Kriegsschrei aus.

»Lass es raus, Kumpel.« Colton nickte. »Lass es raus.«

Diese ganze »Männer sind vom Mars und Frauen von der Venus«-Theorie? Ja. Genau das durchlebte ich gerade. Es kam mir vor, als stammten sie von einem anderen Planeten.

Langsam gingen wir auf Max zu, während der sich aufrappelte.

Ich öffnete den Mund und wollte etwas sagen, doch Colton legte eine Hand über meine Lippen und erklärte sanft: »Gib ihm noch einen Moment. Opfer dieser Art von Anschlag haben üblicherweise das Bedürfnis, als Erste zu reden. Das gibt ihnen ihre Macht zurück.«

Ich verdrehte die Augen, während Colton die Hand wegnahm.

Max hob den Kopf und schüttelte sich. »Ich … ich glaube, ich muss die Hose ausziehen und mich vergewissern, dass meine Eier und alles noch da ist. Ihr wisst schon, nur für alle Fälle.«

»Mann.« Jason legte Max eine Hand auf die Schulter. »Du musst tun, was du tun musst, alles klar?«

Max nickte, dann sah er mich an. »Du bist eine von ihnen.«

»Hä?«

»Ein Mädchen«, würgte er hervor. »Du bist eine von ihnen.«

»Uhhh.« Ich streckte mich nach ihm aus, wurde aber fast zu Boden geworfen, als Colton mich von hinten packte.

»Sie haben mich angefasst«, flüsterte Max.

»Gut angefasst oder schlecht?«, fragte ich und versuchte, mich aus Coltons Griff zu befreien.

»Man kann wohl davon ausgehen, dass es alles schlechte Berührungen waren.« Jason nickte wissend, ganz die Autorität auf dem Gebiet. »Nach den Spuren auf seinen Armen zu schließen, gab es offenbar einen Kampf.«

Max nickte.

»Ja.« Colton gab mich frei und ging zu Max. »Da fehlen ein paar Haarsträhnen – Zickenkampf?«

Er nickte wieder. Colton lehnte sich vor und schnüffelte.

»Sie haben dich markiert.«

Er flüsterte. »Zuerst war es noch Spaß …«

Jason pfiff. »Das ist es immer.«

»Und dann …« Max schluckte. »Sie wollten alle mit mir abhängen, und ich konnte ihre Namen nicht auseinanderhalten, und dann wurde ich mit dieser Wand aus Parfüm erschlagen, und irgendwer hat irgendwas in meinen Drink getan, ich schwöre, ich denke mir das nicht aus! Ich schwöre, die haben mich unter Drogen gesetzt. Der ganze Raum hat sich gedreht, sie wollten alle reden, und dann haben ein paar von ihnen mich gefragt, warum Männer so dumm sind, und dann haben sie gesagt, wir hassen Männer …« Seine Unterlippe zitterte, als er mit schwacher Stimme wiederholte: »Wir hassen Männer.«

»Du musst nicht weitersprechen, Mann«, redete Colton sanft auf ihn ein. »Wir verstehen schon.«

»Nein.« Max stolperte von ihm weg. »Ich muss das rauslassen, verdammt.«

Colton hob die Hände, als wollte er sich ergeben.

»Dann haben sie …« Max rieb sich über die Arme. »Sie haben mich angefasst, mir das Hemd aufgerissen, gesagt, ich wäre der Einzige, der sie verstehen würde, dass ich nicht so wäre wie die anderen Männer und dann …« Sein Blick fand mich. »Sie haben mich geküsst, sieben von ihnen, alles Brautjungfern. Ein paar von ihnen verheiratet. Ich habe versucht, ihnen zu entkommen, aber sie haben Krallen, getarnt als Acrylfingernägel. Die haben sie in meine Haut geschlagen, und das Verrückteste, als ich wegrennen wollte … hat ihnen das gefallen!«

»So sind sie, Mann, so sind sie. Es ist wie eine Bärenattacke, am besten schützt man den Kopf und betet, dass es schnell vorbeigeht.«

Ich hob eine Hand. »Ich finde es ja grässlich, das hier zu unterbrechen, was immer es ist, aber ich muss das jetzt wissen. Hat Jayne es zugegeben?«

Alle Blicke richteten sich auf mich, als hätte ich Max gerade gesagt, er solle zurück zu den Frauen gehen und sich als männliche Opfergabe anbieten.

»Nein.« Max ließ die Schultern sinken. »Jedes Mal, wenn ich sie allein erwischen wollte, kam uns eine andere hinterher. Jayne war einfach nicht bei der Sache. Sie hat die Hälfte der Zeit am Telefon gehangen und mit irgendeinem Mädchen über die Junggesellinnenparty gesprochen.« Er verdrehte die Augen und ahmte ihre Stimme nach: »Oh, das wird so ein Spaß, ich freu mich schon so auf die Shooter!«

Vor Aufregung warf ich mich Max in die Arme.

Er ließ mich fallen und fing an zu schreien. »Geh weg, geh weg!«

»Sie ist nicht schwanger!«, rief ich.

»Wie kommst du darauf?« Colton zog mich von Max weg.

»Würdet ihr euch auf Shooter freuen, wenn ihr sie nicht trinken könntet?«

»Nein«, sagten die Jungs einstimmig.

»Also war es nicht alles umsonst!«, erklärte ich fröhlich und fügte dann würdevoller hinzu: »Du verdienst einen Orden für das, was du getan hast, Max.«

Er schloss die Augen und nickte.

»Also.« Ich klatschte in die Hände. »Wer wird den Junggesellinnenabschied infiltrieren?«

Alle drei Männer deuteten auf mich.

Okay, aus der Nummer würde ich wohl nicht mehr rauskommen.

Kapitel 20

Milo

Zwei Wodka, eine Tasse starken Kaffees und eine Dusche schienen Max zu helfen, die verrückte Stimmung loszuwerden, obwohl er immer noch ziemlich schreckhaft blieb. Als ich ihm den Kaffee reichte, zischte er mich an.

Ich gab ihm einen leichten Schlag und sagte ihm, er solle sich benehmen, und gleich sah er aus, als würde er weinen wollen. Was zum Teufel hatten diese Frauen ihm angetan?

»Bist du sicher, dass du wieder in Ordnung kommst?« Ich trank einen Schluck Kaffee.

»Natürlich«, sagte er geschmeidig. »Aber, äh, ich konnte ihnen nur entkommen, weil ich ihnen erzählt habe, ich wäre schwul.«

Ich spuckte Kaffee, direkt in sein Gesicht und auf sein frisches, weißes Hemd.

»Schlimmster … Tag … meines … Lebens.« Er griff nach einem Handtuch und wischte sich Kaffee vom Kinn. »Und jetzt muss ich mich umziehen.«

»Tut mir leid«, murmelte ich. »Also sind wir jetzt nicht

nur hoffnungslos verliebt, sondern auch verlobt, und du bist schwul? Wie genau soll das funktionieren?«

»Oh, keine Sorge.« Er legte das Handtuch weg. »Ich war schwul, bis ich dich getroffen habe. Dann habe ich mich verliebt und beschlossen, es als Hetero zu versuchen.«

»Versuchen?«, wiederholte ich. »Können wir nicht behaupten, du spielst für beide Teams, aber meine Seite macht mehr Spaß?«

»Hmm.« Er rieb sich das Kinn und dachte einen Moment darüber nach, dann nickte er. »Das funktioniert auch.«

»Mom wird ausrasten.« Ich presste mir die Hände an die Schläfen, massierte den beginnenden Kopfschmerz fort.

»Entspann dich. Ist ja nicht so, als würde jemand was davon erzählen. Außerdem haben die so viel Wein getrunken, dass es ein Schock wäre, wenn auch nur die Hälfte der Brautjungfern beim Probeessen auftaucht. Du wirst schon sehen.«

Eine Stunde später hatte die komplette Hochzeitsgesellschaft – inklusive beider Familien und eines netten Pastors – am Tisch Platz genommen.

Die Brautjungfern warfen mir immer wieder mitleidige Blicke zu, als würden sie mein dunkles Geheimnis kennen.

Max flüsterte: »Tut mir leid.« Er trank einen Schluck Wein und machte sich dann an seinen Salat.

Ehrlich, die Dinge hatten sich gut entwickelt. Alle kamen miteinander aus. Jayne schmachtete meinen Bruder so sehr an, dass mir fast der Krabbencocktail wieder hochkam, und Colton saß zu meiner Rechten.

Unsere Arme berührten sich immer wieder.

Ich schwöre, ich dachte nur ungefähr dreimal daran, ihn auf den Tisch zu werfen und mich über ihn herzumachen. Vielleicht viermal. Oder fünf. Oder sechs.

»Milo?« Colton stupste mich an. »Alles okay?«

»Klar, warum?«

»Du zählst laut vor dich hin und umklammerst deine Gabel, als wolltest du jemanden aufspießen.«

Ich biss die Zähne aufeinander. »Stress.«

Besorgt zog er die Augenbrauen zusammen. »Mehr Wein?«

»Gute Idee.«

Wir stießen an, gerade als Mom sich am Kopfende des Tisches erhob und mit der Gabel an ihr Kristallglas schlug. »Ich wollte nur die Gelegenheit nutzen, allen zu danken, die uns heute beim Aufbau geholfen haben.«

Alle bedeutete wir drei. Aber wie auch immer.

»Und ich bin so … froh«, sie konnte vor Rührung kaum weitersprechen, »dass Jason jemanden gefunden hat, mit der er den Rest seines Lebens verbringen will.«

Ich grinste Jayne zu: Ach, wahre Liebe.

Sie wischte sich tatsächlich ein paar Tränen weg und stand auf, um Mom zu umarmen. Dieselbe Frau, die sie noch vor ein paar Stunden wild beschimpft hatte.

Ihre Eltern umarmten meine Eltern.

Sagen wir einfach, es gab eine Menge Umarmungen.

»Ich habe auch etwas zu sagen …« Ich schob meinen Stuhl zurück und erhob mich.

Jayne grinste in meine Richtung. Ich lächelte höflich zurück. »Jason, ich freue mich so, dass du nach all diesen Jahren des Kiffens in der Garage endlich vernünftig geworden bist und statt Gras anzubauen, wie es dein ursprünglicher Plan vorsah, aufs College gegangen und als besserer Mann zurückgekommen bist.« Ich wischte mir die eigenen falschen Tränen aus dem Gesicht. »Wirklich, mit deiner Entscheidung, ein drogenfreies Leben zu führen, machst du mich als Schwester so stolz, auch damit, dass du dieses echt schöne ›Victoria's Secret‹-Model verlassen und dich für eine eher bodenständige Variante entschieden hast.« Ich seufzte und sah mich um. »Denn, seien wir ehrlich, dieses andere Mädchen hätte dich wieder auf den

Pfad der Versuchungen geführt. Statt also ein Jetset-Leben zu führen, bist du hier. In der Vorstadt mit Jayne. Das klingt so idyllisch, findest du nicht auch? Jedenfalls«, ich hob mein Glas, »ich bin einfach stolz auf dich, weil du dein Leben auf die Reihe gebracht hast und so eine Gewinnerin heiratest!«

Ich setzte mich.

Niemand hob das Glas.

Schließlich stand Max auf und sagte: »Prost.«

Alle tranken, während Colton mich unter dem Tisch kniff.

Jayne kochte vor Wut. Ich konnte förmlich sehen, wie ihr der Rauch aus den Ohren stieg, während sie mich von der anderen Seite des Tisches aus anstarrte.

Max wollte gerade was sagen, da platzte eine der Brautjungfern heraus: »Oh, ich wünschte, du wärst nicht schwul, Max.«

Mom ließ ihr Weinglas fallen und keuchte auf, während Dad vor dem Pastor erstaunlich ausdrucksstark fluchte.

Der Pastor hob die Hände und sagte etwas darüber, dass alle Kinder Gottes am Tisch willkommen seien.

Max weit aufgerissene Augen richteten sich auf mich.

Ich kniff Colton. »Tu was!«

Sein Stuhl kippte nach hinten weg, als er aufsprang und rief: »Ich habe Milo geküsst!«

Stille.

»Das soll es besser machen?«, wisperte ich.

»Du Mistkerl!«, schrie Jason.

»Gütiger Gott, gütiger Gott.« Der Pastor griff nach seinem Weinglas, dann bekreuzigte er sich, während Mom nach Dads Schulter tastete und stattdessen seinen Schlips erwischte, wodurch der zu einer Schlinge um seinen Hals wurde.

Ich glaube, er wollte, dass sie die zuzog.

Kapitel 21

Colton

»Jason!« Ich hob die Hände. »Beruhig dich!«

Falscher Ansatz. Milo versuchte, sich vor mich zu stellen, aber Jason hatte leichtes Spiel, sie zur Seite zu schieben.

Ich hätte rennen sollen.

Stattdessen stellte ich mich ihm wie ein Mann.

Und bekam eine Faust ins Gesicht.

Ja, die Hochzeitsfotos gingen gerade ziemlich schnell den Bach runter.

»Verdammt!« Ich stürzte über meinen Stuhl und fluchte weiter, bis ich den bleichen Pastor erblickte. »Tut mir leid, äh, Sir.«

Er schüttelte den Kopf und trank einen Riesenschluck Wein.

»Mom, wir sind gleich wieder da.« Jason packte mich am Hemdkragen und schleppte mich zur Tür hinaus. Sobald wir im Garten waren, drehte ich mich zu ihm um, nur um mir einen weiteren Fausthieb ins Gesicht einzuhandeln.

»Zum Teufel, was soll das, Mann?« Ich hatte Blut im Mund.

»Du küsst sie, nachdem sie sich verlobt hat?«

»Warte!« Ich riss die Hände hoch. »Was?«

»Du hast mit dem Küssen gewartet, bis sie vergeben war, du Mistkerl!«

Ich wich zurück und schüttelte den Kopf. »Ich bin verwirrt.«

»Warum konntest du dir nicht darüber klar werden, dass du sie liebst, bevor sie sich verlobt hat? Sie ist bestimmt total durcheinander, und das ist nur deine Schuld! Und das verdient sie nicht und Max ebenso wenig, und du bist ein verdammter Mistkerl, weil du dreiundzwanzig Jahre gebraucht hast, um endlich zu sehen, was die ganze Zeit direkt vor deiner Nase war.«

»Heilige Scheiße«, flüsterte ich. »Du hast es gewusst?«

»Mann.« Er schüttelte die Hand aus, mit der er mich erwischt hatte. »Ich hab geglaubt, du würdest heulen, als sie weg aufs College ist, und dann all diese Weiber, mit denen du versucht hast, was anzufangen … Ich wette, die sind im Vergleich schlecht weggekommen. Als du dann gewusst hast, dass sie zur Hochzeit nach Hause kommt, hast du mich gar nicht mehr in Ruhe gelassen! Immer wieder hast du mich gefragt: ›Seh ich okay aus, sind meine Haare zu lang? Wann kommt Milo? Bringt sie jemanden mit?‹ Teufel, du bist ein Wrack.«

»Ich liebe sie«, platzte ich heraus.

»Ach nee.«

»Sie heiratet den Falschen.«

»Tja, aber offenbar ist er schwul, da hast du schon mal einen Vorteil.«

Ich lachte. Lachte aus vollem Hals. Wie zur Hölle hatte das alles so schief laufen können? Jason stimmte ein, bis wir uns vor Lachen fast auf dem Boden rollten.

»Ich hab gedacht, das wäre eine dieser unausgesprochenen Regeln«, sagte ich schließlich. »Ich war überzeugt, du würdest sauer sein.«

Jason verschränkte die Arme. »Es ist mein Job, den Beschützer zu geben – und das hab ich gemacht –, aber ich vertraue dir, Mann. Wenn ich wirklich was dagegen hätte, dass ihr zwei was miteinander anfangt – glaubst du echt, ich hätte euch so oft zusammen allein gelassen? Ich schwöre, ich hab dir so viele Chancen gegeben, es ihr zu sagen, und du hast jedes Mal gekniffen.«

»Ja«, gestand ich ein, wütend auf mich selbst, »das hab ich.«

»Also.« Jason zuckte mit den Schultern. »Was jetzt? Kneifst du den Arsch zusammen und findest deinen Mut, oder lässt du zu, dass sie Max heiratet? Denn die zwei verhalten sich nicht gerade, als würden sie sich lieben, und lass uns ganz ehrlich sein, der Typ ist metrosexuell wie nur was. Versteh mich nicht falsch, er ist nett, aber … ich hab sie immer mit einem bodenständigen Kerl wie dir gesehen, nicht so einem Großstadttypen.«

»Er zieht sich gern gut an.« Warum verteidigte ich den Typen?

»Er wurde heute auch von Frauen belästigt – von Frauen!« Jason lachte. »Wenn er in die Höhle des Löwen gehen und lebendig wieder hinauskommen kann, dann kannst du Milo gestehen, dass du Gefühle für sie hast. Teufel, du musst nicht mal das L-Wort erwähnen.«

»Und wenn sie mich abweist? Und ich unsere Freundschaft ruiniere?«

Jason schwieg für den Moment.

Ich wartete ab.

»Liebe ist nie eine sichere Sache, Mann. Du kannst dir nie sicher sein, dass die Person, der du dein Herz auf dem Silbertablett servierst, es mit offenen Händen annehmen wird. Aber wenn du das Risiko nicht eingehst, wirst du auch nie die Vorteile ernten können, die sie hat. Falls sie dich abweist, kannst du wenigstens mit deinem Leben weitermachen. Denn im Moment steckst du in einer Hölle fest, die du dir selbst geschaffen hast. Jede Bewegung von dir, ob du nun auf sie zugehst oder von ihr weg, ist besser als der Ort, an dem du jetzt festhängst.«

»Himmel«, murmelte ich. »Da hast du aber eine Menge Weisheiten ausgespuckt.«

»Tja, nun.« Jason lachte. »Das Gras, das ich früher geraucht habe, hat ganz offensichtlich nicht all meine Gehirnzellen getötet.«

Wir brachen erneut in schallendes Gelächter aus.

Jason fing sich als Erster, musterte den Boden und schob sich die Hände in die Hosentaschen. »Ich hab echt Mist gebaut.«

»Nein.«

»Doch.« Er verdrehte die Augen. »Ich hab aus Langeweile was mit ihr angefangen, hab sie gevögelt, weil sie heiß ist, und hab ihr einen Antrag gemacht, weil ich in der Falle saß. So viel zur großen Liebe.«

»Wir finden schon einen Ausweg.« Ich bemühte mich, überzeugend zu klingen, auch wenn mir klar war, dass alle Chancen gegen ihn standen. »Bereit, dich da wieder reinzuwagen?«

»Geh schon mal vor.« Jason drehte sich um und machte sich auf zum anderen Ende des Gartens, wo die Schaukel stand. »Ich brauch noch ein paar Minuten.«

»Okay.« Ich wanderte zum Haus zurück. Statt die Hintertür zu nehmen, lief ich nach vorn, mit dem Gedanken, den neugierigen Blicken der Hochzeitsgesellschaft zu entkommen. Hoffentlich war das Probeessen bald zu Ende – lieber würde ich mich selbst in Brand stecken, als noch mal für eine Minute an diesem Tisch Platz zu nehmen.

Der Junggesellenabschied konnte gar nicht schnell genug anfangen. Jason hatte genau einen besten Freund, mich, und ein Dutzend anderer Freunde, mit denen wir regelmäßig abhingen. Er hatte die sechs engsten Freunde ausgewählt, die bei der Hochzeit dabei sein sollten. Diejenigen, die nicht zur Hochzeit kamen, würden alle beim Junggesellenabschied sein, was bedeutete, ich konnte Milo ein paar Stunden lang aus dem Weg gehen und mir darüber klar werden, was jetzt zu tun war. In ihrer Nähe zu sein, war viel zu ablenkend … und ich war mir ziemlich sicher, dass sie mir in die Eier treten würde, sollte ich noch mal versuchen, sie zu küssen. Ich brauchte einen besseren Plan.

»Max«, flüsterte Milo. »Was machen wir jetzt?«

»Ich will nach Hause«, antwortete er leise. »Die Weiber sind verrückt, und ich hab nicht mal die Kraft, Nein zu sagen. Ich hab's nicht drauf, ich bin durch, ich bin fertig, Milo. Verdammt, was tue ich nicht alles für meine beste Freundin.«

Milo klatschte in die Hände. »Konzentrier dich, Max. Was ist unsere Story?«

»Ich liebe dich«, sagte er gelangweilt.

Neugierig stahl ich mich um die Ecke. Auf keinen Fall würde ich hier rumstehen und zusehen, wie sie rummachten. Aber sie waren im Badezimmer unter der Treppe, ganz offensichtlich bei einer Strategiebesprechung. Also blieb ich im Eingang verborgen stehen. Schien, als würde ich den nächsten Schritt doch nicht so bald machen, insbesondere nachdem ich Milo jetzt hatte sagen hören »Was ist unsere Story?« Ganz genau. Was war die Story? Ich spitzte die Ohren, um dem Gespräch zu lauschen.

»Versuch, überzeugender zu klingen.«

»Mein Herz.« Er zog die Worte in die Länge. »Oh, wie es für dich schlägt. Klopf, klopf, kloppe-di-klopf …«

»Ich bin nicht Bambi!«

»Oh, Klopfer, was für ein Kerlchen, ich hab diesen Hasen geliebt …«

»Max!«, fuhr sie ihn an.

»Schon gut. Du bist wunderschön, ich will dir das Hirn rausvögeln und … Oh, sieh nur, Torte.«

»Keine Torte für dich, bis das überzeugend klingt.«

»Erinnere mich doch bitte an diesen Moment«, sagte Max, »wenn ich dich um einen Gefallen bitte. Und glaub mir, das wird ein großer sein. Ich meine, ich gebe hier deinen Verlobten.«

»Deine Schuld.« Sie klang verärgert. »Du solltest nur meinen Freund spielen.«

»Und jetzt bin ich auch noch schwul …«, fuhr er fort.

»Wieder, deine Schuld.«

»Und jetzt wollen sie hören, wie wir uns verlobt haben.«

»Wieder«, fauchte Milo, »deine Schuld!«

»Ich war in Panik!« Seiner Stimme war die Anspannung anzuhören. »Ich bin immer noch nicht ich selbst …«

Sie stöhnte und griff nach seiner Hand. »Also gut, wir sagen einfach, wir haben uns auf dem College kennengelernt, uns verliebt, und du hast mir einen Antrag unterm Sternenhimmel gemacht.«

Er lachte spöttisch auf. »Bitte, ich hab mehr Romantik als das in meinem kleinen Finger.«

»Du hast mir den Antrag bei einer Vorlesung über Poesie gemacht?«

»Nein.« Er gab ihre Hand frei und klopfte sich ans Kinn. »Niemand von ihnen würde mir abkaufen, dass ich so unoriginell bin.«

»Muss ich dich daran erinnern? Sie kennen dich nicht.«

»Ein Konzert.« Er schnipste mit den Fingern. »Ein Konzert, das ich für Obdachlose veranstaltet habe …«

»Oh, Himmel.«

»Und ich habe ein Lied für dich geschrieben. Das als letztes Lied gespielt wurde. Und ich habe dich dafür auf die Bühne gebeten. Du hast geweint. Die Zuschauer haben geweint, und damit meine ich, sie haben volle Kanne geschluchzt, als ich ihnen erzählt habe, wie du mich von meiner furchtbaren Drogensucht geheilt und von meinen Verbindungen mit der Mafia weggebracht hast.«

»Du bist Kanadier.«

»Und dann«, er schnipste erneut mit den Fingern, »als ich

dein Gesicht gehalten habe, so wie eine Mutter ein Neugeborenes an ihre Brust drückt …« Er nickte. »Da hast du geflüstert, ›Max ist die Liebe meines Lebens. Ich würde für ihn sterben, und ja, ja, ich heirate dich, und werde dir sieben Kinder schenken, um unser Haus mit Lachen zu füllen. Ja, ich werde jede Nacht mit dir schlafen – nackt, weil du Kleider nicht leiden kannst –, und ich schwöre, nein, ich gelobe …‹«

Ach du Scheiße, bebten da seine Lippen?

»›Dir das Abendessen zu kochen. Jede … verdammte … Nacht.‹« Er senkte den Kopf. »Ja, das ist perfekt. Okay. Ich bin bereit. Lass uns das durchziehen.«

»Wenn ich in der Zeit zurückreisen könnte, würde ich dieses Theaterferienlager abbrennen.«

»Tja, leider zu spät.« Der Kerl zwinkerte ihr zu. »Außerdem liebst du mich wie verrückt. Ich hab dich vor einer langweiligen Existenz bewahrt, nachdem du dich die letzten vier Jahre nach Colton verzehrt hast.«

»Ja.« Sie nickte traurig. »Das stimmt.«

Mein ganzer Körper erstarrte, mir brach das Herz in tausend Stücke. Sie war traurig. Sie hatte all das getan, weil ich zu viel Angst gehabt hatte, etwas zu sagen. Allerdings hatte Milo sich wirklich selbst darin übertroffen, mich zu überzeugen, dass sie nichts von mir wollte. Aber das spielte keine Rolle. Sie wirkte verzweifelt, als Max sie tröstend umarmte.

Zum Teufel damit. Der Drachentöter war zurück, und schau einer an, ich hatte wirklich einen Drachen zu töten. Sein Name? Max.

Kapitel 22

Colton

Auf keinen verdammten, verfluchten, vermaledeiten Fall!

Teufel.

Teufel.

Teufel.

Das kleine Miststück!

Es war ein Gleichstand zwischen dem Wunsch, sie mit bloßen Händen zu erwürgen, und dem Wunsch, ihr den süßen kleinen Hintern zu versohlen dafür, dass sie mich zwölf Stunden lang in der Hölle hatte schmoren lassen. Hier war ich, versteckte mich unter der Treppe wie irgend so ein liebeskranker Idiot, und sie hatte mich die ganze Zeit über zum Narren gehalten!

Wenn ich mich auch freute, dass Max einfach nur ein Freund war, so sehnten sich meine Finger doch danach, etwas Gewalttätiges zu unternehmen, während die beiden sich anlächelten und sich zum Abschied umarmten. Ich war bereit gewesen, in den Knast zu gehen, nur wegen ihrer Küsse. Ich hätte als irgendjemandes Knasthure enden können für nichts und wieder nichts.

»He.« Jason tauchte hinter mir auf. »Alles klar mit dir?«

Pure Bösartigkeit erfüllte mich, und ich gab mir keine Mühe, das zu verbergen. Ich grinste und stellte mir vor, durch welche Hölle ich die beiden schicken würde. »Oh, mir ging es ehrlich gesagt nie besser.«

»Du siehst nach Mord und Totschlag aus.«

»Vielleicht …« Mein ganzer Körper summte vor Vorfreude. »Weißt du was? Wir haben dem glücklichen Paar noch gar nicht richtig gratuliert.«

»Hä?« Jason verengte die Augen. »Wovon redest du da?«

»Folge einfach meinem Beispiel.« Ich hätte das Grinsen nicht mal unterdrücken können, wenn ich das gewollt hätte.

Milo und Max saßen auf ihren Plätzen am Tisch, tranken Wein, taten so, als wäre alles rosig und der ganze Mist, und ich war nicht nur drauf und dran, ihnen die Stimmung zu verhageln, ich war bereit, Donner und Blitze aus meinem Hintern auf sie abzuschießen.

Okay, vielleicht nicht aus meinem Hintern.

Das ginge zu weit.

Ich hatte unter einer Menge emotionalem Stress gestanden – das würde heute Abend aufhören. Und ich würde sie – ich schaute auf meine Uhr – durch ungefähr zwölf Stunden derselben Hölle schicken, durch die sie mich hatte gehen lassen.

Dann würde ich Milo wieder küssen.

Sie heiraten.

Sie in einen Raum einsperren und mir mindestens eine Million Arten der Strafe für sie ausdenken – die sie auch daran erinnern würde, dass sie mir gehörte, mir allein.

»Also.« Ich rieb mir die Hände und räusperte mich, um aller Aufmerksamkeit zu bekommen. »Ich würde nur zu gern hören, wie ihr zwei zusammen gekommen seid.«

»Wer?« Mrs Caro schaute sich verwirrt am Tisch um.

»Max und Milo.«

Milo hüstelte. »Wie bitte?«

Max grinste. »Das ist eine wirklich witzige Geschichte.«

»Max …«, warnte Milo.

»Wirklich?« Ich verschränkte die Arme. »Die würde ich zu gern hören.«

Max plusterte sich etwas auf, und dann sah er mich aus leicht zusammengekniffenen Augen an. Verdammt, er wusste es. Er wusste, dass ich Bescheid wusste.

»Ich hab ein Lied gesungen.« Er starrte einfach durch mich hindurch und beendete dann den Blickkontakt, stand auf und wandte sich an alle am Tisch Versammelten. »Wisst ihr, ich liebe es, Wohltätigkeitsveranstaltungen zu organisieren.«

»Nein, tut er nicht.« Milo lachte, versuchte, Max dazu zu bringen, sich wieder hinzusetzen. »Er hasst Wohltätigkeitsveranstaltungen, echt, er hasst es … Menschen zu helfen.« Ihre Stimme erstarb gegen Ende, und sie starrte in ihr Weinglas, wünschte sich vermutlich, sie wäre schon betrunken.

»Mein kleiner Liebling ist so bescheiden.« Max tätschelte ihr den Kopf und kniff sie in die Wange. Sie hasste es, wenn man sie kniff. Milo zu kneifen war, wie sich ein rohes Steak an den Hintern zu binden und mit Vollgas auf einen Tiger zuzurennen.

Unnötig zu sagen, dass das nicht gut enden würde.

Es sei denn, man war der Tiger.

»Das ist so süß.« Eine der Brautjungfern beugte sich über den Tisch und fiel mit dem Ausschnitt fast in ihren Schokoladenkuchen.

»Das bin ich – süß.« Max zwinkerte ihr zu. »Wie auch immer, als ich dieses Wohltätigkeitskonzert organisiert habe, schlug die Inspiration zu.«

»Ich würde auch gern zuschlagen«, murmelte Milo.

»Warum nicht die große Frage auf der Bühne stellen?«

Die Mädchen kicherten.

Max erwiderte ihr Grinsen und zuckte mit den Schultern. »Ich bat sie auf die Bühne, sang das Lied, das ich für sie geschrieben hatte, und ließ mich auf ein Knie nieder. Es war wirklich romantisch, ich …«

»Ich will es hören!«, rief ich.

»Was?« Max überspielte mit einem Husten, wie er sich daran verschluckte. »Was hören? Den Antrag?«

»Das Lied.« Ich grinste. »Ich will dieses … romantische Lied hören. Ich meine, sollten wir nicht alle die Chance bekommen, diesen besonderen Moment mit euch zu teilen?« Ich blickte mich im Zimmer um.

Mr und Mrs Caro lagen sich seufzend in den Armen, die Brautjungfern kippten vor Verzückung fast von den Stühlen, und Milo wollte mich mit ihrem Blick töten.

Ich warf ihr einen Luftkuss zu.

Rote Flecken breiteten sich auf ihren Wangen aus. »Äh, Jungs, Max ist bestimmt erschöpft von … vorhin, und es wird schon spät. Wir wollen doch die Abschiedspartys von Junggeselle und Junggesellin nicht verpassen.

»Wir haben Zeit«, sagte Jason hinter mir.

Ich liebte diesen Mann. Echt jetzt. Liebte ihn einfach.

»Na bitte.« Ich schlug die Hände zusammen. »Kein Problem.«

»Super«, sagte Max durch zusammengebissene Zähne. Er ging in die Mitte des Esszimmers und hielt dann inne. »Wisst ihr, ich, äh, merke erst jetzt, ihr habt gar kein Klavier, und das wird sowieso ziemlich schwierig ohne die richtigen, äh, Noten.«

»Oh.« Ich gesellte mich zu ihm und tätschelte seinen Rücken. »Keine Sorge, Mann, sing einfach aus deinem Herzen. Ganz ohne Begleitung. Geht völlig in Ordnung. Stimmt doch, oder was meint ihr?« Ich begann zu skandieren: »Max! Max! Max! Max!«

Mit jedem Mal sank Milo tiefer in ihrem Stuhl zusammen.

Als der Lärm verklang, räusperte Max sich und blickte himmelwärts. Ja, beide, er und Milo, verdienten, was nun folgen würde.

»Milo«, intonierte er mit einer Stimme, die ganz und gar nicht übel klang. Verdammt! »Du Liebe meines Lebens! Ich liege dir zu Füßen, ich will dich immer küssen.« Er legte eine dramatische Pause ein, dann fiel er auf die Knie.

Einfach un-fucking-fassbar.

»Mein Herz und meine Seele gehören dir allein, meiner einzigartigen, schönen, schönen …«, er legte wieder eine Pause ein, »Lady. So versprich mir jetzt, du wirst für immer mein Baby.«

Er endete auf einer hohen Note, von der ich überzeugt war, kein Mann konnte die erreichen, es sei denn, er war kastriert. Dann erhob er sich von seinem Kniefall und verbeugte sich.

Mistkerl.

Milo war als Erste auf den Füßen und klatschte wie wild Beifall. »Das war noch schöner als beim ersten Mal!«

Der Handschuh war geworfen. Sie hatten ja keine Ahnung, welchen Krieg sie da gerade gestartet hatten. Sie mochten eine winzige Schlacht gewonnen haben, aber ich würde am Ende der Sieger sein.

Ohne weiter nachzudenken, ohne zu realisieren, dass ich sprach, ohne zuvor die Vernunft einzuschalten, sagte ich: »Wann hast du ihr den Antrag gemacht?«

»Vor ein paar Monaten?«

»Welcher Tag?«

Max grinste. »Dienstag.«

»Welcher Dienstag?«

»Fünfter März.«

»War ein Mittwoch.«

»Woher willst du das überhaupt wissen?«, fuhr Milo mich an.

»He, Mann.« Jason angelte nach mir und zog mich in die Arme. »Tut mir leid, er hat ein bisschen viel getrunken.«

Hab nur gescherzt. Ich hasste Jason.

»Junggesellenabschied?« Er kniff mich so hart in den Nacken, dass ich blaue Flecken bekommen würde.

»Klar.« Geschlagen ging ich Richtung Tür, blieb dann aber stehen. »He, Max, du solltest auch mitkommen.«

»Er kann nicht«, platzte Milo heraus.

»Er sollte aber«, stimmte Jason zu. »Komm schon, Max, ein bisschen mit den Jungs abhängen.«

Max machte ein paar Schritte von Milo weg, blickte aber immer wieder zu ihr, als fragte er sie um Erlaubnis. Ich schlang einen Arm um seinen Rücken und drückte so fest zu, dass ich meinte, es knacken zu hören. »Wir machen einen auf Verbrüderung und so.«

»Du weißt es«, raunte er mir zu. »Ich hab keine Ahnung, woher, aber du weißt es …«

»Tschüss, Leute!«, überschrie ich ihn und flüsterte dann: »Japp, und du wirst mir helfen, oder ich setze dich mit einer Flasche Diät-Sangria und einer Schachtel Pralinen beim Junggesellinnenabschied ab.«

Er keuchte auf, die Augen weit vor Entsetzen. »Das würdest du nicht!«

Ha, ich hatte ihn an den Eiern. Zeit, zuzudrücken. Mit einem boshaften Grinsen wartete ich auf sein nächstes Argument.

»Ich hab meine Pflicht doch schon getan!«

»Dann spiel jetzt nach meinen Regeln«, sagte ich kühl. »Einverstanden?«

»Milo wird mich umbringen.« Max nahm meine Hand und besiegelte unser aller Schicksal.

Kapitel 23

Milo

»Milo?« Mom kam in mein Zimmer, sah mich und brach in Gelächter aus. Tränen strömten ihr über die Wangen, der Schluckauf folgte.

»Seh ich so schlimm aus?« Ich zog das rote Lederkleid weiter runter, aber das war nutzlos. Jedes Mal, wenn ich daran zog, rutschte es einfach wieder so hoch, wie es zuvor gesessen hatte, was bedeutete zu hoch, so hoch, dass ich mich vermutlich nicht vorbeugen konnte, ohne verhaftet zu werden.

»Nein«, seufzte sie fröhlich. »Ist nur … du hast es verkehrt herum an.«

Ich fluchte. Manchmal fühlte es sich so an, als wäre ich nicht mal ein Mädchen. Colton sieht mich nicht als Frau, und jetzt kann ich mir kein Kleid richtig herum anziehen? Ich übertrieb, aber trotzdem. Da sprach der Stress aus mir.

Mir war zum Heulen zumute.

Bitte. Genau deswegen nahm Colton mich nicht mal wahr. Ich war nicht sexy! Ich wollte aber sexy sein! Und Max ging hin und sang dieses hübsche Liedchen, und jetzt glaubte Colton ihm, aber wenn sie ihn abfüllten … O Gott, wenn sie Max abfüllten …

Er war einer von der Sorte, die emotional wurden, wenn sie betrunken waren. Diese Art Betrunkenem, der an der Bar sitzt und mit jedem einen auf gut Freund macht, dann anfängt, Kurze zu spendieren, bis er in Tränen ausbricht und lallt, dass er alle so sehr liebt, dass er die ganze Welt umarmen möchte.

»Mist.« Ich hockte mich aufs Bett und verschränkte die Arme.

»Komm, ich helf dir.« Sie zog mich wieder hoch.

Eine Viertelstunde später hatte ich das Kleid richtig herum an, mit dem tiefen Ausschnitt vorne und der hochgeschlossenen Partie hinten. Plötzlich fiel mir wieder ein, warum ich es gekauft hatte, ohne es erst anzuprobieren. Es war umwerfend. Es saß wirklich eng – vermutlich würde ich am Morgen drei gequetschte Rippen haben, aber das war es wert.

»Schuhe.« Mom klatschte in die Hände. »Du brauchst was Hochhackiges.«

»Aber das lässt den Rock noch kürzer aussehen!«

»Ganz genau.« Sie wedelte mit einer Hand herum. »Sieh nur, du hast noch die Schuhe von der Homecoming-Party.«

Ich zuckte zusammen.

Die Homecoming-Party. Die Homecoming-Party der Oberstufe, auf die ich mit meinem Bruder als Begleiter gegangen war. Großartig, an diesen traurigen Moment wollte ich unbedingt erinnert werden.

»Stell die weg, Mom.«

»Nein.« Sie platzierte die Schuhe neben meinen Füßen und hielt sie fest, während ich hineinstieg. Es waren schwarze Stöckelschuhe mit Riemchen – immerhin passten sie noch. »Jetzt dreh dich mal.«

Ich drehte mich lahm auf den Absätzen und fiel dabei beinahe um.

»Du brauchst Make-up.«

»Mom, ich …«

»Setz dich!«

Nach noch einmal zwanzig Minuten war ich überzeugt, gutes Geld als Prostituierte machen zu können.

Megabreiter Lidstrich? Check.

Kurzer, enger Rock? Check.

Absätze wie eine Stripperin? Check.

Leuchtend roter Lippenstift? Check.

»Perfekt!«, rief Mom. Ich bin mir ziemlich sicher, sie war leicht angetrunken. »Jetzt geh und hab Spaß!«

Ich trippelte den Flur entlang, dann die Treppe hinunter und aus der Tür hinaus und schaffte es schließlich bis zu meinem Auto.

Unser Städtchen mochte ja nicht viele Restaurants haben, aber wir hatten jede Menge Bars. Die Mädchen wollten eine Kneipentour machen, von einem Ende der Hauptstraße zum anderen, und sich schließlich, gegen Mitternacht, mit den Jungs treffen.

Ich parkte das Auto, sprang hinaus und knickte fast um. Ja, genau dieses Mädchen würde ich am Ende der Sauftour sein – diejenige, die ihre Schuhe trug und sich eine Fußkrankheit holte von all dem Dreck auf dem Fußweg.

In Vegas wäre ich total angesagt.

Ich fuhr fort, mir zuzureden, dass alles gut gehen würde. Es musste gut gehen. Alles, was ich zu tun hatte, war, dafür zu sorgen, dass Max seine Hände bei sich behielt, und Colton bemerkte, dass ich tatsächlich ein Kleid trug und Brüste hatte. Wenn alles schieflief, würde ich ein paar Drinks kippen, still in der Ecke hocken und beten, dass Max Selbstkontrolle hatte. Immerhin war er ein Erwachsener.

* * *

»Trink! Trink! Trink!«, skandierten die Kneipengäste, während Max den dritten Kurzen hintereinander kippte.

Der Mann konnte feiern – das musste ich ihm lassen.

Seit drei Stunden waren wir dabei, und der Kerl hielt immer noch dicht wie Fort Knox – und verplapperte sich nicht ein einziges Mal, was die Verlobung anging.

Nicht, dass er die ganze Zeit über die Klappe halten würde.

Er redete die ganze verdammte Nacht lang. Milo hier, Milo dort. Ich war drauf und dran, meinen Kopf gegen den Tresen zu schlagen.

»Also …« Ich bedeutete dem Barkeeper, dass mein Glas leer war. »Was läuft da mit Milo?«

»Äh …« Max schaute weg. »Ich muss mal verschwinden und …«

Ich packte ihn am Kragen und zog daran. »Sitz.«

»Trinkspiel!« Jason kam zu uns. »Becher hoch!«

»Hat da jemand Becher hoch gesagt?«, rief Jayne, die mit ein paar Brautjungfern und Milo in die Bar kam.

Die Schuhe in der Hand, spazierte Milo, meine neu gefundene Nemesis, in die Bar, verzog das Gesicht und heftete dann den Blick auf mich. Ihr Lächeln wurde breiter, bis sie Max entdeckte. Sie sah wunderschön aus. Ihr kurzes Kleid verbarg nicht einen Zentimeter ihrer Beine. Ich starrte mich an ihr satt und fluchte dann, als ich mir wieder einfiel, dass ich ihr mit gleicher Münze heimzahlen wollte, was sie mir angetan hatte. Beinhaltete heimzahlen, diese Schenkel zu lecken?

Der Barkeeper stellte ein Glas vor mich. Becher hoch. Irgendwas verriet mir, dass ich für eine ganze Weile gar nichts lecken würde. Nicht, wenn ich dabei etwas zu sagen hatte. Erst der Schmerz, dann das Vergnügen.

Sie formte einen Fluch mit den Lippen und stapfte zu uns

herüber, verschränkte die Arme über ihrem wirklich, wirklich fantastisch aussehenden Busen, und ihre Augen funkelten gefährlich. »Max?«

»Wasslos?« Er schwankte auf dem Barhocker. Ich stützte ihn und betete, er würde nicht nach ihrer Handtasche greifen, um sich in sie zu übergeben. »Du bist super hübsch heute, Milo, so … kalt.«

»Kalt?«, wiederholte sie.

»Ja, so wie in, du musst doch frieren, wo du so nackt bist!« Er lachte über seinen eigenen Witz, dann schrie er: »Sie ist nackt! Sie ist nackt!«

»Strip-Poker!«, übertönte Jason die Musik. »Hinterzimmer!«

»Yay!« Max klatschte in die Hände und glitt vom Barhocker. Er schwankte und zog Milo in eine Umarmung. »Du riechst nach … Glück.«

»Und wonach riecht das, Großer?« Sie seufzte und half ihm beim Laufen, während wir alle ins Hinterzimmer gingen.

»Sex.«

»Was?« Sie lachte nervös.

»Nie. Ich hab's nie getan, Colton. Nie. Niemals. Niemals. Niemals. Sie hat Nein gesagt.« Schmollend verzog er das Gesicht. Himmel noch eins, heulte er? »›Nein, Max!‹, hat sie mich angebrüllt, Colton.« Er verkündete meinen Namen wie ein Dreijähriger. »›Nein, Max, so will ich keinen Sex!‹«

»Max, vielleicht solltest du einen Schluck Wasser trinken …« Milo blickte sich um.

»Nein.« Er entzog sich ihr und torkelte gegen meine Brust, dann packte er mein Hemd wie eine verdammte Schraubzwinge. »Und weißt du, was passiert ist?«

Ich schüttelte den Kopf.

»Ich sag: ›Okay, Milo, du willst also nicht den Gluteus Maximus reiten.‹«

»Er ist betrunken.« Milo klang verzweifelt. »Und so hast du nicht …« Sie hielt inne.

»Hast du nicht was?« Ich beugte mich zu ihr. »Was, Milo?«

»Hast du nicht …« Sie nagte an ihrer Unterlippe.

Max tätschelte mir die Wange. »Sie ist Jungfrau.« Ich glaube, er wollte flüstern. Stattdessen sprach er so laut, dass alle anderen, die mit uns zum Hinterzimmer unterwegs waren, stehenblieben.

»Ich will sterben«, murmelte Milo.

»Zeit zum Ausziehen!« Max befreite sich aus meinem Griff und stolperte ins Hinterzimmer. Der arme Kerl würde sich morgen die Seele aus dem Leib kotzen.

Milo und ich folgten dem Rest ins Zimmer. Ich schnappte mir ihre Hand und hielt sie zurück. »Du hast also nie mit deinem Verlobten geschlafen.«

»Nein«, sagte sie gepresst. »Er ist, äh … katholisch.«

»Wirklich?« Ich nickte.

»Sehr, sehr, sehr gläubig.« Sie blickte zu Boden.

»Interessant. Hat er deswegen einen Davidstern-Aufkleber an seinem Jeep?«

»Er ist ein katholischer Jude.« Sie klang immer verzweifelter.

»Oh … Ich frage mich, wie das funktioniert …« Himmel, sie machte mir das so leicht.

Jason pfiff laut und deutete auf die Gruppe von Leuten, die sich im Hinterzimmer versammelte. »Wer ist dabei?«

»Milo!«, schrie Max, sprang hoch und verpasste bei der Landung den Stuhl um einige Zentimeter.

»Ich auch.« Ich zwinkerte ihr zu. »Ich liebe ein gutes Pokerspiel.«

»Wirst du dieses Mal deine Unterhose anbehalten«, zog Milo mich auf, »oder wirst du dir die Eier abfrieren wie Weihnachten 2010?«

»Es gibt einen Unterschied zwischen freiwillig verlieren und wirklich verlieren«, knurrte ich.

»Trotzdem hast du verloren.«

»Milo, da war es vier Uhr morgens! Ich musste um fünf auf der Feuerwache sein. Ich war total übermüdet.«

Sie grinste frech. »Verloren bleibt verloren.«

»Mädchen gegen Jungs!« Max tanzte um den Tisch herum. Fantastisch, er bekam wieder Aufwind. »Drinks!« Ich schwöre, seine Stimme brachte die Wände zum Zittern.

»Oh.« Jayne grinste in unsere Richtung. »Milo trinkt nicht.«

»Sie ist auch schwanger!«, rief Max.

Jedes Geräusch erstarb.

Jason stöhnte in seine Hände, während Jayne sich versteifte und die Wasserflasche wegstellte.

»Jason«, begann sie mit strenger Stimme, »ich dachte, wir waren uns einig, das jetzt noch niemanden zu sagen.«

»Tja.« Er sah sauer aus. »Jetzt wissen es alle, nicht wahr?« Oh-oh, Auftritt betrunkener Jason. »Jetzt wissen alle, warum zum Teufel ich dir den Antrag gemacht habe! Himmel, ich hätte das nie getan, wenn du mich nicht in die Ecke gedrängt hättest.«

Oh, verdammt.

Max riss die Augen weit auf. »Kein Spiel also?«

»Kein Spiel«, sagte Jayne mit strenger Stimme. »Ladys, wir gehen.«

Und mit den Worten verschwanden sie, ließen Milo und Max mit uns und den anderen Jungs zurück.

Milo ging Richtung Tür, doch ich schnappte mir ihre Hand, bevor sie sehr weit kam. »Und wo denkst du, dass du hingehst?«

»Nach Hause?«

»Milo hat mal einen Goldfisch gekauft.« Max hatte den Drang zu reden. »Sie war betrunken. Sie hat diesen Fisch geliebt.« Er schnaubte. »Ich hab ihn gegessen.« Mit einem Lachen geradewegs aus einem zweitklassigen Horrorfilm brach er zusammen. Dann gähnte er. »Ich bin so müde.«

Als Nächstes hörten wir ihn schnarchen.

Und er stand immer noch aufrecht.

Kopfschüttelnd deutete ich auf ihn. »Da hast du dir einen echten Gewinner angelacht.«

Sie hob das Kinn. »Er ist süß.«

Sein Schnarchen wurde mehr und mehr zu einem Grollen und von Moment zu Moment lauter.

»Ich verstehe, warum du mit dem Sex wartest – du wartest auf diesen einen besonderen Moment, was?«

»Ich hab doch gesagt, er ist sehr gläubig!«

»Blödsinn.« Wir standen Nase an Nase.

»Willst du sagen, dass ich lüge?«

»Süße, nicht mal du findest dich in deinen Lügen noch zurecht.«

»Du kannst doch nicht mal erkennen, wenn ich lüge.« Sie stieß einen Finger gegen meine Brust.

»Also gut.« Ich trat einen Schritt zurück. »Lass uns ein Pokerspielchen machen. Alles oder nichts. Hand drauf?«

Sie schlug ein und versuchte, die Hand danach wieder wegzunehmen, aber ich zog sie näher, bis sie an meiner Brust war. »Oh, und wir spielen natürlich Strip-Poker, mit Drinks, und ich habe dabei nicht mehr verloren, seit ich sechzehn war.«

»Warum zum Teufel hast du mit sechzehn Strip-Poker gespielt?«

Ich lächelte. »Willst du's rausfinden?«

Kapitel 24

Milo

Ein kalter Schauer durchlief mich, während ich versuchte, den Kopf hochzuhalten – man sagt, selbst Huren haben noch ihre Würde, wenn sie zum ersten Mal ihren Job ausüben. Fantastisch, jetzt verglich ich Strip Poker schon damit, meinen Körper zu verkaufen.

Die Welt um mich herum war mal verschwommen, mal klar. Jedes Mal, wenn ich zu Colton hinüber blinzelte, schwankte mein Körper leicht nach rechts. Okay, es war lange her, dass ich ernsthaft getrunken hatte. War das nicht was Gutes? Ich meine, ich war erst seit einem Jahr einundzwanzig!

»Gibst du auf?« Colton lehnte sich vor, seine nackte Brust berührte den Tisch wie in einem erotischen Kuss. Ich fuhr mir über die Lippen, damit ich nicht anfing zu sabbern, und fixierte seine Bauchmuskeln, die sich mit jedem seiner Atemzüge bewegten.

Es wäre vermutlich unangemessen, über den Tisch zu greifen und sie anzufassen – nur zur Beruhigung. Ich wette, er würde warm und hart sein, so verdammt hart. Meine Finger prickelten, als ich die Hand ausstreckte. Gut, dass der Raum schwankte, denn das Nächste, was mir bewusst wurde, war meine Hand auf seiner warmen Haut.

Leises Männerlachen ertönte um mich herum.

Aus weiter Entfernung hörte ich Jasons Stimme. »Sie hat genug, Mann, lass uns gehen.«

»Nein!«, rief ich und erhob mich. Kalte Luft traf mich. Ich hatte beide Schuhe und mein Kleid verloren. Also stand ich so gut wie nackt vor ihnen.

Andererseits trugen sie alle nur noch Boxershorts. Ich war eine ziemlich gute Pokerspielerin, ganz egal, was Colton behauptete.

»Wir spielen diese Runde zu Ende.« Ich schwankte ein wenig, dann drehte ich meine Karten um. »Ha!« Ich hatte einen Flush, mit dem Kreuzkönig als höchster Karte, was bedeutete, ich würde den Boden mit ihm aufwischen.

»So stilvoll«, murrte Colton.

Offenbar hatte ich den letzten Teil auch laut ausgesprochen.

»Du hast recht.« Er fingerte an seinem Blatt herum und warf es dann auf den Stapel. »Du gewinnst. Gut gespielt, Milo.«

Er war viel zu ruhig. Ich verengte die Augen, während ich mich auf den Tisch stützte und Colton niederstarrte. »Lass mal sehen, was du hast.«

»Nein.« Er verschränkte die Arme. »Du hast gewonnen. Ende.«

»Zum Teufel damit!« Ich griff nach seinen Karten, aber wurde von einer seiner Hände aufgehalten, bevor meine Fingerspitzen sie auch nur streifen konnten.

»Kannst du nicht einfach gewinnen wie jemand Normales?«, rief er.

»Colt.« Jason gähnte. »Die Jungs bringen Max und mich nach Hause. Kümmerst du dich um Milo?«

»Ja, ich fahre sie heim, so zugeknallt, wie sie ist. Ich hab nur ein Bier getrunken – das kriege ich hin.« Ich winkte sie weg, und sie stolperten alle aus dem Hinterzimmer, ließen mich und

Colton allein.

Ich blickte finster drein. »Ich bin nicht betrunken, und du bist ein Betrüger.«

»Gütiger Gott, Frau!«, brach es aus Colton heraus. »Du hast das verdammte Spiel gewonnen. Warum führst du nicht einfach einen verrückten Siegestanz auf und gut ist?«

»Weil du ein Lügner aus den Tiefen der Hölle bist!« Ich fuchtelte mit den Händen herum und ging dabei fast zu Boden. Er hielt mich wieder fest, aber dieses Mal ließ ich mich absichtlich gegen seine Brust fallen und dann verstohlen meine Hände zum Tisch gleiten.

»Erinnere mich daran, den Tequila zu verstecken, wenn wir das nächste Mal zusammen abhängen.« Sein Atem strich heiß über meinen Körper.

»Nächstes Mal, wenn wir abhängen, wirst du nackt sein, Mister.« Moment, seit wann war das eine Drohung?

Er grinste und musterte mich von Kopf bis Fuß. »Ist das ein Versprechen?«

Ich erschauerte – aber das lag nicht daran, dass ich nur noch Unterhose und BH trug, nein, das lag daran, wie er mich ansah … anstarrte, nicht durch mich hindurch, sondern mich an, als wollte er mich verschlingen.

Fast vergaß ich die Karten in meinen Händen.

Schnell blickte ich auf sie hinunter und fluchte wie ein Rohrspatz, als ich sie umdrehte und einen Royal Flush aufdeckte.

»Du verlogener«, ich stieß ihn gegen die Brust, »verlogener, verlogener, verlogener, verlogener Mistkerl von einem Bastard!«

»Hä?«

»Ein Royal Flush!«, schrie ich.

Colton stöhnte. »Beruhige dich, Milo.«

Nur so zur Info: Mir zu sagen, ich solle mich beruhigen, nachdem ich ein paar Tequila intus hatte, um ein gutes Kartenspiel betrogen worden bin und sexuell so frustriert war, dass es sogar einen Priester zum Weinen bringen würde … nicht gerade die beste Idee, die der Mann je gehabt hatte.

Ohne nachzudenken, stürmte ich los. In meiner Vorstellung war ich so grazil wie eine Gazelle, die in der Sahara herumspringt.

Wie ich vermutlich wirklich aussah? Wie eine halb nackte Prostituierte mit dick verschmierter Wimperntusche um die Augen, die einen netten jungen Mann mit den besten Absichten und einem freundlichen Lächeln erwürgte.

»Milo!« Colton packte meine Arme, aber das nutzte nichts, denn meine Hände lagen bereits um seinen Hals, und ich begann zuzudrücken, während ich die Beine um ihn schlang und gegen ihn ankämpfte.

Ich weiß nicht genau, wann es passierte, aber innerhalb weniger Sekunden realisierte mein Körper, dass da nicht gerade viele Kleidungsstücke zwischen uns waren.

Die Luft veränderte sich, als Coltons Gesichtsausdruck von verärgert zu ausgehungert umschwang. Er fasste meine Hüften, und unsere Blicke trafen sich einen Herzschlag lang.

»Colt…«

Mir wurde nicht gestattet, zu Ende zu sprechen.

Zum Teil, weil sein Mund den Rest seines Namens verschluckte. Mit einem Knurren warf er mich auf den Tisch und verharrte über meinem Körper.

Pokerchips flogen zu Boden.

Karten flatterten hoch.

Und ich küsste ihn zurück – ich küsste ihn so heftig, dass mein Mund schmerzte. Mein ganzer Körper schmerzte – jede verdammte Zelle schmerzte.

* * *

Stopp!, schrie ich meinen Körper an. *Stopp, verdammt!* Ich würde noch alles ruinieren! Wie sollte sie leiden, wenn ich sie küsste?

Himmel, sie hatte die Fähigkeit, jeden einzelnen meiner Schwachpunkte zu entdecken und auszunutzen, als wäre es ihr Job, mich verrückt zu machen.

Sie rekelte sich unter meinen Händen, während ich zu ihren Hüften hinunterstrich. Alles, was ich von ihr wollte, wurde mir dargeboten – direkt vor mir auf dem Tisch.

Aber sie war betrunken.

Was die Sache unfair machte.

Aber auch hieß, dass es nicht zählen würde.

Mit einem kleinen Seufzen schlang sie mir die Arme um den Nacken und presste sich an mich.

Ja, man würde übermenschliche Kräfte brauchen, um sie wegzustoßen.

Sie schmeckte nach Tequila – und ich war mir ziemlich sicher, ich würde Max umbringen, denn alles, woran ich denken konnte, war, dass sie nach Glück schmeckte, und das ließ mich an Sex denken.

Und daran, sie zu schmecken.

Wieder und wieder und wieder.

Ich hielt sie fest, während ich den Mund von ihrem löste und mit den Lippen eine flammende Spur ihren Hals hinab zu dem Träger ihres BHs zog.

»Hör nicht auf«, murmelte sie.

Das hier als Lektion für jede Frau da draußen: In dem Moment, wenn du deinen verdammten Mund öffnest. Puff. Magischer Moment? Vorbei.

Es gab mir genug Zeit, mich zurückzuziehen und mir über etwas klar zu werden.

Ich wollte sie nicht auf dem Tisch nehmen, nicht so.

Und wenn Max ein aufrichtiger Betrunkener war – was ich mal annahm, da er zugegeben hatte, ihren Lieblingsgoldfisch verspeist zu haben –, dann war sie noch Jungfrau.

Zum Teufel damit.

Ihr die Jungfräulichkeit auf einem Pokertisch nehmen, nachdem sie genug Tequila getrunken hatte, um Feuer zu speien? Nein. Nicht mit ihr. Nicht mit dem Mädchen, das ich schon mein Leben lang liebte. Nicht mit dem Mädchen, von dem ich träumte, wenn ich die Augen schloss. Nicht mit dem Mädchen, für das ich lebte, wenn ich aufwachte.

»Milo.« Ich küsste sie ein letztes Mal auf den Mund. Meine Lippen streiften ihre, prägten sich ihren Geschmack ein, nur für den Fall, dass es länger als einen Tag dauern würde, bis ich sie wieder küssen würde. »Du bist betrunken.«

»Gar nicht so sehr.« Sie schmollte.

»Was ist sechs mal sieben?«

»Unfair.« Sie lachte. »Du weißt, dass ich beim Einmaleins mit Sieben schon immer die meisten Schwierigkeiten hatte.«

»Milo …«

»Irgendwasvierzig.«

»Gut genug«, knurrte ich. Dann löste ich mich langsam von ihr, was sich anfühlte, als würde ich ein Stück meiner Seele abtrennen und in die andere Richtung davongehen, in dem Wissen, dass ich nie wieder ganz sein würde ohne diesen Teil, den ich zurückließ.

Aber ich würde sie nicht zurücklassen.

Ich wollte sie nur einfach nicht auf diese Art.

Eigentlich wollte ich sie auf jede nur mögliche Art – mehrmals. Nur eben nicht auf diese.

Milo riss die Augen auf, krabbelte fluchend vom Tisch und schnappte sich ihr Kleid. »T-tut mir leid.«

»Ah.« Ich fuhr mir durch die Haare. »Keine Sorge, ich bin an Mädchen gewöhnt, die über mich herfallen, weil ich dafür gesorgt habe, dass sie ihre Klamotten anbehalten dürfen.«

»Was?«

»Deswegen hab ich verloren.« Ich zuckte mit den Schultern und griff mir mein Hemd, das auf dem Boden lag. »Du hättest entweder deinen BH ausziehen müssen oder deine …« Ich deutete darauf, ja, das war lahm, aber ich konnte das Wort um keinen Preis aussprechen, sonst würde ich spontan in Flammen aufgehen und jede Kontrolle verlieren.

»Oh.« Sie schlüpfte in ihr Kleid. Ich verfolgte jede ihrer Bewegungen. Langsam drehte sie sich um, und ich nahm den Reißverschluss, zog ihn nach oben, schloss ihn sorgsam, auch wenn mein Körper danach verlangte, ihn nach unten zu bewegen. Ganz nach unten. »Das würde also bedeuten, du musst noch etwas ausziehen.«

»Was?«

Sie trat von mir weg und drehte sich wieder um, verschränkte die Arme vor der Brust. »Nun?«

»Äh.«

»Das Hemd hattest du schon aus, also weg damit.« Ich tat, was sie sagte, hauptsächlich weil sie so verdammt sexy war, wenn sie mir sagte, was ich tun sollte, so sexy, dass ich, sollte sie behaupten, ihr Lieblingssong wäre »Kumbaya«, ihn nicht nur singen, sondern auch meinen eigenen Tanz dazu erfinden würde. »Also.« Sie leckte sich verführerisch über die Lippen und begann, mich zu umkreisen. Oh, göttliche, wunderbare Folter.

Sie fasste um mich herum und hielt am Knopf meiner Jeans inne. »Ich glaube, die muss weg.«

Himmel hilf.

Wäre es falsch, Gott in dieser Situation zu danken? Wirklich? Ganz in echt? Ich meine, ich wollte nicht blasphemisch sein, aber … ja, ich fühlte mich in diesem Moment sehr dankbar.

»Okay.« Ich legte die Hände an den Knopf und erstarrte.

Moment der Glückseligkeit vorbei.

Ich trug keine Unterhose.

Ich trug rein gar nichts unter dieser Jeans. Nada, niente, nichts.

»Wie wär's mit noch einem Drink?«, fragte ich hoffnungsvoll.

»Die Hose.« Sie sprach mit leiser Stimme. »Jetzt.«

»Bist du sicher?« Stumm fluchte ich vor mich hin. Ich war drauf und dran, mich ihr so, wie der liebe Gott mich geschaffen hatte, zu präsentieren. Unser erster Moment nackt würde in »Goldy's Bar and Grill« stattfinden.

Juhu.

»Mach schon.« Sie schlug mir gegen die Schulter, dann kam sie wieder zu meiner Vorderseite herum. Keine gute Idee. Eine wirklich, wirklich schlechte Idee. In der Geschichte aller schlechten Ideen stand diese mindestens an zweiter oder sogar doch an erster Stelle.

»Okay.« Ich redete meinem Körper zu, ganz entspannt zu bleiben, aber sobald der das Wort entspannt hörte, dachte der an das Gegenteil. Steif.

Großartig. Ich würde also vor ihr salutieren.

Nackt.

Ein nackter Salut.

Wenn ich jetzt in Tränen ausbrach, würde mich das weniger männlich wirken lassen?

»Wir haben nicht die ganze Nacht Zeit.« Sie verdrehte die Augen, war immer noch etwas unsicher auf den Beinen. Vielleicht war sie zu betrunken, um sich später an diesen Moment zu erinnern? Man konnte nur hoffen.

Mit einem Ruck zog ich die Jeans runter bis zu den Füßen und wartete.

Milo keuchte auf und bedeckte ihren Mund. Aber ihre Augen blieben auf mich gerichtet. Sie nahm meinen Anblick in sich auf, als wäre ich ein verdammter griechischer Gott – und mein Körper reagierte darauf, als hätte Marvel mich gerade in eines ihrer Comicbücher aufgenommen. Ich hätte geschworen, dass ich spürte, wie meine Schultern breiter wurden und meine Brust epische Ausmaße annahm.

»Was zum Teufel!«, rief eine Männerstimme.

Ich blickte auf.

Ein entsetzter Jason stand in der Tür und betrachtete die Szene vor sich. »Was zum …« Er drehte sich abrupt um und wollte aus dem Raum flüchten, aber er rannte gegen die Tür, stolperte rückwärts, gerade als Max auftauchte.

»He, hast du meine Brieftasche gefunden?« Er schwankte. »Verfluchte Scheiße! Nimmst du Drogen oder irgendwas?«

Unnötig zu erwähnen, dass ich meine Hose hochzog, genau in dem Moment, als Milo sich den Bauch hielt und dann zum Mülleimer rannte und sich übergab.

Ich zuckte zusammen und hoffte, dass nicht meine Nacktheit der Auslöser für ihre Übelkeit war.

»Teufelskerl.« Max lachte. »Hast du diese Wirkung auf alle Frauen oder nur auf meine?«

Ich starrte ihn wütend an.

Jason rieb sich das Kinn. »Schlimmste Hochzeit aller Zeiten.«

Kapitel 25

Milo

»Ich sterbe!«, schrie ich schon zum dritten Mal, als die kalte Luft mein Gesicht traf. »Ernsthaft, mir dreht sich der Magen um.«

»Vielleicht hättest du nicht so viel trinken sollen.« Colton sagte das in einem so gönnerhaften Ton, dass ich am liebsten aus dem fahrenden Auto gesprungen wäre, um per Anhalter weiterzufahren.

»Du hast mich gereizt.«

»Ach, also ist es meine Schuld.«

»Mal schön locker durch die Hose atmen!«, zischte ich, dann kicherte ich. »Oh, Moment …«

»Echt witzig, Milo.«

»Sag mal.« Ja, das war der Alkohol, der da aus mir sprach. »Trägst du nie Unterwäsche unter der Jeans oder ist das eine neue Entwicklung?«

»Wir sollten diese Unterhaltung führen, wenn du nicht den Kopf aus dem Auto streckst wie mein Golden Retriever.«

»Colton.« Ich packte ihn am Arm und drückte ihn. »Verdammt. Lebst du jetzt schon im Sportstudio oder was? Und inwiefern ist das Menschen wie mir gegenüber fair?«

»Menschen wie dir …«

»Frauen überall auf der Welt!« Ich warf die Hände in die Luft. »Wie sollen wir da mithalten? Wie stellen wir da ein Gleichgewicht her, wenn die verdammte Latte so hoch liegt, dass wir eine Leiter brauchen, um sie auch nur zu berühren?«

Colton räusperte sich. »Ich glaube nicht, dass ihr unbedingt …«

»Und dann, als du die Hosen runtergelassen hast!«

Das Auto schwenkte nach rechts.

»Ich meine, verdammt, Colt! Als würdest du wollen, dass alle anderen Männer dich hassen.«

Das Auto holperte über einen dieser Rüttelstreifen auf der rechten Seite und machte dann einen Schlenker nach links.

»Äh, Katze, da war eine Katze.«

»Und echt mal.« Ich stieß einen schweren Seufzer aus, fühlte mich endlich besser, weil ich mir alles von der Seele redete. »Was erwartest du bitte? Was erwartest du von uns Frauen? Natürlich muss ich von dir besessen sein. Du bist einfach …« Ich wollte das wuselige Gefühl aus meinem Kopf vertreiben, doch durch das Schütteln sah ich erst doppelt, dann dreifach. »Du bist einfach …«

»Was?«, flüsterte er.

Ich hätte die Augen nicht mal offenhalten können, wenn ich es versucht hätte. Ich sackte auf dem Sitz zusammen und schloss sie, aber nicht, bevor ich geflüstert hatte: »Meins. Du hast schon immer mir gehört, Colton.«

* * *

Colton

Wir bogen um die Ecke und erreichten Milos Elternhaus. Milo war komplett weggetreten. Ich war sicher, sie träumte von einem riesigen Tequilamonster und wünschte sich, sie hätte mindestens das letzte Glas nicht getrunken.

Seufzend stellte ich den Motor ab, stieg aus und ging zur Beifahrerseite. Verrückt, wie friedlich sie aussah, wenn sie schlief. Das war natürlich eine komplette Irreführung im Vergleich dazu, wie Milo sonst lebte. Sie war eine Dauerbombe, die zwölf Stunden lang explodierte und sich nachts wieder auflud, damit sie am nächsten Tag aufs Neue losgehen konnte.

»Komm schon, Süße.« Ich zog sie vom Sitz und trug sie ins Haus. Die Lichter waren bereits gedämmt – also war niemand aufgeblieben, um sicherzustellen, dass es ihr gut ging … oder mir.

Jason und Max hatten die Bar eilig verlassen, beide mit hochroten Gesichtern und etwas davon murmelnd, dass sie mich zu Hause sehen würden.

Aber war das nicht die Geschichte meines Lebens? Am Ende blieben immer Milo und ich zurück. Jason hatte mir in der Beziehung immer vertraut. Und im Gegenzug hatte sie mir auch immer vertraut. Sie hatte nie daran zweifeln müssen, dass sie bei mir sicher und beschützt war.

Ich ging die Treppe eine Stufe nach der anderen hinauf, während eine Schwere sich auf meine Schultern legte und ich mit zwei Wünschen kämpfte: ihr sagen, dass ich alles wusste, und sie auf Teufel komm raus küssen, und sie leiden lassen.

Ich trat die Schlafzimmertür auf und ließ Milo beinahe fallen, als ich bemerkte, dass Max es sich auf ihrem Bett gemütlich gemacht hatte und las.

»Bist du nicht betrunken?«

»Ich erhole mich schnell.« Max hob den Blick nicht von der Seite, die er gerade las. »Außerdem wird ein Kerl ziemlich schnell wieder nüchtern, wenn er seine betrunkene beste Freundin sieht, wie sie den nackten Körper eines Typen mustert, als wäre sie eine Ärztin, die die menschliche Anatomie studiert.«

»Ja, also, was das betrifft …« Ich legte Milo neben ihn.

»Nein.« Max warf das Buch zur Seite und verschränkte die Arme vor der Brust. »Sie mag ja mit dir gespielt haben, aber das hat sie getan, weil sie mit ihren eigenen Gefühlen nicht umgehen kann, kapiert? Sie ist Milo, verdammt. Normal kommt in ihrem Vokabular nicht vor. Ich glaube, sie weiß nicht mal, was das Wort bedeutet.«

Ich lachte leise vor mich hin. »Ja, trotzdem, es war nicht, wonach es aussah. Ich meine, wir haben … nichts getan.«

»Spielt keine Rolle.« Max zuckte mit den Schultern. »Wenn du nicht die Eier hast, dir zu nehmen, was dir schon so lange gehört …«, er griff wieder nach seinem Buch, »dann verdienst du sie vielleicht gar nicht.«

»Ich verdiene sie nicht.« Ich räusperte mich. »Aber ich will sie trotzdem.«

Max warf das Buch aufs Bett und sprang auf. Er schwankte ein wenig, aber seine Augen waren so klar wie der Himmel an einem Sommertag. »Ich hatte gehofft, dass du das sagst. Also, wir werden folgendermaßen vorgehen.«

»Hä?«

»Was?« Er schlug mir auf den Arm. »Du willst Milo. Ich helfe dir, sie zu bekommen. Weil ich ein netter Kerl bin und es nicht mehr ertragen kann, wie sie sich nach dir verzehrt, und außerdem, wenn ich dir helfe, sie für dich zu gewinnen, kann ich endlich mit meinem eigenen Liebesleben vorankommen. Das ist ein raues Gewässer, wenn sie ständig dabei ist und mir das Spiel verdirbt.«

»Äh …« Ich hob eine Hand. »Ich habe sie schon.«

»Oh.« Max tätschelte dieselbe Schulter, die er eben noch geschlagen hatte, und seufzte. »Du armes irregeleitetes kleines Lämmchen.«

»Wie bitte?«

»Sie wird dich bei lebendigem Leib verspeisen.«

»Was?«

»Milo.« Max zeigte auf sie. »Steht nicht auf Liebeserklärungen. Sie ist nicht wie die meisten Frauen. Du kannst nicht einfach zusammenbrechen und heulen und sagen, du willst zig Babys mit ihr.«

»Eins, vielleicht zwei«, sagte ich heiser. »Zig? Wer sagt denn bitte so was?«

»Dumme Männer. Welche, die sich verliebt haben und sich das eigene Grab schaufeln. Wenn man so einen in freier Wildbahn sehen will, muss man sich nur ein wenig umschauen …«, er lächelte, »und schon hat man einen. Guck mal!« Er zeigte auf den Spiegel. »Schh, mach keine unvermuteten Bewegungen.«

»Du nennst mich dumm?«

»Ja.« Max nickte. »Aber Kopf hoch, wir kriegen dich wieder hin.«

»Kein Hinkriegen.«

»Dann kein Mädchen.«

»Woher willst du das wissen?«

»Ich bin nicht wirklich schwul.« Max verdrehte die Augen, als wäre das der Grund, aus dem ich zögerte, seinen Rat anzunehmen. Genau.

»Mann.« Ich versuchte, es zu erklären. »Ich hab sie schon – ich muss ihr nur sagen, was ich empfinde.«

»Dann wird sie weglaufen.« Max ließ die Fingerknöchel knacken. »Sie hat Angst vor ihren eigenen Gefühlen. Sie war ihr ganzes Leben lang hinter dir her. Sobald sie dich hat, wird sie in Panik ausbrechen. Mädchen sind da seltsam. Sie analysieren alles zu Tode. Oh verdammt, was, wenn er nicht der Mann ist, für den ich ihn gehalten habe? Was, wenn ich ihn nicht so sehr liebe, wie ich dachte? Was, wenn er ein schlechter Küsser ist? Was, wenn sein …«

»Ich bin bei allem gut, was mit Sex zu tun hat, nur um das klarzustellen.«

»Bist du dir da sicher?« Max zog die Augenbrauen hoch. »Ich meine, woher willst du das wirklich wissen?«

Tja, verdammt, da hatte er mich erwischt. Ich wandte den Blick ab. »Ich weiß es halt.«

»Höre ich da ein Zögern? Küss mich.«

»Teufel, nein!«

Max zuckte mit den Schultern. »Okay, dann eben nicht, aber mach mich wenigstens an. Tu so, als wäre ich Milo und du wärst dabei, endlich den Schritt zu wagen und ihr deine Liebe zu gestehen, bla, bla, bla.«

»Nein«, beharrte ich. »Ich mache das auf meine Art.«

»Deine Art bedeutet zwei weitere Jahre Katz-und-Maus-Spiel. Du musst dich an ihre Regeln halten, um zu gewinnen.«

Verdammt. Da hatte er recht. Milo war nicht wie die meisten Frauen. Was, wenn er mit allem anderen auch richtig lag?

»Du bist ein Mistkerl.«

Max grinste. »Ich bin schon schlimmer betitelt worden. Meine Mom hasst mich.«

»Was?«

»Fünf-Kilo-Baby. Hass ist da gar nicht stark genug. Als ich geboren wurde, hat sie meinem Vater gesagt, unsere Familie wäre verflucht. Wie auch immer, das willst du gar nicht wissen. Also, ich bin Milo … Was tust du? Was sagst du zuerst?«

Ich trat von einem Fuß auf den anderen.

»Hör auf, den Boden anzustarren.«

Mist. »Okay.« Nervös leckte ich mir über die Lippen. »Milo, ich weiß, die Dinge sind … kompliziert und …«

Max verzog das Gesicht, während ich weitermachte.

»Und, ähm, ich weiß, dass …« Und dann schaltete mein Hirn einfach ab.

»Die Räder haben aufgehört, sich zu drehen, was?« Max nickte verständnisvoll.

»Ja.« Ich hielt mir die Hände vors Gesicht. »Wie zum Teufel soll ich das machen?«

»Pass auf. So.«

Ich nickte, und Max legte eine Hand auf meinen Nacken, zog mich an sich. »Du bringst mich auf die Palme, aber ich kann es nicht länger zurückhalten. Ich will dich, und nur dich, für den Rest meines Lebens. Ich will dich küssen, ich will dich lieben, ich will Kinder mit dir haben. Ich will ein Leben mit dir zusammen. Und wenn du versuchst wegzulaufen, werde ich dir hinterherkommen. Du und ich. Auf ewig.«

»Ich muss mir wirklich angewöhnen anzuklopfen«, erklang eine Stimme von der Tür her.

Max und ich fuhren auseinander, ich stieß mir die Brust an, er rülpste, und ich bin mir ziemlich sicher, dass Eier gekratzt wurden und Blicke ziellos umherirrten.

»Hab das Aspirin gefunden.« Jason hielt die Schachtel hoch. »Wollt ihr Jungs mir irgendwas sagen?«

»Er liebt Milo!«, rief Max.

»Schh!« Ich schlug ihm gegen die Brust, als Milo im Schlaf stöhnte.

»Und was gibt's sonst Neues?« Jason blickte gelangweilt drein. »Also warum machst du ihn an, Max?«

»Hat er nicht«, verteidigte ich uns mit brüchiger Stimme. »Er hat nur gesagt, ich könnte Milo nicht einfach so meine Gefühle für sie gestehen, dass sie die Dinge zu Tode analysieren und ausflippen würde.«

Jason nickte. »Da liegt Vollidiot hier vermutlich gar nicht mal falsch.«

»Und wieder, man hat mich schon schlimmer beschimpft«, stellte Max klar. »Kein Ding. Ich versuche nur, einem Freund zu helfen, damit ich mal zu einer Verabredung gehen kann, ohne mich schuldig zu fühlen, weil Milo zu Hause hockt, Star Wars guckt und ihr eigenes Gewicht in Eis in sich reinschaufelt.«

»Du bist ein guter Freund.« Jason schlug Max anerkennend auf den Rücken.

»Ich bin der beste Freund«, betonte Max. »Und mir ist egal, wie sehr du sie liebst, Colt. Oder dass du Feuerwehrmannbabys machen willst – ich bleibe ihr bester Freund, kapiert?«

»Eigentlich sah das eben eher so aus, als wolltest du ihn …«, mischte Jason sich ein.

»Ja.« Ich streckte die Faust aus und berührte Max' Knöchel. »Kapiert.«

»Gut.« Max schaute auf den Wecker auf dem Nachttisch. »Jetzt lass uns das noch mal durchgehen. Sie hat dich durch die Hölle geschickt. Du musst sicherstellen, dass sie versteht, dass du, egal, was sie dir angetan hat, um sie kämpfen wirst. Glaubst du, das kriegst du morgen hin?«

Ich nickte und hatte eine Eingebung. Jenna. »O ja, ich glaube, das kriege ich hin.«

»Fantastisch.«

Es wurde still im Zimmer.

Ich blickte zu Jason. Er lehnte an der Wand und ließ den Kopf hängen.

»Du ziehst das immer noch durch?«, fragte Max, was ich dachte.

»Hast du irgendwelche klugen Ideen?« Jason lachte freudlos. »Die Brautjungfern haben gesagt, sie hätte die ganze Nacht lang keinen Tropfen Alkohol angerührt.«

»Um ehrlich zu sein«, Max schnippte mit den Fingern, »ich glaube, die habe ich.«

Kapitel 26

Milo

Mein erster Gedanke, als ich versuchte, meine Sandpapierzunge von meinem Gaumen zu lösen?

Womöglich war das mit dem Tequila keine so gute Idee gewesen.

Der zweite Gedanke?

Colton. Nackt. Ein nackter Colton, der in all seiner gottgegebenen Herrlichkeit vor mir stand, während ich ihn anstarrte. Wie eine Psychopathin. Ich meine, ich hätte irgendwas sagen sollen, oder? So was wie: »Du bist heiß.« Oder: »Wow, viel Sport, was?« Ich war mir sicher, ich hatte stattdessen etwas gesagt, das völlig daneben war, und dann hatte ich ihn im Auto angeschrien.

Ich glaube, kotzen hatte auch noch zu meiner spaßigen Nacht gehört, ebenso wie eine gewaltige Dosis Scham.

»Bäh …« Ich setzte mich auf.

»Fühlst du dich besser?« Max reichte mir einen Kaffeebecher.

»Schrei nicht so rum.«

»Glaub mir, letzte Nacht hast du im Bett ziemlich viel herumgeschrien.« Er zwinkerte mir zu.

Himmel.

Ich stellte den Kaffee auf dem Nachttisch ab und spähte unter die Bettdecke, um mich zu vergewissern, dass ich noch Klamotten anhatte.

War ich dieses Mädchen?

Das betrunkene Flittchen, das mit seinem besten Freund schlief?

Max lehnte sich zu mir. »War es gut für dich?«

»Ja?«

»Wow, ich hätte mehr Begeisterung erwartet.«

»Es war fantastisch.«

Max verdrehte die Augen. »Du hast ihn nicht mal gekostet.«

»W-wie bitte?«

»Du musst ihn schon in den Mund nehmen, um den Geschmack wirklich zu erleben.«

Ich spürte, wie meine Wangen sieben verschiedene Rottönungen durchliefen, bevor Max nach dem ignorierten Kaffeebecher griff.

»Hier, koste.«

»Den Kaffee?«

Er runzelte die Stirn, dann grinste er frech. »Natürlich den Kaffee. Warum? Was hast du denn gedacht, wovon ich rede?«

Das Glühen meiner Wangen würde mein Gesicht in Flammen aufgehen lassen.

»Oh, Süße.« Max zog mich in die Arme. Ich zuckte zusammen, als mein pochender Schädel mit seiner Brust in Kontakt kam. »Glaub mir, wenn wir miteinander geschlafen hätten, würdest du dich daran erinnern. Selbst betrunken, du würdest dich daran erinnern.«

»Da ist aber jemand ganz schön von sich selbst überzeugt.«

»Zu Recht.« Er gab mich frei. »Also, sind wir sauer oder sind wir okay?«

»Wir?«

»Partner.« Er zwinkerte. »Fürs Leben. Du und ich, wir sind ein wir.« Er hob den Kaffee an seine Lippen. »Hey, das ist richtig poetisch. Und das, nachdem ich gestern so betrunken war. Wie krass bin ich denn?« Er nickte vor sich hin. »Messerscharfer Verstand.«

Der Kaffee schwappte aus dem Becher und auf seine Hand.

Gefolgt von jeder Menge Flüche.

Dann von Herumgefuchtel.

»Ja.« Ich nahm ihm den Becher ab. »Scharf wie sonst was.«

»Also.« Max griff hinter sich und zog mein Tagebuch hervor. »Neugierige wollen wissen: Als du dieses Bild von dem Haus gezeichnet hast, in dem Colton und du mal leben würdet, nachdem ihr vor der Queen of England getraut worden seid, hast du da den Hund absichtlich ohne Schwanz gezeichnet oder warst du nur verwirrt?«

»Gib das her!« Ich versuchte, das rosa Tagebuch zu fassen zu bekommen. »Wo zum Teufel hast du das gefunden?«

Max hielt es über seinen Kopf und trank einen Schluck Kaffee. »Alle Menschen verstecken die interessanten Dinge unter der Matratze. Obwohl ich bei dir eher ein signiertes Poster von 'N Sync vermutet hatte, wenn man all diese dämlichen Herzchen um JC Chasez' Gesicht bedenkt, auf dem zerknüllten Poster in deinem Schrank.« Dieser Mistkerl hatte auch meinen Schrank durchwühlt? »Das hier ist genauso gut. Obwohl ich zugeben muss, dass ich etwas enttäuscht bin, weil du Prinz Harry ausgewählt hast, um dich zum Altar zu führen. Bedeute ich dir gar nichts?«

»Ich hab halt für Royals geschwärmt!«, rief ich, was meine Schläfen mit einem prostestierenden Pochen belohnten.

»Mhm.« Max stellte seinen Becher weg, ließ aber die Hand mit dem Tagebuch nicht sinken. »Eine letzte Frage.«

»Wenn ich antworte, gibst du es mir dann zurück, damit ich es verbrennen kann?«

»Ich gebe es zurück.« Er hob die freie Hand. »Aber es zu verbrennen, wäre ein Verbrechen. Das hier ist wie Reality-Fernsehen, nur schlimmer. Ich hab echt geweint, und zwar nicht, weil die Geschichte so traurig war. Oh, und P.S.: Du hast fünf Jahre gebraucht, bis du Albtraum richtig geschrieben hast. Dachte einfach, ich lass dich das mal wissen.«

»Wie lautet die Frage?« Ich ignorierte seine Sticheleien und konzentrierte mich darauf, mich zu beruhigen, damit ich mich nicht wieder übergeben musste.

»Hast du es ernst gemeint?«

Oh, Mist. »Was ernst gemeint?«

»Hier drin.« Er schüttelte das Tagebuch. »War dir das ernst mit Colton?«

»Wie soll ich mich daran erinnern …«

»Keine Sorge, ich hab die Seite markiert.« Er räusperte sich. »›Colton ist mein Favorit, er ist wie mein bester Freund. Er erinnert mich an Dad, nur dass ich ihn ständig küssen will. Colton ist mein Superheld. Manchmal, wenn ich einen Film anschaue, stelle ich mir vor, ich wäre die Prinzessin und er würde mich retten. Heute haben wir Drachentöter gespielt. Er hat mich gerettet und gesagt, ich sei hübsch. Ich hoffe, er meint das auch so. Weil ich ihn eines Tages heiraten werde. Er wird für immer der Meine sein, und dann werden wir Drachentöter spielen, und es wird echt sein – denn jeder weiß doch, dass man nur so tut, bis man den Kuss der wahren Liebe bekommt. Und ich werde meinen bekommen. In meinem Schloss.‹«

Ich musterte die Bettdecke, wagte es nicht, Max ins Gesicht zu schauen. Wie konnten Worte, die ich vor Jahren geschrieben hatte, mein Herz zum Rasen bringen?

»Ich will nicht lügen, ich bin sauer über diesen ›bester Freund‹-Teil, und ich bin da vielleicht mit dem Rot-Stift dran, aber ansonsten scheint es mir ganz treffend.« Max klappte das Tagebuch zu. »Also los, stecken wir dich unter die Dusche, schmieren wir dir jede Menge Concealer unter die Augen, retten deinem Bruder den Hintern und machen dann den Bräutigam für dich klar.«

»Du guckst zu viel fern.«

»Ich hab Soap-Operas mit der Muttermilch aufgesogen.« Max zuckte die Achseln. »Ich kann nicht an gegen meine wahre Natur. Auf jetzt, lass uns loslegen.«

Kapitel 27

Colton

»Das trage ich ganz bestimmt nicht unter meinem Smoking.« Ich hielt das beleidigende T-Shirt von mir weg und ließ es auf den Boden fallen. Halb war ich versucht, auch noch darauf zu treten, aber Jason rettete es rechtzeitig davor.

»Ich heirate den Teufel«, schäumte er. »Das Geringste, was du tun kannst, ist dieses R2-D2-T-Shirt anzuziehen und zu lächeln.«

Ich schnitt eine Grimasse. »Es ist zu eng.«

»Lass mich das wiederholen: Ich heirate den Teufel. Zieh das T-Shirt an.«

Seufzend schlüpfte ich in das schwarze, nach Roboter aussehende T-Shirt und knöpfte dann mein graues Hemd darüber zu. »Wir wissen nicht mal, ob das funktionieren wird.«

»Du kennst doch Milo.« Jason zog einen Flachmann hervor. »Es wird funktionieren.«

»Wie lang noch bis zum Brunch?«

Jason blickte auf seine Uhr. »Eine halbe Stunde.«

»Was bedeutet, wir haben nur noch …?«

»Zwei Stunden bis zur Fotosession und vier Stunden bis zur Hochzeit.« Er lief auf und ab, blieb dann stehen. »Glaubst du, es ist ein schlechtes Zeichen, dass ich an meinem Hochzeitstag nur lächeln kann, wenn ich mir meine Hände um Jaynes Hals vorstelle?«

»Red dir einfach ein, du stehst auf BDSM – das macht es absolut akzeptabel.«

»Gute Idee.« Er streckte mir seine Faust hin, als jemand an die Tür klopfte.

Es konnte jeder sein, aber ich hoffte auf Max. Er sollte uns unser Opfer bringen.

Es war tatsächlich Max, wie erwartet – und der Mann, von dem ich nur annehmen konnte, dass er sein Bruder war.

»Jungs.« Max schlug dem Kerl auf den Rücken. Sie ähnelten sich kein Stück. Sein Bruder hatte blonde Locken und grüne Augen. Ich nahm an, Max war adoptiert und der andere Kerl das Werk guter Gene.

»Reid.« Er streckte die Hand aus. »Ich hab gehört, ihr Jungs braucht meine Hilfe.«

»Er ist Schauspieler.« Max nickte. »Broadway, Seifenopern, richtig berühmt. Er ist ein ziemlich großer Fisch – nichts gegen deine kleinstädtische Bodenständigkeit, Jason, aber du bist wie ein trauriger Goldfisch kurz vorm Absaufen. Was wir brauchen, ist ein Kampffisch oder so was in der Art.«

»Kein Problem.« Jason hob die Hände. »Um Jayne zu ködern, brauchen wir einen großen Fisch oder einen, äh, Kampffisch.«

Reid lachte. »Eine Frage, Mann.«

Wir warteten alle.

»Wie?« Er schüttelte den Kopf. »Jayne?« Er stieß einen Pfiff aus.

Max räusperte sich.»Das waren eigentlich zwei Fragen.«

»Wie zum Teufel sind Jayne und du überhaupt zusammengekommen?«

Jason wand sich. »Lange Geschichte. Viele Fehler, viele …«

»Die Story geht so«, unterbrach Max ihn. »Seit sie klein sind, wird Jungs erzählt, dass hübsche Dinge was Gutes sind. Hübsche Dinge machen glücklich. Wenn wir also beim Aufwachsen ein glänzendes, hübsches Ding sehen, fühlen wir uns davon angezogen wie Motten vom Licht. Wir fliegen immer weiter darauf zu, bis es zu spät ist. Ihr wisst schon, wie Dornröschen mit diesem Spinnrad?«

Ich lachte leise. »Du vergleichst uns ernsthaft mit einer Disney-Prinzessin?«

Max winkte ab. »›Oh, sieh nur, wie hübsch, ich will es anfassen. Ich will es anfassen und küssen und mit ihm schlafen‹ – bumm!« Er schlug die Hände zusammen. »Gefangen. Du bist gefangen im Netz ihrer Lügen. O nein, dein Körper wird schon ganz taub, Hilfe! Du schreist! Du nagst dir dein eigenes Bein ab, um zu entkommen, du blutest allmählich aus, und gerade, wenn du denkst, du hättest es geschafft, kommt die Spinne zurück und bietet dir Nahrung an. ›Bist du nicht hungrig?‹, sagt sie. Und dann folgen die Komplimente. ›Du bist so stark, schau nur wie groß du bist.‹«

»Jetzt sind wir also Fliegen?«, fragte ich.

»Und bumm!« Wieder schlug er die Hände zusammen. »Du bist nicht nur wieder gefangen, du fühlst dich auch noch schuldig, weil du versucht hast zu fliehen.«

Etwas passierte in diesem Augenblick, als wäre in meinem Hirn plötzlich ein Licht angegangen. Ich schaute zu Jason und Reid, und auch auf ihren Gesichtern zeigte sich ein Ausdruck der Bewunderung, als wären wir gerade Zeugen von etwas ganz Großem, Bedeutendem geworden, wären aber unfähig, das Erlebte in Worte zu fassen.

Es war offiziell, Max war ein amtlich beglaubigtes Genie.

»Also.« Max räusperte sich. »Bist du bereit, Spinne? Bereit, dich aus diesem Netz zu befreien und wieder ein freier Mann zu sein? Sag's dir immer wieder: Ich bin nicht die Fliege, ich bin nicht die Fliege. Komm schon, sag es: ›Ich bin nicht die Fliege.‹«

Jason flüsterte: »Ich bin nicht die Fliege.«

»Noch mal.«

»Er steht auf Metaphern, oder?«, fragte ich Reid.

»Du hast ja keine Ahnung.« Er verdrehte die Augen.

»Noch mal!«, rief Max. »Ich will dich hören!«

»Ich bin nicht die Fliege!« Jasons Stimme hätte Fensterscheiben zerspringen lassen können.

»Gut.« Max schlug ihm auf den Rücken. »Gute Arbeit, Jungs, gute Arbeit. Fühlt sich für mich an, als hätten wir Fortschritte gemacht. Also, haltet euch an den Plan, und wir werden heute Abend auf unseren Erfolg anstoßen. Her mit den Händen.«

Er streckte eine Hand aus. Mit einem Fluch legte ich eine darauf, Jason folgte und schließlich auch Reid.

»Jayne muss gehn, auf Wiedersehen!«

»Jayne muss gehn, auf Wiedersehen!«, riefen wir und hoben die Hände in die Luft. Ich spürte einen Rausch, als hätten wir gerade den Superbowl gewonnen oder so was. Wir würden Jason retten, und dann …

Dann würde ich mein Mädchen küssen.

Aber nicht, bevor ich sie ein wenig eifersüchtig gemacht hatte. Es machte so viel mehr Spaß, sie zu küssen, wenn sie vor Wut schäumte.

Kapitel 28

Milo

Ich nahm am Tisch im Esszimmer Platz und schnitt eine Grimasse, als der Geruch von Essen mir in die Nase stieg. Ich hatte ohne Max' Hilfe duschen können – auch wenn er ein paar Mal versucht hatte, ins Bad zu kommen, nur um sich zu vergewissern, dass ich nicht ohnmächtig geworden war. Als er mir helfen wollte, mich zu schminken, hatte ich die Grenze gezogen, weil er meinte, mein Lidstrich müsste dunkler sein und mein Parfüm wäre nicht stark genug.

Ich war seit drei Stunden wach, und ich fühlte mich immer noch nicht besser, insbesondere meine Reaktion auf Essensgeruch schien mir ein unwiderlegbarer Beweis dafür zu sein.

Widerlich.

»Iss«, sagte Max hinter mir. »Iss, damit du dir heute Nachmittag nicht die Seele aus dem Leib kotzt.«

»Ich kann nicht glauben, dass ich dich mal für attraktiv gehalten habe«, beschwerte ich mich.

»Immer noch attraktiv.« Max setzte sich. »Immer noch dein bester Freund.« Er hielt ein Croissant hoch. »Und jetzt iss.«

Ich nahm einen Bissen.

»Kauen.«

Ich kaute zweimal.

»Und schlucken.«

Ich schluckte und jagte dem Croissant eine ganze Tasse Kaffee hinterher, dann biss ich wieder ab.

»Also, wir werden Jayne umbringen.«

Ich spuckte Kaffee über meinen Teller. »Entschuldige bitte, was?«

»Nichts. Ich halte dich nur gern auf Zack. He.« Er berührte meine Kette mit dem Kreuz. »Die ist nett … Was meinst du, wenn wir da ein bisschen Knoblauch dran binden und ihr die Kette ins Brautkleid schieben, wird sie dann zu Staub zerfallen?«

Ich hatte schon den Mund geöffnet und wollte Max gerade antworten, als der plötzlich aufstand und seine Hand ausstreckte. »Reid, darf ich dir meine beste Freundin und Geliebte vorstellen?«

Ich verdrehte die Augen und hielt ihm meine Hand hin. »Milo.«

»Schön, dich kennenzulernen, Milo.« Das Grinsen des Kerls schrie förmlich Filmstar, während er meine Hand nahm und dann meine Fingerknöchel küsste.

»Das wird niemals alt«, seufzte Max.

»Hä?« Ich schüttelte den Kopf, um ihn klar zu bekommen. Dieser Kerl war umwerfend.

»Er ist wie dieser Vampirtyp aus Twilight, der, der so glitzert. Ich schwöre, er muss nur Hallo sagen und schon verlieren Frauen ihre Klamotten. Wirklich verblüffend.«

»Er lügt.« Reid zwinkerte mir zu.

Hinter mir gab es einen dumpfen Aufprall, und ich drehte mich um. »Grandma! Grandma, ist alles in Ordnung?«

»Liegt an seinen Augen«, bemerkte Max hinter mir. »Magische Kräfte.«

»Ma'am.« Reid eilte an Grandmas Seite. »Sind Sie in Ordnung?«

»Himmel.« Tränen sammelten sich in ihren Augen, während sie zärtlich sein Gesicht berührte. »Ich bin gestorben, nicht wahr? Ich hab mir nur nie … Ich hab mir nie vorgestellt, es würde sich so real anfühlen.« Sie strich über seine Brust und fuhr mit den Händen in seine Hose. Heiliger Mist! Jemand musste Grams von dem jungen Mann wegbringen, bevor sie sich noch an ihm vergriff.

»Das reicht«, erklärte Max entschieden und zog einen lachenden Reid weg. »Setz dich, und benimm dich, bevor sie noch einen Schlaganfall bekommt.«

Schulterzuckend ließ sich Reid neben mir und Max nieder. Ich half Grandma auf und platzierte sie am anderen Ende des Tisches, damit sie sich nicht auf Max' Bruder stürzen konnte.

»Wo sind denn alle?« Ich schaute auf die leeren Plätze. Hochzeiten waren immer stressig, und man hatte selten Zeit zum Essen, also hatte Mom sich für einen Hochzeitsbrunch entschieden, anstatt einfach nur Snacks zu reichen.

»Oh.« Max griff nach seinem Sekt mit Orangensaft. »Jason sollte gleich da sein, und Colton musste los, um Jenna abzuholen.«

»J-Jenna.« Papiertüte, ich brauchte eine Papiertüte. Das konnte nicht die Jenna sein. Oder doch? Nein. Ich benahm mich albern. Lächerlich, wirklich. Ich presste die Hand so fest um mein Glas, dass sie zitterte.

»Wenn du noch stärker zudrückst, wirst du es zerbrechen«, sagte Max mit ehrfürchtiger Stimme. »Vorwärts, versuch es, ich will sehen, ob du das tatsächlich fertigbringst.«

»Max.« Ich stellte das Glas ab und legte die Hände züchtig in den Schoß. »Diese Jenna, ist sie eine alte Freundin?« Jungs redeten, richtig? Also würde Max, der immerhin ein Kerl war, Bescheid wissen.

»Bin mir nicht sicher.« Max griff nach einem Plunderstück. »Ich glaube, Colton hat was davon gesagt, dass sie hier in der Gegend wohnt. Yogalehrerin. Sehr beweglich. Teufel, ich bin mal mit so einer gegangen …« Er seufzte mit einem träumerisch-gedankenverlorenen Ausdruck in den Augen. »Ich hab mich tagelang nicht bewegen können.« Ich dachte schon, er würde aufhören zu reden, aber er hatte den Hinweis offenbar nicht kapiert, als ich ihn ins Bein gezwickt hatte. »Echt erstaunlich, wie die ihren Körper …«

»Max«, zischte ich ihm mit zusammengebissenen Zähnen zu. »Nicht jetzt!«

»Was?« Er lehnte sich zu mir und flüsterte: »Es ist nur eine Verabredung, weil du diese Notlüge mit einem Freund erfunden hast. Allerdings, wenn ich so drüber nachdenke … Zu sagen, du hättest gelogen, wäre wie zu behaupten, Grandma würde sich nicht vorstellen, wie Reid nackt aussieht.« Ihn durchlief ein unübersehbarer Schauder, und er trank einen Schluck Wasser. »Deine Notlüge hat mehr als elefantöse Ausmaße angenommen, das ist schon eher der Canis Majoris.«

Panik stieg in mir auf. Was, wenn er sich in sie verliebte?

»Das ist ein Stern, nur so nebenbei«, flüsterte Max.

»Ich weiß, was der Canis Majoris ist«, zischte ich.

»Na ja, du bist bei Astronomie durchgefallen, daher …«

»Das lassen wir jetzt mal beiseite.« Ich bemühte mich um einen ruhigen Tonfall. Lachen drang vom Flur herein, und dann erschien Colton.

Mit meinem schlimmsten Albtraum.

Ha, im Kopf richtig geschrieben!

Nimm das, Jenna »Hässliches Gesicht« Urtin!

Ja, ihr Nachname war Urtin.

Wieso war ich das übergangene Mädchen? Mein Nachname machte wenigstens Sinn!

Warum konnte sie nicht fett sein? Und hässlich? Und groß.

Nicht klein. Jungs mochten klein. Nein, ich wollte, dass sie eine Kandidatin für den verdammten Frauenbasketballverband war. Stattdessen: perfekte Größe, perfekte braune Haare, perfektes, zahnspangenfreies Lächeln. Verdammt sei sie! Ich schlug mit der Faust auf den Tisch, und sogleich galt die Aufmerksamkeit aller im Zimmer mir.

»Milo!«, rief Jenna freudestrahlend.

»Jenna!«, erwiderte ich ebenso aufgeregt, während ich die Gabel in meiner Hand umklammerte, bereit, sie, wenn nötig, als Waffe einzusetzen. »Wie schön, dich zu sehen!« Ich packte die Gabel noch fester.

Max fasste unter dem Tisch nach meiner Hand und befreite das Besteckteil aus meinem Todesgriff. Jenna kam um den Tisch herum. Unbeholfen und unbewaffnet stand ich auf und umarmte sie.

Fantastisch, sie roch auch noch gut.

»Du siehst umwerfend aus«, sprudelte sie heraus. »Und, o mein Gott, ist das dein Verlobter?«

Mir lag schon auf der Zunge, alles zuzugeben. Mit der Wahrheit über die Lüge herauszuplatzen und mit der ganzen Maskerade Schluss zu machen.

Und dann bemerkte ich Coltons herausforderndes Starren.

Also stürzte ich mich mitten hinein. »Aber sicher! Max, darf ich dir meine liebe, alte Freundin Jenna vorstellen?«

Ich zählte darauf, dass Max auf meiner Seite stand.

Doch stattdessen riss er die Augen weit auf, sein Lächeln wurde atemberaubend, und er umarmte sie lange – die Art von Umarmung, die geradezu schreit: Ich will dich näher kennenlernen! »Wie schön, toll, dich zu treffen. Jede Freundin von Milo ist auch meine Freundin.«

»Juhu«, sagte ich mit schwacher Stimme.

Ich war in der Hölle.

Kapitel 29

Colton

Ihr Gesichtsausdruck? Unbezahlbar. Ich war froh, dass Jenna sich als ziemlich cool herausgestellt hatte. Zum Glück hatten sie und Jason eine gewisse Vergangenheit miteinander. Als ich sie also darum bat, mir zu helfen, das Herz eines Mädchens zu gewinnen und dabei Jasons Hochzeit zu ruinieren, war sie Feuer und Flamme.

Offenbar hatte Jayne in ihrem kurzen Leben eine Menge Brücken hinter sich verbrannt.

»Das ist echt schön.« Ich trug richtig dick auf. »Ich bin so froh, dass ihr euch aneinander erinnert.« Ich zwinkerte Milo zu.

Sie tastete nach dem Messer.

Max entfernte jedes Besteckteil aus ihrer Reichweite, als wäre sie eine Dreijährige, drauf und dran, sich selbst zu verletzen. Obwohl ich mir sicher war, er war nur besorgt darum, sie könnte einen seiner Jungs aufspießen.

»Jason?«, rief Mrs Caro.

Er und Jayne saßen als Einzige noch nicht am Tisch.

Die Hölle würde losbrechen – und zwar bald.

Sie kamen ins Zimmer. Jason grinste so breit, dass ich schon fürchtete, sein Gesicht würde so einfrieren, und Jayne schmollte, als hätte man ihr gerade gesagt, ihr Pelzmantel sei unecht.

»Gut, jetzt sind wir vollzählig.« Mrs Caro blickte sich am Tisch um. »Wir freuen uns sehr, dass ihr alle herkommen konntet, um mit uns diese«, sie räusperte sich, »glückliche Verbindung zu feiern.« Sie hob ihr Sektglas. »Lasst uns auf das glückliche Paar anstoßen.«

Wir hoben alle die Gläser.

Und Showtime.

Fast hatte ich Mitleid mit Jayne – wobei »fast« das entscheidende Wort war.

»Tatsächlich«, meldete Reid sich zu Wort, »würde ich liebend gern etwas sagen.«

Alle Farbe wich aus Jaynes Gesicht, was sie lächerlich bleich aussehen ließ, und dann wechselte sie zu leuchtend rot. Es war, als sähe man einem verwirrten Chamäleon zu.

»Oh.« Mrs Caro schien überrascht, setzte sich aber und überließ ihm die Bühne.

»Ich kenne Jayne seit der Highschool.« Er lachte zärtlich. »Sie hat immer diese witzigen Katzen-T-Shirts getragen. Dieses Mädchen war wirklich beinahe besessen. Einmal beim Se… ich meine, als wir, äh, am Set waren, hat sie sogar miaut.« Er hüstelte wie wild.

Oh, Teufel. Vergessen wir Jason, Reid ist mein neuer bester Freund.

»Wie auch immer, es ist so eine Freude gewesen, sie die letzten Jahre über erwachsen werden zu sehen. Jayne, es tut mir leid, dass wir uns auseinandergelebt haben, aber diese monatlichen Besuche sind zu kompliziert geworden bei meinem Zeitplan, und jetzt fühle ich mich schlecht, weil ich letzten Monat deinen Anruf nicht annehmen konnte. Ich hoffe, du kannst mir verzeihen, dass ich nicht zur Verfügung stand, als du über deinen neuen Sexpartner plaudern wolltest …. Ich meine natürlich über deinen neuen Verlobten, tut mir leid. Aber, hey, uns bleibt immer noch New York, nicht wahr?« Er lachte leise und blickte sich am Tisch um, stellte sicher, dass seine Worte Zeit hatten einzusinken. Man hätte eine Stecknadel fallen hören.

Milos Augen wurden groß wie Untertassen.

Und Max filmte alles mit.

»Ich glaube …« Reid schniefte. Himmel, das war eine lange Rede. »Ich glaube, was mir am meisten nahegeht, ist, dass ich ein guter Vater gewesen wäre.« Er wischte sich eine falsche Träne weg. »Der Kleine hätte mich Da-da genannt, und wir hätten durchs ganze Haus fangen gespielt, und ich glaube … ich glaube, wir hätten glücklich sein können, Jayne. Du, ich und der kleine Anvil.« Klassisch. Er strich eine weitere Träne fort. »Familienname, ich hätte ihm meinen Familiennamen gegeben, und jetzt, jetzt wildert ein anderer Mistkerl auf meinem Land. Das Land, das ich in Besitz genommen, gepflügt und bepflanzt habe, wieder und wieder und wieder … und wieder.« Er seufzte und trank einen Schluck. »Und wieder. Tja, wenn man verliert, verliert man. Hab ich nicht recht? Also, Glückwunsch an das glückliche Paar. Auf dass du das Glück mit deiner neuen Familie findest.«

Reid setzte sich.

Ich nickte Max zu, der flüsterte: »Theaterferienlager, Bitch.«

Jayne klappte der Mund auf und dann wieder zu, während sie nach ihrem Sektglas griff und es mit zitternden Fingern an die Lippen hob.

Sie musste nur einen winzigen Schluck nehmen, damit wir hatten, was wir brauchten.

Als würde sie realisieren, was sie tat, stellte sie das Glas wieder ab und lächelte Jason glückstrahlend an. »Tut mir leid, ich dachte, das wäre mein Wasserglas.«

Wasser, na klar.

Ich trat Max unterm Tisch gegen das Schienbein. Das lief nicht wie geplant. Sie hätte ausflippen und sich verraten sollen, indem wir sie mit einem Ex konfrontierten. Das hatte nicht bewirken sollen, dass ihre Beziehung zu Jason enger wurde.

Ich trat noch mal zu.

Max heulte laut auf und sprang hoch. »Ich will mir auch ein paar Dinge von der Seele reden.«

»Abbruch!«, raunte Milo. »Abbruch.«

Ich ignorierte sie und sagte laut: »Max, das wäre wundervoll. Himmel, es tut so gut zu hören, was Freunde und Familie zu sagen haben.«

»Wir wollten mit den Reden ja eigentlich bis heute Abend warten, aber …« Mr Caro verhaspelte sich, als Mrs Caro ihm einen Klaps versetzte und mit einem Nicken ihr Einverständnis gab.

»Mit Jayne aufzuwachsen …«

»Sind denn hier alle mit Jayne aufgewachsen?«, fragte Mr Caro.

»Oh, wir waren zusammen im Theaterferienlager«, erklärte Max. »Damals, als Jayne noch Schauspielerin werden wollte.« Er seufzte. »Und jetzt, schaut sie euch an …« Alle Köpfe drehten sich zu ihr um. »Eine brave Hausfrau, die nur darauf wartet, dass der Ofen ›pling‹ macht, damit der kleine Anvil herausflutschen und ›Mama‹ schreien kann.«

»Über Namen haben wir noch gar nicht gesprochen«, warf sie geschmeidig ein.

»Was stimmt denn nicht mit Anvil?«, schwenkte Max mitten in der Rede um. »Mein Großvater war in vietnamesischer Kriegsgefangenschaft – er hieß Anvil. Willst du etwa sagen, der Name meines Großvaters wäre nicht gut genug?«

Jayne machte schmale Augen. »Dein Großvater hieß Stan.«

»Mein anderer Großvater, der Blinde mit dem Tick an seinem rechten Auge.«

»Oh, Himmel!«, keuchte Mrs Caro auf. »Ist er im Krieg verletzt worden?«

»Nein.« Max lächelte. »Ein Unfall im Zirkus.«

Ich hüstelte. »Die Rede.«

»Genau.« Max richtete sich auf und hob sein Glas. »Wie schon gesagt, als sie ein kleines Monster war, das die gesellschaftliche Leiter hinaufsteigen wollte. Teufel, selbst in der Highschool hat sie sich nur mit Jungs verabredet, von denen sie glaubte, sie würden eines Tages berühmt werden. Ich wurde übergangen … Na ja, das ist nicht ganz wahr. Ich hatte sie zuerst, und dann mein Bruder.« Mrs Caro spuckte ihr Sekt-Orangensaftgemisch quer über den Tisch, während die uralte Grandma plötzlich von ihrem Nickerchen erwachte und, eine Hand am Ohr, zuzuhören begann.

»Sprich lauter, Max!«

»Also!«, schrie Max. »Sie hat mit meinem Bruder geschlafen!«

»Wer, Schätzchen?«

»Jayne!« Max deutete auf sie. »Und mein Bruder Reid!«

»Oh.« Grandma fächelte sich Luft zu und winkte Reid. Er versteckte sich hinter einer sprachlosen Milo. Kluger Mann. Kluger Mann.

»Aber«, schrie Max weiter, »Ende gut, alles gut! Das hat auch Gramps auf dem Totenbett gesagt! Er hat gesagt: ›Max, heirate eine gute Frau!‹« Er blickte zu Boden. »Und die habe ich genau hier.«

Zu weit. Gerade war er zu weit gegangen.

Max beugte sich hinab und strich Milo zärtlich über die Wange. »Ich bin so froh, dass du nicht schwanger bist und mich dazu zwingst, dich zu heiraten, bevor ich zu so einer bedeutenden Verbindung bereit bin, in der wir uns über die Stromrechnung streiten und Opfer bringen, wie jeden Tag Hot Dogs zu essen, während du die wiederverwendbaren, selbst gemachten Windeln wäschst. Ich bin wirklich, wirklich froh, dass wir gewartet und uns füreinander aufgehoben haben.« Er wandte sich an alle Anwesenden. »Der Herr bewahre uns vor den Versuchungen der Sünde!« Er setzte sich, und dann, als würde er sich wieder daran erinnern, dass er dem glücklichen Paar gratulierte und sie nicht verdammte, hob er das Glas und sagte munter: »Auf das glückliche Paar. Möge dieser Tag der schlimmste eines Lebens voller glücklicher Tage sein!«

Ja, ziemlich sicher hatte er da was verdreht.

»In diesem Sinne …« Mrs Caro griff sich an die Perlenkette und zog daran. »Sollen wir mehr Champagner ausschenken?«

Rundum wurden die Gläser gehoben, bis auf das von Grandma, denn sie war plötzlich nicht mehr auf ihrem Stuhl.

Was zum Teufel? Ich schaute mich um. War die Frau wieder ohnmächtig geworden? Ich suchte den Raum ab und entdeckte sie schließlich hinter Reid.

Ich schrie warnend seinen Namen.

Aber es war zu spät.

Sie warf sich ihm auf den Schoß wie eine läufige Häsin. Es war zu spät, zu spät, um ihn zu retten. Ich konnte nur entsetzt zuschauen, wie Grandma mit ihren erschreckend starken Händen seinen Kopf packte und ihn mitten auf den Mund küsste.

»Grandma!«, rief Milo und stieß ihren Stuhl um, gerade als Mr Caro mit dem Champagner zurückkehrte. Natürlich stolperte er über den umgefallenen Stuhl, und die Flaschen flogen quer über den Tisch. Max fing eine auf, die andere erwischte Jason am Kopf.

Der Mann war ein verdammter Punchingball.

Die Flasche traf ihn über dem Auge, landete auf dem Tisch und platzte, versprühte ihre klebrige Flüssigkeit in alle Richtungen.

Jayne schrie.

Die Brautjungfern schrien.

Mrs Caro begann zu weinen.

Und Reid lief blau an.

»Lassen Sie ihn los!« Ich lehnte mich über den Tisch und über die Kerzen, um Grandma von ihm wegzuziehen, da schlug Max mir auf den Hintern.

»Was zum Teufel?«

»Du brennst!« Es folgt ein Guss kaltes Wasser. Ich hielt noch immer Grandma bei den Schultern gepackt, doch dann verlor ich den Halt und griff nach allem, was ich zu fassen bekam.

Was ausgerechnet ihre Perücke war.

Die gute alte Grandma hatte eine Glatze.

Mit einem entsetzten Aufschrei warf ich die Perücke hoch.

Sie landete auf Max' Kopf.

»Heilige Scheiße, eine Katze!« Max erstarrte. »Milo, mach sie weg, mach sie weg, Milo, ich bin allergisch. Milo, nimm die verdammte Katze von meinem Kopf!«

»Ruhe!«, schrie irgendwer.

Grandma ließ endlich locker und fiel rückwärts auf Max' Schoß. Die Perücke rutschte von seinem Kopf und landete auf ihrem Gesicht.

Möge sie in Frieden ruhen.

Rasch bekreuzigte ich mich.

Reid hatte Tränen in den Augen.

Ohne etwas zu sagen, nahm ich Max den Champagner ab und gab ihn weiter.

»Hört damit auf!«, heulte Jayne. »Ich hasse euch! Ich hasse euch alle!«

Mit einem Schnauben stürmte sie davon und brach in Tränen aus.

Es blieb wirklich nichts anderes mehr zu tun, als das Glas zu heben. »Prost«, sagte ich.

Kapitel 30

Milo

»Also.« Max lehnte sich über den klebrigen Champagner-Tisch und blickte Jenna an. »Das ist ein hübsches Kleid.«

Er scherzte, oder?

Grandma stöhnte auf seinem Schoß.

Jayne war gerade heulend aus dem Zimmer gestürmt.

Mom weinte leise an Dads Schulter, während Dad Champagner direkt aus der Flasche süffelte.

Die Brautjungfern waren hinter Jayne aus dem Raum gelaufen.

Und Jason drückte sich ein Stück rohes Fleisch auf das geschwollene Auge. Auf der positiven Seite konnte man wohl vermerken, dass er keinen Blickkontakt mit Jayne haben würde, wenn er sein Eheversprechen aufsagte.

»Ähm, danke.« Jenna errötete. Interessant, ich hatte nicht gewusst, dass Flittchen noch erröten konnten, nach allem, was sie gesehen hatten.

Wieder stöhnte Grandma auf Max' Schoß. Er tätschelte ihr den Kopf und setzte das Gespräch mit Jenna fort. »Ich liebe Yoga.«

»Toll.« Jenna fixierte Max' Schoß. »Ähm, ich glaube, sie kommt zu sich.«

Reid zuckte auf seinem Stuhl zusammen und starrte auf Grandmas Körper. Vielleicht dachte er, wenn er nur intensiv genug starrte, würde sie für immer so bleiben?

»Und hoch mit Ihnen!« Max half Grandma auf. »Bitte, alles wieder perfekt.«

»Oh, Schätzchen.« Grandma schüttelte ihren kahlen Kopf, während Max ihr die Perücke aushändigte. »Was für eine Aufregung!« Sie wandte sich dem bleichen Reid zu. »Und du, Schätzchen, was du mit deiner Zunge anstellst – göttlich. Ich bin im Gästezimmer am Ende vom Flur, falls dir langweilig wird.«

Damit schnappte sie sich ein Glas Champagner und trottete davon.

Reid wechselte von bleich zu tiefrot.

»O Mist, er kriegt einen Schock«, murmelte Colton. »Schnell, jemand muss was tun. Er atmet nicht.«

»Er begeht Selbstmord.« Max stieß den Atem aus und schloss die Augen, als empfände er großen Schmerz. »Durch Atemanhalten. Tapfer, tapfer. Tja, wir hatten einen guten Lauf, Bruder.« Max schlug ihm auf den Rücken. »Einen guten Lauf.«

Reid zuckte mit den Schultern, hielt weiter den Atem an.

»Mann!«, schrie Colton, dann rannte er um den Tisch herum und verpasste Reid eine Ohrfeige.

Max pfiff laut und brach in Gelächter aus. »Ich glaube, das ist das beste Wochenende aller Zeiten.«

Reid fluchte und atmete wieder, obwohl ich mir ziemlich sicher war, er würde fürs Leben gezeichnet bleiben.

»Reiß dich zusammen, Mann!« Max ließ Coltons Ohrfeige eine eigene folgen. »Vergiss Grandma – du musst eine Braut verführen.«

»Ich weiß nicht«, krächzte Reid und leckte sich die Lippen. »Heilige Scheiße.«

»Was?« Ich beugte mich über den Tisch und legte eine Hand auf seinen muskulösen Schenkel.

»Ich werde nie wieder Labello benutzen, meine Lippen schmecken nach Labello.«

»Hä?«, fragte ich.

Reid hielt meinen Blick fest, seine Unterlippe zitterte. »Ich hatte keinen Labello aufgetragen.«

»Oh«, sagten wir alle im Chor.

Das Scharren eines Stuhls, der zurückgeschoben wurde, bewirkte, dass wir alle unsere Aufmerksamkeit auf Jason richteten, der langsam von seinem Ende des Tisches zu unserem hinüberkam, das Stück Fleisch immer noch aufs Auge gepresst.

Wortlos, denn wirklich, was konnte der Kerl schon sagen – »Tut mir leid, dass meine Grandma sich an deinen Dingern vergriffen hat«? – zog er einen Flachmann aus dem Jackett.

Reid nahm ihn.

Und leerte ihn.

»Besser?«, fragte Jason.

»Klar.« Reid klang heiser. »Ich werde womöglich nie wieder zum Sex fähig sein, nicht ohne Viagra und ein Gebet, aber sicher, ich bin startklar.«

»Geh und schnapp sie dir.« Jason nickte.

»Du kannst das.« Max schien absolut zuversichtlich. »Geh einfach zu Jayne, und lass sie glauben, dass du sie willst, setz deinen sexy Blick auf, und alles wird gut.«

Reid legte den Kopf zur Seite, sagte nichts.

»Lass mich den Blick sehen, Brüderchen, zeig mir, dass du bereit bist.«

Mit einer Grimasse stand Reid auf. »Ich kann nicht, Mann. Ich hab wahrscheinlich nur noch einen dieser Blicke in mir und den werde ich nicht an meinen Bruder verschwenden.«

Max griff Reids Hand. »Wir sind stolz auf dich. Was am Esstisch geschieht, bleibt am Esstisch – und jetzt geh und stiehl die Braut.«

»Roger.« Langsam ging er davon.

Colton klatschte in die Hände. »Der Plan geht den Bach runter.«

»Zu viele unberechenbare Mitspieler.« Jason schüttelte den Kopf. »Und mir wäre im Traum nicht eingefallen, dass Grandma … angreift.«

»Das ist die Schuld von Netflix«, flüsterte ich mit tiefer Stimme. »Der Sender hat ihren Verstand vergiftet.«

»Tja.« Colton zuckte mit den Schultern, dann nahm er eine Hand des Flittchens. »Ich schätze, wenigstens ein Gutes hat dieses Wochenende gebracht, was, Jenna?«

Grinsend lehnte sie sich an seine Brust und lachte. »Würde ich auch sagen.«

Ich würde ihm die Eier abschneiden und sie an ihn verfüttern, sollten seine Lippen ihre berühren.

»Autsch.« Max wand sich. »Könntest du bitte meinen Arm loslassen?«

»Tut mir leid.« Ich lockerte meinen Griff und zählte bis fünf, damit ich kein Messer nach ihr schmiss.

»Also was jetzt?« Jason legte das Fleischstück auf den Tisch. »Tun wir weiter so, als wäre alles in Ordnung?«

»Reid kriegt das hin«, sagte Max voller Zuversicht. »Und bis dahin sollten wir vielleicht …«, er grinste entschuldigend, »dein Gesicht mit Schminke zukleistern.«

»Ist es so schlimm?« Jason wandte sich uns allen zu, damit wir das neue blaue Auge betrachten konnten.

Das langsam zuzuschwellen begann.

»Nein.« Wir schüttelten alle die Köpfe und lachten nervös.

Ich fügte hinzu: »Ist mir nicht mal aufgefallen.«

»Mir auch nicht.« Colton hüstelte. »Ist wirklich nur eine ganz geringe Schwellung.«

Max verdrehte die Augen und packte Jason bei den Schultern. »Blödsinn, du siehst schlimm aus. Aber, um mal was Positives zu sagen, du wirst sie wenigstens nicht ansehen müssen, wenn sie dir die Krallen in die Brust rammt und dir das Herz rausreißt. Das ist gut!«

Jason blickte um Max herum zu mir. »Ist das normal, dass man ihn die Hälfte der Zeit umbringen will, und ihn dann in der anderen Hälfte liebt, und ihn dann wieder umbringen will?«

Ich seufzte. »Willkommen in meiner Welt.«

»Moment mal.« Max blickte sich um. »Bin ich der er, auf den du dich beziehst?«

»Jason!«, jammerte Mom und kam ins Zimmer gerannt. »Komm schnell! Wir können Jayne nicht finden.«

»Ja, genau, das wird ihn dazu bringen, sich zu beeilen und sich der Suchmannschaft anzuschließen«, brummte Max.

Kapitel 31

Milo

Es war der Suchtrupp aus der Hölle. Komisch, Hölle war das Thema der Woche gewesen, daher schien es geradezu perfekt, als wir alle das Grundstück nach Jayne durchkämmten.

Ich fragte Jason, warum wir uns überhaupt die Mühe machten.

Wild blickte er mich aus seinem einen unversehrten Auge an.

»Entspann dich, Cyclops, wir werden Jean finden.« Ich lachte. »Hey, das klingt fast wie Jayne, witzig.«

Jason lachte nicht mit.

Er starrte mich nur aus diesem einen Auge an, irgendwie unheimlich, und dann stapfte er davon, in Richtung der alten Eiche in unserem Garten. Was? Glaubte er, sie würde sich von Baum zu Baum schwingen?

Ich lachte wieder. »Ich Tarzan, du Jane.«

»Du high?« Colton kam zu mir. Allein. Gott sei Dank.

Ich schenkte ihm mein bestes Lächeln – dieses Lächeln, bei dem man hofft, es ist so strahlend, dass es einen Kerl davon abhält, den einen Satz zu sagen, den man nach einer durchtrunkenen Nacht nicht hören will.

»Hey, du Heldin.« Er lachte leise und schlang einen Arm um mich. »Geht's dir gut?«

Bing, bing, bing! Wir haben einen Gewinner!

»Wunderbar«, krächzte ich. »Ich erinnere mich an nichts.«

»Du hast beim Kartenspielen verloren.«

»Du hast geschummelt!« Ich schubste ihn.

»Du hast mich gezwungen, die Hose auszuziehen.«

»Nur, weil du geschummelt hattest.«

»Ich hab dich geküsst – gründlich.«

Mich durchlief ein Schauer.

»Oh, und du hast gekotzt.«

»Ja, ich weiß.«

»Mich im Auto angeschrien.« Er fuhr fort, als würde ich wirklich eine Aufzählung all der beschämenden Dinge brauchen, die ich getan hatte. »Oh, und als wir zu Hause angekommen sind, hast du versucht, aufs Dach zu klettern. Und als ich dich daran gehindert habe, hast du geschrien, ›Ich bin Iron Man, mach dich bereit!‹«

Meine Gesichtszüge froren vor Entsetzen ein. »Okay, ich erinnere mich an alles, aber nicht daran.«

Colton nickte. »Vermutlich auch besser so.«

Ich würde Max umbringen, der mir ausgerechnet das verschwiegen hatte!

»Wenn man bedenkt, dass es gar nicht passiert ist.« Colton grinste. »Ich zahle dir nur heim, dass du mich nackt gesehen hast.«

»Bitte, als wäre es so schlimm für dich gewesen, die Hose fallen zu lassen«, zischte ich. »Was, hast du dir dabei vielleicht den kleinen Finger verstaucht? Hat dein kleiner Colton sich im Reißverschluss verfangen? Hmm?«

»Klein?« Er verengte die Augen. »Du hast mich einen verdammten Superhelden genannt!«

»Leute!« Max kam auf uns zugerannt, ließ sich auf dem Rasen nieder und sammelte ein paar Grashalme auf, die er dann langsam wieder von den Fingerspitzen fallen ließ. »Jayne war hier. Darauf verwette ich mein Leben.«

Ich seufzte und warf ihm einen irritierten Blick zu. »Du bist bei den Pfadfindern rausgeschmissen worden.«

»Ich war zu weit fortgeschritten für ihren Lehrplan.« Max stand auf und hob eine Hand hoch, schloss die Augen.

»Was macht er da?«, fragte Colton.

»Schsch«, flüsterte Max. »Ich finde Jayne.«

»Du siehst aus, als würdest du einen Eid schwören«, erwiderte ich. »Nimm die Hand runter, und sieh nach, ob sie eins der Autos genommen hat.«

»Oh.« Max blinzelte. »Gute Idee. Dann lass ich euch zwei mal allein, es sei denn, ihr braucht eine Anstandsdame oder so was. Will ja nicht, dass Colton wieder die Hose runterlässt. Und Mann, mal ehrlich, so kriegst du keine Mädchen rum. So kriegst du nur einen netten Platz im Knast, gleich neben einem Kerl, der wie eine Lady aussieht, aber dafür falsch ausgerüstet ist – du verstehst, was ich meine?« Max entfernte sich zur Vorderseite des Hauses, wo die Autos geparkt waren.

»Ich, ähm …« Die Worte erstarben mir in der Kehle, da Jenna auf uns zugeschlendert kam. Ja, sie schlenderte. Und schwenkte ihre Hüften so einladend, dass ich schreien wollte.

»Colton!« Sie lächelte strahlend. Ich wünschte mir ganz fest, dass ihr in den nächsten Stunden die Zähne ausfallen würden. »Ich hab alle Schlafzimmer gecheckt und hab sogar … Oh-oh.«

»Was?«, fragte Colton. »Was hast du gefunden?«

»Seht mal.« Sie deutete über uns. Ich drehte mich schnell um. Jason stand unter einer der Eichen, während Reid sich über einen der Äste schob.

»I believe I can fly«, sang er. »I believe I can … Mist!« Er rutschte ab und wäre fast in den Tod gestürzt.

»Reid! Komm da runter!«

»I think about it every night and day«, sang er weiter und fuhr mit tränenerstickter Stimme fort: »Spread my wings and fly away.«

»Leute!« Max rannte auf uns zu, völlig außer Atem. »Wir könnten ein Problem haben, ich war bei den Autos, und dann bin ich zur Sicherheit noch mal ins Haus und habe die Schlafzimmer ein zweites Mal überprüft, und in Reids Zimmer war eine leere Packung … Oh, Scheiße.«

»Hey, Max!« Reid winkte. »Guck mal! Ich bin ein Vogel!«

»Ich hab ihn eher als ein … Flugzeug gesehen.« Ich zuckte mit den Schultern.

»Nein.« Colton nickte und schlug einmal in die Hände. »Das, meine Freunde, ist Superman.«

»Reid! Wie viele von den Glücklichmachern hast du geschluckt?«, rief Max.

Reid hielt drei Finger hoch und fiel fast vom Ast.

»Na, wunderbar. So viel zu unserem Plan.« Max stapfte zu dem Baum hinüber. »Reid, schaff deinen Hintern da runter, bevor ich dich mit einem Schrotgewehr aus der Krone schieße.«

»Aber ich will runterfliegen.«

»Dann stell dir vor, du fliegst, und spring.«

»Mann!« Jason versetzte Max einen Schlag. »Das sind über drei Meter.«

»Dann hoffen wir mal, dass er sich nicht seinen drogenumnebelten Arsch verstaucht, außerdem ist der so high, der würde das nicht mal spüren.«

Reid nickte, und dann fiel er langsam, fast schon graziös, vom Baum, landete auf den Füßen, machte einen Überschlag und kam wieder auf die Füße, die Hände triumphierend über den Kopf ausgestreckt.

»Neun«, sagte ich.

»Zehn.« Colton zeigte alle seine Finger. »Eine perfekte Zehn.«

»Ah, er hatte Mühe, die Landung zu stehen. Ich sag mal, sieben.« Jenna legte den Kopf zur Seite. »Aber er bekommt einen Extra-Punkt in der B-Note.«

Jason stöhnte und schlug mit flachen Händen auf den Baumstamm ein. »In weniger als zwei Stunden werden die Fotos gemacht!«

»Hab sie gefunden!«, rief Mom vom Haus. »Sie war auf dem Dachboden.«

»Dem Dachboden?« Mein Blick traf Coltons. Unserem Dachboden? Unserem besonderen Ort.

»Keine Sorge!« Mom winkte uns. »Sie macht sich in einem der Badezimmer fertig. Fotos in neunzig Minuten!«

Kapitel 32

Colton

»Bist du betrunken?« Ich beobachtete, wie Jason schwankte, dann packte er meine Schulter mit einer Hand.

»Nein.« Er blinzelte mit seinem unverletzten Auge. »Hab nur Schwierigkeiten, mich darauf zu konzentrieren, in einer geraden Linie zu laufen, weil ich keine Tiefenschärfe mehr habe.«

Ich hob die Augenbrauen.

»Und wenn du's unbedingt wissen musst, ich bin leicht«, er hielt zwei Finger hoch als eine Art Messwert, »angetrunken.« Er rülpste und zuckte zusammen. »Wieso tut mein Gesicht weh, wenn ich rülpse? Ich gebe Milo die Schuld.«

Ich zuckte mit den Schultern. »Ist sicher einfacher so.«

»Willst du das Ding immer noch durchziehen?«

»Welches Ding?«, heuchelte ich Unwissenheit.

»Das ganze ›Ich liebe dich‹-Zeugs, bei dem du dir das Hemd vom Leib reißt und ihr zeigst, wie sehr du Star Wars verehrst und willens bist, dich selbst zum Idioten zu machen?«

»Nee.« Ich wandte die Augen ab. »Planänderung.«

»Max hat gesagt …«

»Scheiß auf Max!«

»Entspann dich.« Jason hob die Hände. »Sie sind nicht wirklich ein Paar.«

»Nein.« Ich ballte die Hände zu Fäusten. »Und ich weiß, dass er nur versucht zu helfen, aber er hat sie viel zu oft geküsst, als dass ich ihn in die Arme schließen wollte. Mir ist eher nach einem schnellen Tritt in die Eier.«

»Alle bereitmachen!« Der Fotograf kam hinaus in den Garten und blickte sich um. »Wo ist die Hochzeitsgesellschaft?«

Jason und ich hoben die Hände.

Armselig.

»Oh, äh, tut mir leid, ich hatte gedacht … Natürlich, ähm, wie auch immer. Warum machen wir nicht erst mal ein paar gute Aufnahmen von euch beiden, hm?«

»Bringen wir's hinter uns«, sagte Jason schicksalsergeben.

»Du könntest wenigstens ein bisschen enthusiastisch sein.« Ich verdrehte die Augen. »Für mich, Jason, für mich.«

»Du hast ja recht, Mann.« Jason ließ den Kopf hängen. »Vergibst du mir?«

»Natürlich.« Ich umarmte ihn fest.

»Genau so!«, rief der Fotograf. »Das Licht ist perfekt, bleiben Sie ganz genau so.«

»Äh …« Ich hatte die Arme um Jason geschlungen, sein Kopf lag auf meiner Schulter. »Unangenehm« war noch ein viel zu schwaches Wort für die Situation.

»Okay, Jason, schauen Sie in die Kamera, denken Sie daran, wie verliebt Sie sind, alles klar? Gut, gut, jetzt legen Sie die Hand unten auf seinen Rücken.«

»Was zum Teufel?«, zischte ich Jason ins Ohr.

»Halt die Klappe«, flüsterte er zurück. »Je schneller wir das hinter uns bringen, je eher die Fotos im Kasten sind, desto schneller kann ich Milo suchen gehen, damit sie mich blind macht.«

»Okay.« Ich biss die Zähne zusammen.

»Oh, perfekt, ja, das ist wunderbar.« Die Kamera klickte. »Und jetzt zu dem anderen, ich will, dass Sie den Kopf drehen, sodass Ihre Nasen sich fast berühren.«

»Ich werde dich heute Nacht umbringen – im Schlaf«, sagte ich durch ein angestrengtes Lächeln.

Jason verzog das Gesicht. »Nicht, wenn Milo mich als Erste erwischt.«

»Touché.«

»Lehnen Sie sich näher aneinander!«, rief der Fotograf.

Ich biss die Zähne zusammen. »Bitte sag mir, das ist eine Pistole.«

»Handy.«

»Gott sei Dank.«

»Und jetzt.« Der Fotograf war mit seiner Kamera fast schon in unseren Gesichtern. »Nur ein kleiner Kuss auf die Wange.«

»Was?« Ich schob Jason von mir weg.

Der Fotograf schüttelte den Kopf. »Diese Bilder sind für die Ewigkeit, das ist Ihnen doch klar. Sie werden auf diesen Moment zurückblicken und sich wünschen, Sie hätten intimere Bilder gemacht.«

»Das bezweifle ich wirklich sehr«, erklärte ich halblaut und machte einen zögernden Schritt auf Jason zu. Ich wünschte mir, ich hätte genug Alkohol dabei, damit ich vergessen könnte, dass ich gleich meinen besten Freund auf sehr intime Weise berühren würde.

»Mach's einfach«, zischte Jason. »Bringen wir's hinter uns.«

»Wie du willst.« Ich lehnte mich im selben Augenblick vor wie Jason und drehte den Kopf, aber er drehte sich zur anderen Seite und verpasste meine Wange – landete stattdessen auf meinem Mund.

Die Kamera blitzte auf.

»Was macht ihr Jungs da?« Milo schlug sich beide Hände vor den Mund, während ihr vor Lachen die Tränen in den Augen standen.

»Oh.« Der Fotograf drehte sich um. »Ich mache nur ein paar Bilder des glücklichen Paars.«

»Wow.« Milo grinste anerkennend. »Das ist bemerkenswert. Hey, wenn ich Ihnen meine Emailadresse gebe, können Sie mir ein paar davon zuschicken? Und stellen Sie sicher, dass die Bilder eine wirklich hohe Auflösung haben, ich würde gern ein Poster davon machen.«

»Moment.« Ich löste mich von Jason. »Ich bin der Trauzeuge.«

Der Fotograf errötete und ließ beinahe die Kamera fallen. »Ah, das erklärt alles.«

»Erklärt was?«

»Keine Chemie.« Er zuckte mit den Schultern. »Keine Romantik. Ich habe schon gedacht, dass etwas nicht stimmt. Das war der armseligste Hochzeitskuss, den ich jemals gesehen habe.«

Ich deutete auf den Fotografen. »Hey, ich fühle mich zu ihm hingezogen. Ist ja nicht so, als würde ich den Jungen nicht mögen. Nur eben nicht so.«

Ja, genau das Falsche gesagt.

Milo brach in Gelächter aus. »Nein, Colton, red nur weiter, das ist eine wirklich romantische Ansprache.«

»Zum Teufel damit!« Ich marschierte zu Milo und zog sie für einen glühenden Kuss an mich. Meine Lippen fanden ihre mit so viel Nachdruck, dass sie rückwärts stolperte. Als ich mich von ihr löste, blickte ich zu dem Fotografen. »Sehen Sie? Ich stehe auf Frauen.«

»Nein!«, klagte eine Stimme.

»Du verlogenes, betrügerisches Flittchen!«, schrie Max.

»Oh, du lieber Gott«, seufzte Jason.

In diesem Moment bog Jayne um die Ecke mit den Brautjungfern, Trauzeugen, ihren Familienangehörigen und Grandma – begleitet von Reid.

Er lächelte und winkte.

Dann wiederum war er vermutlich noch high. Notiz an mich selbst: seine Schlafzimmertür heute Nacht abschließen.

»Benenne deinen Sekundanten!«, rief Max laut, dann zwinkerte er mir zu, als wollte er, dass ich mitspielte.

Ich verdrehte die Augen. »Das ist leicht.«

Jason streckte die Brust raus.

»Milo.«

»Was?« Er verpasste mir einen Schlag.

»Sie ist viel gefährlicher, als du je sein könntest, gib's zu. Außerdem, falls Max mich erschießt, denke ich, wäre es nett, in Milos Arme zu sinken, bevor ich sterbe.«

Ihr stockte der Atem.

Ganz genau. Ich hatte diese Reaktion ausgelöst. Verdammt, ich verlor die Kontrolle über mich. Was zum Teufel hatte ich mir dabei gedacht? Ich wollte sie einfach nur packen und küssen, bevor ich auch nur die Chance hatte, ihr zu beweisen, was ich für sie empfand.

»Dann wähle ich Jenna.« Max grinste.

»Ich fühle mich ausgeschlossen«, beschwerte sich Jason.

»Du hast nur noch ein Auge, du bist nicht länger willkommen im Dschungelcamp, und ich bin mir ziemlich sicher, wenn wir bei einem Flugzeugabsturz wären … würdest du als Erster gegessen. Ich sag ja nur …« Max hob die Hände.

»Ähm, Bilder?« Der Fotograf schwenkte seine Kamera.

»Ich bin bereit«, unterbrach Jayne unseren angespannten Moment und schmiss sich an Jason. »Bringen wir's hinter uns, bevor mein Bräutigam noch ein blaues Augen bekommt.«

Max beugte sich zu dem Fotografen und flüsterte: »Sie schlägt ihn.«

»Oh, ich verstehe.« Seine Wangen leuchteten rot.

»Aber wir zeigen sie nicht an, weil er drauf steht. Er ist einer von denen.« Max machte ein Peitschengeräusch und zwinkerte.

Also waren alle betrunken. Großartig.

Milo starrte mich immer noch mit bleichem Gesicht an.

»Hör zu, es tut mir leid, dass ich dich geküsst habe.« Ich schüttelte den Kopf. »Ich hab einfach nur gehandelt und …«

Sie hob die Rechte, und ich wich zurück, dachte schon, sie wollte mich ins Gesicht schlagen. Stattdessen war ich der glückliche Empfänger eines linken Hakens.

»Verdammt!« Mein Kinn schmerzte, während ich auf die Knie fiel.

»Hör auf, dich dafür zu entschuldigen, dass du mich geküsst hast!« Mit tränenerstickter Stimme rief sie: »Ich bin nicht mal verlobt! Du bist der Eine! Ich liebe dich, du Arschloch! Aber jetzt hasse ich dich. Ich hasse dich, weil du mir das Gefühl gibst, gerade gut gelegen zu kommen, aber am meisten hasse ich dich, weil es dir so leichtfällt, mich zu benutzen und mich dann einfach zurück ins Regal zu stellen. Glaubst du, da bin ich glücklich? Glaubst du, mir gefällt es, zu wissen, wie es ist, von dir geküsst zu werden, nur um dann gleich wieder zurückgewiesen zu werden?«

»Milo, ich …«

»Nein.« Sie wischte sich über die Augen. »Tut mir leid, Jason.«

Fluchend stapfte sie über den Rasen davon.

Max hob die Augenbrauen. »Also?«

»Also was?«

»Gehst du ihr hinterher oder bist du ein Idiot und kneifst?«

»Übernimmst du meinen Platz?«

Jason fluchte.

»Ich wollte schon immer Teil einer Hochzeit sein.«

»Mist!«, rief Jayne. »Ich hab meinen Schleier vergessen!«

»Oh, ich weiß, wo der ist, warte, ich helfe dir.« Reid rannte ihr hinterher, wirkte ein bisschen weniger high.

»Fotos?« Mrs Caros Stimme klang hoffnungsvoll, während die Leute sich auf dem Rasen zerstreuten und zurück zum Haus schlenderten.

Den Rest des Gesprächs hörte ich nicht mehr. Mein einziges Bestreben war darauf gerichtet, Milo zu finden, sie leidenschaftlich zu küssen und mich zu entschuldigen.

Kapitel 33

Milo

Ich rannte blindlings durchs Haus, mir pochte das Herz in der Brust, und ich versuchte, wieder zu Atem zu kommen.

Arschloch.

Ich hatte die Nase voll davon – hatte genug davon, das Mädchen zu sein, mit dem er bewies, dass seine Eier noch dran waren. Es kam mir vor wie Wettpissen. Als würde Colton mich benutzen, um zu beweisen, dass er der bessere Mann war. War ich etwa eine Trophäe, die er gewinnen musste, um seine Männlichkeit zu beweisen? Glaubte er, ich wäre aus Stein? Ich hätte keinerlei Gefühle? Selbst wenn alles, was ich behauptet hatte, wahr wäre – selbst wenn ich wirklich mit Max zusammen gewesen wäre –, die Tatsache, dass Colton meinte, es wäre okay, wenn er mich küsste, wann immer zum Teufel ihm danach zumute war, ließ es wirken, als wäre ich sein Eigentum.

Und ich hasste diese Erkenntnis.

Denn sie bedeutete, dass er alle Macht hatte.

Und ich war einfach nur die Frau, die sich den Rest ihres Lebens nach ihm verzehren würde – es sei denn, ich trennte mich von ihm.

Ohne weiter darüber nachzudenken, ging ich ins Gästezimmer am Ende des Flurs und zog die Tür zum Dachboden auf.

Mit jeder Stufe stiegen Erinnerungen in mir hoch.

»Ich hab den Drachen erwischt, Milo!«, schrie Colton. »Keine Sorge, ich hab ihn!«

»Colt!« Ich zitterte in meiner Kistenburg. »Ich hab Angst.«

»Keine Sorge, Prinzessin!«, rief er. »Ich habe mein Schwert dabei. Drachen fürchten sich vor Holzschwertern.«

»Wirklich?« Ich atmete auf. Das war gut zu wissen. »Hey, Colt?«

»Ja, Milo?«

»Wehrt das Holzschwert auch gemeine Mädchen ab?«

Er schwieg einen Moment. »Es schreckt alles Böse der Welt ab, Milo. Das verspreche ich.«

»Colt?«

»Ja?«

»Danke, dass du den Drachen getötet hast.«

»Ist mein Job.« Seine Antwort kam schnell und leicht, als wäre das alles real.

Aber es war nicht real gewesen, ganz und gar nicht. Denn wenn er es wirklich so gemeint hätte, wenn er wirklich mein Drachentöter gewesen wäre – dann würde er mich nicht ständig verletzen. Der Held sollte das Mädchen nicht verletzen, er sollte es retten. Mein ganzes Leben lang hatte Colton mich glauben lassen, er wäre der Held, der mich rettete, nicht nur, weil das sein Job war, sondern weil er es so wollte, weil er etwas für mich empfand.

Aber offenbar empfand er nichts.

Die Gefühle schnürten mir die Kehle zu, als ich den oberen Treppenabsatz erreichte. Die Kistenburg sah noch genau so aus wie früher. Das Holzschwert lag auf dem Boden, und der dämliche Hut, den ich immer getragen hatte, gleich daneben.

Fluchend schnappte ich ihn mir, setzte ihn auf, dann packte ich das Schwert und ging mit ihm auf die Kisten los.

»Dämlich, dämlich, dämlich!« Ich schwang das Schwert mit aller Kraft.

»Was zum Teufel tust du da?«, erkundigte sich eine ruhige Stimme hinter mir.

Ich hörte nicht auf.

»Milo …«

»Lass mich in Ruhe, Colt!«

»Das würde ich ja gerne.« Er legte die Arme um mich. »Aber du machst das ganz falsch.«

»Was?« Ich ließ die Hände sinken. Das Holzschwert fiel klappernd zu Boden. »Was mache ich falsch?«

»So stürmt man keine Burg.«

Ich schüttelte den Kopf. Ich würde nicht lachen; ich weigerte mich zu lächeln. Das stellte Colton immer mit mir an! Er ging mir so weit unter die Haut, dass ich, selbst wenn ich gerade daran dachte, aus dem Fenster zu springen oder ihm einen Zahnstocher ins Auge zu rammen, mit nur einem Wort von ihm plötzlich auf Wolke Sieben war.

»Nicht dieses Mal«, murmelte ich.

»Was war das?«

»Hi-ya!« Ich verpasste ihm einen Karate-Ellbogen-Schlag, oder wie immer man das nannte, schnappte mir das Schwert und schwang es in seine Richtung.

»Leg das Schwert weg, Milo.«

»Nein!« Ich berührte ihn damit an der Schulter und nahm Haltung an. »Lass mich in Ruhe. Geh zurück zu Jenna.« Ich sammelte keine Punkte für Reife. So viel stand mal fest. Ich verpasste ihm noch einen Schlag. »Ich meine es ernst, Colton, lass mich in Ruhe!«

»Nein, verdammt!« Er packte das Schwert, aber ich weigerte mich loszulassen, was bedeutete, dass ich so hart gegen seine Brust schlug, dass mir der Atem wegblieb.

»Lass los, hab ich gesagt!« Ich trat ihm auf den Fuß.

Er verzog das Gesicht, aber er hielt mich fest. »Ich werde nicht gehen.«

»Genau das ist es ja«, flüsterte ich und suchte seinen Blick. »Das tust du jedes Mal.« Ich zuckte mit den Schultern. »Ich kann das nicht mehr, Colton. Ich kann nicht länger in dieser Fantasiewelt leben. Ich bin nicht in der Burg, du erschlägst keine Drachen mehr für mich. Das hier …«, ich blickte mich um, »ist nicht die Wirklichkeit.«

»Zur Hölle damit.« Er umfasste mein Gesicht. »Sag mir, dass das hier nicht real ist – das, was wir haben. Was wir immer hatten. Sag mir, es ist nicht real, und ich verschwinde.«

»Das würdest du tun?« Mir brach die Stimme. »Du würdest mich verlassen?«

»Wenn ich wüsste, dass du nichts mit mir zu tun haben willst – dann würde ich gehen. Und bevor du mir den Hintern aufreißt, weil ich diese Art von Kerl bin, musst du eins wissen. Ich würde lieber gehen und wissen, dass es dir damit gut geht, als zu bleiben und der Grund für einen ewigen Krieg zu sein.«

»Ich bin nicht wirklich mit Max zusammen«, platzte ich heraus.

Er lachte leise. »Was du nicht sagst.«

»Du Mistkerl, du hast es gewusst!«, schrie ich und schlug ihm gegen die Brust.

»Wie zum Teufel bin ich jetzt zum Bösewicht in dieser Geschichte geworden? Du hast deine gesamte Familie angelogen, Jasons Gesundheit aufs Spiel gesetzt, wirst höchstwahrscheinlich für Reids Therapie bezahlen müssen und hast mich fast um den Verstand gebracht!«

»Oh, wirklich?« Ich seufzte.

»Himmel, du bist so durchgeknallt.« Colton verdrehte die Augen. »Ich sage alles das, und das Einzige, was du hörst, ist, dass du mir fast meinen verdammten Verstand geraubt hast?«

Ich nickte.

»Ich bin fertig«, erklärte Colton sanft. »Tatsache ist, ich bin ziemlich sicher, dass ich diesen Tag für den Rest meines Lebens bedauern und mich an ihn erinnern werde, aber …«, sein Mund berührte meinen, kaum spürbar, bevor er sich wieder zurückzog, »wenn du dich jemals in ein böses Genie verwandelst und einen Partner für deine Missetaten brauchst, oder auch nur jemanden zum Verprügeln, melde ich mich jetzt schon dafür an.«

»Hä?«

»Ich liebe dich.« Er lächelte. »So verdammt sehr, dass ich mir ziemlich sicher bin, wenn ich nicht herausgefunden hätte, dass du ein kleines, verlogenes Miststück bist, hättest du Max' Leiche im Pool gefunden.«

»Du liebst mich?«

»Und wieder, ich gestehe mörderische Gedanken und alles, was du hörst, ist Liebe?«

»Sag das noch mal?«

»Ich hätte Max fast umgebracht.«

»Nicht den Teil!« Ich schlug nach ihm.

»Ich liebe dich.« Colton umfasste mein Gesicht mit beiden Händen. »Du bist völlig durchgeknallt – aber du bist meine Durchgeknallte. Ich will in diesem Kopf von dir leben. Ich will alles über die verrückten Dinge hören, die du dir in deiner abgefahrenen Fantasie ausmalst. Ich will wieder Drachen erschlagen, aber dieses Mal …«, er senkte die Stimme, »dieses Mal verlasse ich die Burg nicht wieder. Ich werde diese Stufen nicht wieder hinabgehen. Ich bleibe.«

»Du bleibst?«, fragte ich, gleichzeitig verwirrt und himmelhochjauchzend. Mein Herz hämmerte gegen meine Rippen.

»Ja. Ich werde das Burgfräulein nicht nur retten – ich werde sie befreien, dann werde ich sie küssen, dann werde ich sie heiraten, dann werde ich mit ihr streiten, dann werde ich sie wieder lieben. Ich bin mir sicher, da sind noch viele Drachen auf unserem Weg – aber wir haben viel Übung, also glaub ich, wir sind in Sicherheit.«

»Vielleicht solltest du dein Schwert dabei haben, nur für den Fall«, flüsterte ich und reichte ihm das Holzschwert.

»Ja.« Er nahm es. »Nur für den Fall.«

Dann ließ er es jedoch sofort fallen, worauf es klappernd auf dem Boden landete, als unsere Münder sich wie im Rausch trafen. Wir drängten uns beide so hart aneinander, dass es eher wie ein Angriff als ein einvernehmlicher Kuss wirkte.

»Verdammt!« Colton packte mich an den Armen, zog mich zu Boden und mitten hinein in die Burg.

»Ja.« Ich drückte ihn gegen die niedrige Wand unter dem Torbogen aus Kisten. »Davon hab ich nie geträumt, wenn ich hier oben auf dich gewartet habe.«

Colton zog sich zurück, die Augen so dunkel wie Rauch. »Du durchtriebene kleine Lügnerin.«

»Was?«

»Du hast daran gedacht.« Er fuhr mit der Hand von meinem Gesicht über meine Brust und kam dann an meiner Hüfte zum Halt, während er sanft den Reißverschluss meines Kleides öffnete. »Und ich habe ganz sicher davon geträumt.«

Kichernd fing ich seinen Mund mit meinem ein und fummelte unbeholfen an seinem Hemd.

»Colton? Milo?« Max' Stimme klang vom Fuß der Treppe herauf. »Seid ihr da oben?«

»Schhh.« Ich bedeckte Coltons Mund und spürte Panik in mir aufsteigen. Wenn ich nichts sagte, würde er raufkommen und meinen besonderen Moment ruinieren! »Äh, ja, aber irgendwie beschäftigt.«

Nichts – und dann: »Oh, was macht ihr denn?«

Colton sah mich hilflos an, dann leckte er meine Hand.

»Uhh«, kicherte ich, während er an jedem meiner Finger

knabberte. »Drachentöter spielen?«

»Kann ich mitspielen?«

»Nein!«, schrie ich und lachte dann. »Ähm, ich meine, das ist mehr ein Spiel für zwei.«

Coltons Augen verdunkelten sich, als er mein Kleid weiter hinunterschob.

»Bist du der Drache oder der Drachentöter?«, wollte Max wissen.

Himmel, warum konnte er nicht einfach verschwinden?

»Ähm, der Drachentöter.«

»Dann ist also Colton der Drache«, vergewisserte sich Max.

»Jap!« Heilige … das fühlte ich fantastisch an. Seine Zunge berührte mein Ohr und wanderte dann weiter zu meinem Hals. Ich stöhnte, und dann bedeckte Colton meinen Mund mit seinem.

»Okay.« Max seufzte. »Aber erinnere Colton daran, dass er seinem Drachen einen Helm aufsetzen sollte, du weißt schon, sie können gefährlich werden, wenn sie …« Hust, hust. »Wenn sie, ähm, eindringen.« Hust.

Entsetzt riss ich die Augen auf.

»Verstehst du?«, fragte Max. »Weil Drachen Feuer speien, und wenn du noch nie Feuer, ähm, gespürt hast, dann wäre es unter Umständen klug …«

»Verstanden, Mann, danke!«, rief Colton.

»Gut, dass wir drüber gesprochen haben«, erwiderte Max.

Kapitel 34

Colton

Meine Hand lag immer noch auf ihrem bloßen Rücken, als ich hörte, wie Max' Schritte erst durchs Zimmer und dann hinaus über den Flur hallten.

Die Tür schlug zu.

»Glaubst du, er ist wirklich weg?«, flüsterte Milo. Jeder Atemzug von ihr machte mich fertig, ich konnte sie unter meiner Handfläche spüren, unter meinen Fingerspitzen. Himmel, ich spürte sie in meinem Blut.

Dass ich mich von ihr so lange ferngehalten hatte, war ein Wunder.

»Ja.« Ich hob ihr Kinn und bedeckte ihren Mund mit meinem, sog sanft an ihren Lippen, bevor ich sie wieder freigab und seufzte. Ich wollte sie so verzweifelt, dass ich meine verdammte Seele verkauft hätte, um eine Stunde, Minuten, Sekunden mit ihr zu haben.

Aber das Timing … stimmte einfach nicht.

Die Geschichte unseres Lebens.

Ich küsste sie wieder. »Wir sollten …«

»Jason retten gehen, Max sagen, er kann damit aufhören, so zu tun, als wäre er in mich verliebt, und dafür sorgen, dass Reid vor Grandma in Sicherheit ist.«

Ich seufzte schicksalsergeben, hätte mich aber am liebsten keinen Zentimeter von der Stelle gerührt.

»Hey.« Milo drehte sich um, und das Kleid rutschte ihr von den Schultern.

Verdammt, nur ein bisschen tiefer noch.

»Machst du mir den Reißverschluss zu?«

»Nein.« Ich schmollte und verschränkte die Arme.

»Colt …«

»Jason wird klarkommen.«

»Er ist auf einem Auge praktisch blind, Colt, und …«

Laute Schritte unterbrachen, was immer sie hatte sagen wollen. Fluchend zog ich sie zurück in die Kistenburg und spähte um die Ecke.

Jayne kam die Treppe hinauf, sah sich mit wildem Blick im Raum um, bis sie, einen lauten Fluch ausstoßend, etwas entdeckte.

Ah, ihr Handy. Das muss sie hier liegen gelassen haben, als sie hier oben geschmollt hat.

»Verdammt.« Sie checkte ihre Nachrichten, dann rief sie eilig jemanden an. »Nein, nein, nein, ich hatte nur mein Handy verloren.« Sie schnaubte. »Himmel, ich könnte was Starkes zu trinken gebrauchen. Machst du Witze? Er weiß nicht, dass es kein Baby gibt, und bis er es herausfindet, wird es keine Rolle mehr spielen. Dr. Boomer würde alles für meine Familie tun. Es war ganz leicht, ihn dazu zu bringen, mich zu unterstützen.« Wieder schnaubte sie. »Nein, er wird nicht gefeuert werden, weil niemand davon erfahren wird. Außerdem war es ja nicht gerade lästig, mit dem guten Doktor zu schlafen, nicht wahr?« Ihr Lachen war so laut, dass ich zusammenzuckte.

Milo bewegte sich neben mir, wobei Jayne uns immer noch den Rücken zuwandte.

Ich versuchte, Milo zurückzuhalten, aber es war zu spät. Sie hatte diesen Ausdruck in den Augen, den verrückten, der sagte: Leg dich nicht mit mir an, oder ich lasse dich aussehen wie meinen Bruder.

Mit einem triumphierenden Grinsen sprang sie aus der Kistenburg auf.

Und stürzte sich auf Jayne.

Das Handy flog durch die Luft.

Jayne schrie.

Milo klammerte sich an Jaynes Rücken, während die sich herumwarf, erst zur einen Seite, dann zur anderen.

»Geh von mir runter!«

»Nein!«, rief Milo. »Du liebst ihn nicht mal!«

»Tu ich wohl!«

»Tust du nicht!«

»Mädels«, unterbrach ich und hob die Hände in der allgemeingültigen Friedensgeste.

Allgemeingültig vielleicht, aber nicht für Frauen.

Für Frauen hätte ich ebenso gut ein Schild hochhalten können, auf dem stand: Ihr seid fett.

»Halt dich da raus, Colt!«, fauchte Milo.

»Milo …«

»Arghhhh!« Sie schaffte es endlich, Jayne niederzuringen und setzte sich auf sie.

Noch jemand kam die Stufen hinaufgerannt.

Max. Natürlich.

»Sorry, ist nur …« Er blickte auf Jayne und Milo hinunter, nickte, dann nahm er auf dem Boden Platz und klopfte auf die freie Stelle neben sich.

»Willst du nicht helfen?« Ich deutete auf die beiden. Milo drückte gerade Jaynes Hände auf die Holzdielen.

Max neigte den Kopf. »Nein, nein, alles gut. Setz dich.«

»Aber …«

»Willst du wirklich als der Kerl bekannt werden, der einen Zickenkampf verhindert hat?«

Das war ein Argument.

»Ich wünschte, wir hätten Bier.« Max verzog bedauernd den Mund. »Oh, und ich wette auf Milo.«

»Ja.« Ich zeigte auf die beiden. »Aber vergiss nicht, Jayne kratzt.«

»Auu!« Wir zuckten beide zusammen, als Jayne mit ihren Fingernägeln über Milos Arm fuhr.

»Was zum Teufel!« Jason tauchte oben an der Treppe auf.

»Setz dich.« Max deutete auf den Platz auf der anderen Seite neben sich.

»Jayne! Milo!« Jason packte Milo.

»Wirklich, wirklich schlechte Idee«, bemerkte Max leise.

Jason gelang es, Milo von Jayne wegzuziehen, aber durch seinen Schwung taumelte er mit ihr rückwärts – und sie landeten mitten in der Burg.

Die Kisten flogen kreuz und quer durcheinander.

Und Jayne fing wieder an zu schreien.

Wie etwas aus »Shining«.

»Beruhige dich.« Max verdrehte die Augen. »Sie sind in einen Haufen Kisten gefallen, was soll die Aufregung.«

»H-heilige Scheiße.« Ich lief zu Jason.

Er schüttelte den Kopf und verzog das Gesicht. »Mann, das hat vielleicht wehgetan.«

»Nicht bewegen!« Ich half Milo auf die Füße.

Max stand auf und kam zur Unfallstelle hinüber.

»Ist das Blut?« Er deutete auf Jasons Arm.

»Jap.« Ich verschaffte mir einen schnellen Überblick über die Situation.

»Ich mag kein Blut.«

»Tja, also …«

Max kippte um – und riss Jayne, die sich gerade beruhigt hatte, mit sich zu Boden.

»Nehmt ihn von mir runter!«, kreischte Jayne. Max' Kopf war direkt zwischen ihren Brüsten gelandet.

Milo zog ihr Handy hervor und machte ein Foto.

»Könntest du das bitte lassen!«, zischte ich.

»Was?« Sie zuckte mit den Schultern. »Das sind Beweise.«

»Dass dein Verlobter, der gar nicht dein Verlobter ist, mit der Verlobten deines Bruders auf dem Dachboden Sex hatte, während dein Bruder sich an einem Skistock aufspießt?«

»Heilige Scheiße! Das ist ein Skistock!«

»Jason.« Ich lächelte ihm beruhigend zu. »Bleib cool, alles ist gut, ich will das Teil nur nicht rausziehen, damit du nicht deinen schönen Anzug vollblutest.«

»Lügen«, keuchte er. »Ich sterbe!«

»Du stirbst nicht«, beschwichtigte ich ihn und kniete mich neben ihn. »Lass mich das nur kurz ansehen, okay?«

»Was soll der ganze Lärm?« Mrs Caro tauchte am oberen Ende der Treppe auf, gefolgt von Mr Caro, Reid, Grandma und Jenna.

»Jayne wollte Jason umbringen!«, rief Milo.

»Herr im Himmel«, murmelte ich, sagte dann lauter. »Niemand wollte hier irgendwen umbringen.«

In dem Moment rührte sich Max, der immer noch auf Jaynes Brust lag. Er hob den Kopf, nur um dermaßen eine gescheuert zu bekommen, dass es wirkte, als wäre er wieder ohnmächtig geworden. Dieses Mal ruhten seine Lippen auf ihrer Haut.

»Holt ihn von mir runter!«, kreischte sie.

Jason stöhnte.

Und lenkte damit die gesamte Aufmerksamkeit der Familie auf sich.

»Sohn, du blutest!« Mr Caro kniete sich neben mich. »Wie zum Teufel hast du es geschafft, dir einen Skistock in den Arm zu rammen?«

»Lange Geschichte«, antwortete er. »Aber sie fängt mit Milo an und hört auch mit ihr auf.«

Aller Blicke richteten sich auf sie.

»Was?« Sie warf die Hände in die Luft. »Das war nicht meine Schuld! Wenn Jayne nur einverstanden gewesen wäre, Jason in Ruhe zu lassen, wäre das alles nicht passiert.«

»Niemals!«, schrie Jayne vom Boden aus. »Ich werde deine Schwägerin sein, du blöde Kuh! Gewöhn dich lieber dran.«

Milo klappte den Mund zu.

Mrs Caro richtete sich zu ihrer vollen Größe auf und baute sich vor Jayne auf. »Hör mir gut zu, du berechnendes kleines Flittchen! Ich bin ruhig geblieben, während du das Leben meines Sohns ruiniert hast. Ich habe nichts gesagt – selbst als du mir und meiner Familie wiederholt keinerlei Respekt gezeigt hast. Aber jetzt bist du zu weit gegangen. Es reicht!«

»Oh, wow, dir reicht es. Soll ich jetzt Angst haben?«

»Ich bezweifle, dass dir irgendwas Angst macht – und wenn, dann spreizt du einfach nur die Beine und schließt die Augen!«, schrie Mrs Caro aus voller Lunge.

»Marcy!«, rief Mr Caro.

Grandma brach in Gelächter aus.

»Oh, keine Sorge.« Jayne verengte die Augen. »Ich werde daran denken, das zu tun. Immerhin war dein Sohn sehr, sehr, sehr entgegenkommend.«

Alle schrien durcheinander.

Da erklang plötzlich ein Schuss. Neben Jason kam ein Teil der Decke herunter.

»Okay.« Grandma hielt eine kleine Pistole hoch. »Schluss mit dem Gekeife, ich mache diesem Schwindel jetzt ein Ende.«

»Wer hat ihr denn eine Pistole gegeben?«, erkundigte sich Max empört. »Ernsthaft jetzt? Wer hat Grandma eine Pistole gegeben?«

»Die habe ich immer in der Handtasche.« Grandma zuckte mit den Schultern. »Für den Fall, dass diese Nichtsnutze mich auf dem Parkplatz stehlen wollen.« In dem Moment rutschte ihr die Perücke vom Kopf und gab so den Blick auf ein paar einsame graue Haare frei. Hey, sieh mal einer an, sie hatte immer noch ein paar Haare! Hundert Punkte für Grandma!

»Ich glaube, du musst nicht fürchten, dass man dich klaut«, murmelte Milo.

»Es wird keine Hochzeit geben«, schnaubte Grandma. »Meinen Segen habt ihr nicht.«

»Du kannst mich nicht kontrollieren!«, schrie Jayne. »Und um Gottes willen, geh endlich von mir runter, Max!«

»Nein!« Er blieb, wo er war, drückte sie weiter auf den Boden. »Nicht, bis du es nicht zugibst!«

»Was soll ich zugeben?«

»Du bist nicht schwanger!«

»Okay!« Jayne riss die Augen vor Wut weit auf. »Ich bin nicht schwanger! Das ändert gar nichts! Ich bin die Beste, die er jemals bekommen wird und …«

Milo stürzte mit erhobener Faust auf Jayne zu. Ich fing sie gerade noch rechtzeitig ab … damit Mrs Caro beenden konnte, was ihre Tochter angefangen hatte.

Kapitel 35

Milo

»Mir geht's gut. Wirklich.« Mom hielt die geschwollene Hand auf ihrem Schoß, ein zufriedenes Grinsen auf dem Gesicht. »Die hab ich ordentlich erwischt, was?«

Das waren genau die falschen Worte zur falschen Zeit, da Jayne diesen Moment wählte, um in die Küche zu kommen. Sie warf Mom einen fuchsteufelswilden Blick zu.

Alle Geräusche verstummten.

Jason hatte auf dem Dachboden mit ihr Schluss gemacht. Natürlich, wie bei allem in der Caro-Familie, erst nachdem Mom sie ins Gesicht geschlagen hatte, aber bevor Max zum dritten Mal ohnmächtig geworden war und auch bevor Reid Grandma überwältigt hatte. Zum Glück hatte Reid ihr die Pistole entwinden können, bevor sie damit wieder herumballern konnte.

»Ich denke mal, es gibt nichts mehr zu sagen.« Jayne schniefte und griff nach ihrer Handtasche.

Jason kniff die Augen zu schmalen Schlitzen zusammen und lehnte sich in seinem Stuhl zurück. Colton verband ihm gerade die klaffende Wunde, die der Skistock hinterlassen hatte.

»Ich hätte dich glücklich gemacht«, verteidigte sie sich und blinzelte die Tränen weg.

»Du hättest ihn in ein frühes Grab gebracht«, korrigierte Grandma sie.

Ich hatte gedacht, sie würde schlafen.

Ihre Augen waren immer noch geschlossen.

Neugierig starrte ich sie an, während sie weiterredete, ohne sie zu öffnen. »Du hättest dem Jungen all seine Freude gestohlen und ihn jeden Tag seines Lebens unglücklich gemacht – und ich kenne Elend, dieser Ehemann von mir war wirklich kein Spaziergang.«

Ich hüstelte. »Er war blind.«

»Er war schwach.« Grandma schlug mit beiden Händen auf den Tisch.

Ich zuckte zusammen, erwartete schon halb, dass sie wieder die Pistole zücken würde. Aber Reid schenkte mir einen beruhigenden Blick und tätschelte eine Tasche seines Anzugs.

Ich war nicht sicher, ob ich erleichtert darüber war, dass er ihr die Schusswaffe abgenommen hatte, oder beunruhigt, insbesondere weil die Wirkung der Medikamente nachließ und er alle paar Sekunden in Gelächter ausbrach und dann wieder einfach nur an die Decke starrte.

»Na dann«, schnaubte Jayne, »ich erkenne es, wenn ich nicht länger willkommen bin.«

»Ein IQ wie Einstein.« Max schlenderte mit blassem Gesicht in die Küche. »Oh, warum bist du dann noch hier?«

»Du hast mich mal begehrt.« Jaynes Lippen zitterten.

»Da war ich achtzehn«, verteidigte sich Max. »Da hab ich auch geglaubt, es wäre ein toller Plan, einen Affen zu kaufen und ihn in meinem Schrank zu halten.«

»Fred.« Reid seufzte. »Verdammt, dieser Affe war schnell, hab nicht mal gesehen, wie der sich an mich angeschlichen hat.«

Max zuckte zusammen. »Tut mir leid, Mann, ich hab ganz vergessen wie …«

»Alles cool.« Reid nickte. »Ich bin immer noch ein bisschen neben der Spur, ja, wie auch immer.«

»Du hattest einen Affen?« Das kam von Jason. »Krass.«

Max warf seinem Bruder einen schuldbewussten Blick zu. »Er hatte ein Faible für Reid.«

»Und wenn du sagst Faible«, ich hielt inne, »dann meinst du …«

»Das war nicht meine Schuld!«, rief Reid.

»Schhh, schhh!« Max rannte zu seinem Bruder und umarmte Reid. »Denk dran, es war nicht deine Schuld, okay?

»Mom, Dad, Max, der Affe hat meine Eier, der Affe hat meine Eier!« Reid begann zu zittern.

»Diese ganze Familie ist verrückt«, verkündete Jayne und marschierte aus der Küche, schlug die Tür hinter sich zu.

In der Zwischenzeit beendeten Max und Reid ihre Umarmung und, obwohl sie eben noch völlig verrückt gewirkt hatten, schienen sie auf einmal komplett normal zu sein.

Ich zog die Augenbrauen zusammen, als mir ein Verdacht kam. »Es gab überhaupt keinen Affen, oder?«

»Nein.« Max grinste und machte mit seinem Bruder Highfive. »Ich kann nicht glauben, dass du dich noch an diesen Sketch vom Ferienlager erinnerst.«

»Ich erinnere mich an alles«, sagte Reid.

»Also was jetzt?« Ich schaute mich um. »Vermutlich sollten wir anfangen, die Gäste anzurufen und …«

»Nein!«, entfuhr es Mom, und sie schlug mit ihrer unverletzten Hand auf den Tisch. »Wir laden niemanden aus.«

»Okay.« Ich hob beschwichtigend die Hände. »Ich hab nur gedacht …«

»Lass das Denken sein, Milo«, erklärte Max. »Deine Mom ist offenbar erschöpft.«

»Das bin ich«, bestätigte Mom schwach. »Aber ich glaube, jetzt ist ebenso ein guter Moment wie jeder andere, um euch Kids zu sagen …«

»O nein«, flüsterte ich.

»Wir ziehen um.« Sie blickte aus dem Fenster. »Das ist unser letztes großes Fest hier – und ich lasse nicht zu, dass es ruiniert wird von diesem, diesem, diesem …«

»Ganz ruhig, reg dich nicht so auf«, unterbrach ich sie.

»Flittchen!«, schrie sie. »Wir werden eine Hochzeit feiern und basta!«

Ich hob eine Hand. »Solange du nicht vorhast, Jason mit Reid zu verheiraten, haben wir weder Braut noch Bräutigam. Auf der Heiratserlaubnis steht …«

Jason lachte. »Ach, apropos …«

»Was?« Fast wollte ich es gar nicht hören.

Er kratzte sich am Kopf. »Ich, äh, hab vergessen, eine zu beantragen, also hätten wir heute gar nicht legal geheiratet, aber wir hätten drei Tage gehabt, die Erlaubnis zu bekommen und alles legal zu machen.«

»Also haben wir das alles hier für nichts und wieder nichts durchgemacht?« Ich sprang auf, bereit, auf meinen Bruder loszugehen und ihm ein zweites Veilchen zu verpassen.

»Nein.« Colton schlang von hinten die Arme um mich und flüsterte mir ins Ohr: »Nicht für nichts und wieder nichts.«

Moms Augen weiteten sich, und ein Lächeln breitete sich auf ihrem Gesicht aus. »Ja, das wird gehen. Das wird absolut wunderbar, Colton.«

Kapitel 36

Milo

»Auszeit!« Ich machte mit meinen Händen ein T. »Was wird gehen?«

»Du.« Mom grinste, dann begann sie zu klatschen.

»Mom, hör auf zu klatschen, du siehst aus wie ein Seehund im Zoo.«

Colton beugte sich dichter zu mir und flüsterte: »Deine Mom hat gerade Jayne eine gelangt – lass die Frau klatschen. Himmel, gib ihr eine Medaille. Wenn du mich fragst, kann sie tun, was immer sie will.«

Max beobachtete unser Getuschel und gab vor, mit beiden Händen eine Leine zu halten, als müsste er ein wildes Tier bändigen. Er winkte dann Reid, der sich auf alle Viere niederließ und zusammenbrach, während sich Max' imaginärer Wolf auf ihn stürzte.

»Seid ihr beide high?« Ich kämpfte gegen den Drang an, ihm die Stirn zu fühlen.

Seine Antwort? »Die Wölfe sind los – oh, seht nur! Ich habe ihnen Milo vorgeworfen.«

Ich machte schmale Augen. »Sehr witzig.«

»Champagner für alle!«, rief Mom. »Wir feiern!«

»Was denn? Dass man mich den Wölfen vorgeworfen hat?«, wollte ich wissen.

»Die Hochzeit!« Mom ignorierte mich.

»Ich stoße auf alles an«, verkündete Jason von seinem Platz am Tisch aus. Er hielt seinen verletzten Arm über den Kopf und lehnte ziemlich schief auf seinem Stuhl. Dieser Mann brauchte einen Pauschal-Urlaub – weit weg von mir.

»Worauf trinken wir?« Ich nahm ein Glas entgegen.

»In einer Stunde kommen die Gäste«, verkündete Mom. »Also müsst ihr alle mithelfen.«

»Jason kann sich nicht selbst heiraten«, fühlte ich mich genötigt zu sagen, nur für den Fall, dass ich die einzige Person mit einem funktionierenden Hirn in dieser Küche war.

»Oh, du Dummerchen.« Mom kicherte und legte ein kleines Tänzchen hin. »Nicht er wird heiraten.«

»Max und ich sind nicht verlobt.« Ich schüttelte heftig den Kopf. »Das ist dir klar, oder?«

»Ich kümmere mich darum.« Colton packte mich an den Schultern, drehte mich Richtung Flur und gab mir einen kleinen Schubs. »Vorwärts.«

»Vorwärts wohin?«

»Einfach vorwärts.«

»Ich steh nicht auf dieses, du weißt schon, dieses ganze dominant-submissive Zeugs? Ich versteh's nicht.« Aber ich lief weiter. »Ich mag es nicht, wenn man mir Befehle gibt. Weckt in mir den Wunsch, dir eine runterzuhauen. Es turnt mich nicht an.«

»Es braucht gar nichts weiter«, flüsterte Colton, und sein Atem strich heiß über meinen Nacken, »um dich anzuturnen. Besonders nicht, wenn es um mich geht.«

Ich blieb abrupt stehen und schäumte. »Du arroganter Mist…«

»Und rein mit dir.« Er schubste mich in ein Schlafzimmer, kam aber nicht hinterher.

Die Tür schlug zu.

»Colton!« Ich hämmerte gegen die Tür. »Lass mich raus!«

»Noch nicht.« Er stieß ein unheilvolles Lachen aus. »Aber bald. Oh, und lass uns in Ruhe alles fertig machen.«

»Was fertig machen?« Ich hämmerte noch heftiger gegen die Tür. »Ich schwöre, ich werde dich mit meinem Auto überfahren!«

»Ich liebe dich!«

»Ich hasse dich!«

»Du liebst mich! Oh, und Milo … Ich muss dich was fragen.«

Ich hörte auf, gegen die Tür zu hämmern. »W-was?«

»Willst du …«

Mein Herz pochte.

»Ich glaube, was ich versuche, hier zu sagen …«

Heiliger Mist. Ich lehnte mich gegen die Tür.

»Falls es nicht zu viel verlangt ist …«

Würde er?

»Kannst du bitte nicht deinen Bruder anrufen und dich darüber beschweren, dass ich dich in ein Zimmer eingesperrt habe? Ich habe einen Plan – aber du musst dich von mir auf meine Weise umwerben lassen.«

»Nein!«, schrie ich. »Das hier ist kein romantisches Umwerben, das ist Entführung!«

»Oh, Süße.« Er lachte leise. »Du hättest was sagen sollen, wenn du gewollt hast, dass ich dich fessele.«

»Ich verabscheue dich!«

»Das werden wir ja noch sehen …« Coltons Lachen hallte durch den Flur, und dann verklang es.

Kapitel 37

Colton

»Ist sie wütend?« Jason nahm einen tiefen Schluck aus seinem Glas.

»Glaub schon.« Ich setzte mich auf einen der Küchenstühle. »Die Frage sollte doch eher lauten: Wann ist sie nicht wütend? Diese Frau ist wie ein winziger Ball aus Wut, immer bereit, jemandem in die Parade zu fahren.«

»Paraden machen mir Angst«, meldete sich Max zu Wort.

Jason nickte verständnisvoll und schob die Champagnerflasche zu ihm und Reid.

»Paraden?« Ich musste einfach nachhaken. »Ernsthaft?«

Max warf mir einen Blick voller Entsetzen zu. »Die Clowns dürfen ihre Miniaturautos verlassen, Colton. Bist du überhaupt je bei einer Parade gewesen? Sie geben kleinen Kindern Süßkram und Luftballons und haben dieses permanente Grinsen auf ihren Gesichtern. Niemand ...«, er schüttelte sich, »sollte ein permanentes Grinsen haben.«

»Wenn ich mich also zu Halloween als Clown verkleide ...«

»Mach das, du Mistkerl. Ich erschieße dich, sobald du in Sichtweite kommst.« Max leerte sein Glas in einem Zug und knallte es auf den Tisch.

»Ist sein Ernst«, verkündete Reid, immer noch mit leicht undeutlicher Aussprache. »Als ich zehn war, war ich der Clown in dem Stück, das unsere Klasse aufgeführt hat. Ich bin in sein Zimmer gekommen, weil er mir mit der Perücke helfen sollte, und er hat mir mit seiner Spielzeugpistole mitten ins Gesicht geschossen.«

»Wir sind dankbar, dass er noch sein Augenlicht hat.« Max nickte. »Das ist die reine Wahrheit.«

»A-alles klar.« Interessiert beobachtete ich das Brüdergespann. Reid mochte ja der Ältere sein, aber es schien, als hätte Max ihn ganz schön terrorisiert, als er jünger gewesen war.

»Also dann.« Mrs Caro stürmte in die Küche. »Wir brauchen einen Plan.«

»Ich bin gut mit Plänen«, erklärte Max.

»Nicht mit diesem.« Ich stand auf.

Alle Augen richteten sich auf mich.

Nun ja, ich sollte wohl eher sagen, einige Augen richteten auf mich, wenn man bedenkt, dass Jason kaum etwas sah und Reid wirkte, als sähe er drei von mir statt einem. Die verdammten Pillen hatten ihn immer noch im Griff.

Zur Verfügung standen also: Jenna, die an Max' Lippen hing.

Jason, der, wie schon erwähnt, vermutlich nicht mal den Weg den Flur entlang finden konnte, ganz zu schweigen davon, beim Dekorieren zu helfen.

Reid, der, wie es aussah, immer noch dachte, er könnte fliegen.

Und Milos Eltern.

»Also?« Mrs Caro klatschte in die Hände. »Womit fangen wir an?«

Ich musterte das angeschlagene Team, das am Tisch versammelt war. »Okay, ich brauche eure Hilfe. Wir werden eine Burg bauen.«

Max lebte auf. »Eine Burg? Wo?«

»Ich bin froh, dass du fragst.« Ich schlug ihm auf den Rücken. »Wir werden eine Burg gleich neben dem Altar errichten, damit die Prinzessin ohne jeden Zweifel weiß …«

»Dass du verrückt bist?« Max zeigte mir den erhobenen Daumen.

»Dass ich ihr Prinz bin.« Ich zuckte lässig mit den Schultern, obwohl die Sache bedeutender war, als ich zugab. »Ich werde ihre Burg stürmen.«

»Zu meiner Zeit haben wir das schlicht Sex genannt«, ließ sich Grandma von ihrer Seite des Tisches vernehmen.

Mist. Die Frau hatte ich ganz vergessen. Sie saß am unteren Ende des Tisches, die Hände bescheiden vor sich gefaltet.

»Hier, Mann.« Max drückte mir etwas in die Hand. »Nimm das.«

Ich blickte auf eine pfirsichfarbene Pille. »Was zum Teufel?«

»Ist besser, wenn sie sich nicht einmischt.« Max nickte.

»Du willst, dass ich Grandma unter Drogen setze?«

»Natürlich nicht!« Max lachte nervös. »Die gehört nicht mir! Ich weigere mich, sie zu beanspruchen. Außerdem wird Reid das tun.«

Reid erhob sich und schwankte. »Den Teufel werde ich.«

»Mann, kannst du überhaupt deine Zehen spüren?«, fragte Max.

Reid riss vor Entsetzen die Augen weit auf. »Meine Füße! Meine Füße! Wo sind meine Füße?«

»Jungs!«, rief Jason. »Wir müssen uns beeilen. Wir haben gerade mal eine Stunde Zeit, um ein Wunder zu vollbringen.«

»Ich habe Medizin studiert«, raunte Grandma.

»Du bist Tierärztin gewesen.« Jason verdrehte sein gutes Auge. »Das ist ein großer Unterschied.«

»Die Zitzen einer Kuh und die Titten einer …«

»Sie muss aufhören, Titten zu sagen.« Max seufzte tief. »Seht euch Reid an, der zittert schon wieder.«

Erschöpft hob ich die Hände. »Okay, Grandma, du bleibst hier und leistest dem Tisch Gesellschaft. Max, du kommst mit mir und Jason, wir müssen die Burg bauen. Mrs Caro, Sie und Jenna gehen zu Milo und kümmern sich darum, dass sie wie eine Braut aussieht, und lassen Sie sie um Gottes willen nicht entkommen. Ringt sie nieder, wenn nötig.«

»Kühe kann man auch niederringen.« Grandma seufzte. »Wie ich gesagt habe, ist alles das Gleiche.«

Max stieß einen Pfiff aus, und dann blinzelte er mit einem entschiedenen Nicken in Richtung der Pille. »Sie wird ins Reich der Glückseligkeit entschweben, Mann. Das ist es wert.«

Kapitel 38

Milo

Eine halbe Stunde war vergangen.

Ich hatte aufgehört, gegen die Tür zu hämmern, und durchsuchte die verschiedenen Schubladen im Gästezimmer nach einem Proteinriegel. Diese Dinger verdarben doch nie, oder?

Ausgehungert ging ich ins direkt angrenzende Badezimmer und war schon halbwegs versucht, Hustenbonbons zu essen, als ein leises Klopfen an der Tür meine Suche unterbrach.

»Ja?«, sagte ich gereizt. »Bist du gekommen, um mich freizulassen?«

»Nein«, antwortete mir Jennas Stimme. »Also, eigentlich bin ich schon hier, um dir zu helfen, aber du musst mir versprechen, nicht wegzurennen oder mich zu schlagen.«

»Jasons blaue Augen waren Unfälle.« Ich verschränkte die Arme. »Das schwöre ich.«

»Schätzchen, du musst dich uns gegenüber nicht rechtfertigen.«

»Was wollt ihr?«

Nach einem Moment der Stille sagte Jenna: »Wir haben was zu essen.«

Ich nagte an meiner Unterlippe und blickte auf die Packung Hustenbonbons mit Kirschgeschmack. »Was für Essen?«

»Schokomandeln, Fruchtsnacks, drei verschiedene Sorten Käse und ein paar Kräcker.«

Finster starrte ich auf den Boden. »Kräcker mit Meersalz?«

»Jap.« Verdammt, ich konnte Jennas strahlendes Lächeln förmlich durch die Tür hindurch sehen.

»Also gut, ich werde nicht wegrennen.«

Der Schlüssel drehte sich im Schloss, und Jenna und meine Mom kamen herein, schlugen sofort die Tür hinter sich zu, verbarrikadierten sie mit ihren Körpern.

»Entspannt euch, Leute.« Ich verdrehte die Augen. »Ich bin keine entflohene Verbrecherin.«

Mom zog die Augenbrauen hoch, als wollte sie sagen: Natürlich bist du das nicht, Schätzchen, natürlich nicht.

Himmel, da trifft man jemanden mit einem Tischtennisball und spießt ihn versehentlich auf, und schon ist man eine Schwerverbrecherin!

»Das Essen?« Ich schniefte und setzte mich aufs Bett.

»Hier.« Jenna kippte den Inhalt eines riesigen Korbs auf dem Bett aus. Es war, als würde man direkt ins Paradies starren. Ernsthaft. Ich war nicht eine dieser Frauen, die zur Essenszeit winzige Hungeranfälle bekamen, dann ein paar Schluck Wasser tranken, dezent aufstießen, sich den Mund abwischten und erklärten, sie wären satt.

Teufel, nein.

Kohlenhydrate. Man gebe mir Kohlenhydrate. Man gebe mir Proteine. Man gebe mir Schokolade, und schon werde ich zur besten Freundin.

Als ich noch klein war, hat Mom sich solche Sorgen wegen meiner Schokoladenabhängigkeit gemacht, dass sie mir immer wieder sagte, wenn ein netter junger Mann oder eine Frau mir Süßigkeiten anböten, sollte ich so laut schreien, wie ich nur konnte.

Unglücklicherweise unterließ sie es zu erwähnen, dass es dem Weihnachtsmann erlaubt war, Kindern Süßigkeiten anzubieten. Daher wurde ich Weihnachten im denkwürdigen Jahre 2004 aus dem Einkaufscenter verbannt.

Ich schwöre, dieser Weihnachtsmann wirft mir immer noch böse Blicke zu.

»Also!« Mom klatschte in die Hände. »Wir haben nicht viel Zeit, also können wir nichts für deine Haare tun.«

Verunsichert berührte ich mit einer Hand mein Haar, während ich in der anderen ein angebissenes Snickers hielt. »Was meinst du damit? Zeit?«

»Ja.« Jenna tippte sich mit dem Zeigefinger ans Kinn. »Aber ich glaube, wenn wir es ganz schlicht lassen und es einfach zu einem tiefen Knoten zusammennehmen, wird es klassisch schön aussehen.«

»Sehr gute Idee!« Mom griff in meine Haare und zog daran. Es gab kein Entkommen. Sie war wie ein kleines Mädchen, das gerade seine erste Barbie bekommen hatte und nicht begriff, das Plastikhaare nicht nachwuchsen.

»Autsch!«, entfuhr mir, während meine Haarwurzeln um Gnade flehten. »Mom! Genau deswegen wollte ich dich nie an meine Haare lassen, als ich klein war!«

»Alles in Ordnung.« Sie zog erneut daran. Ich seufzte.

Sie zerrte daran, und mein Kopf folgte der Zugrichtung. Es blieb ihm auch gar nichts anderes übrig, wenn er nicht abgerissen werden wollte.

Nicht in Ordnung, nicht in Ordnung, nicht in Ordnung. »Was soll das alles?«

Jenna verließ das Zimmer und kam mit etwas zurück, das in einem Kleidersack steckte.

»Genau rechtzeitig!«, verkündete Mom und vergaß, meine Haare loszulassen, als sie zu Jenna ging, wodurch sie mich in die Knie zwang. »Oh, tut mir leid, Süße.«

»Mir geht's gut.« Ich kam wieder auf die Beine und näherte mich argwöhnisch dem schwarz glänzenden Kleidersack. »Was ist das?«

»Dein Kleid.« Jenna kicherte. »Dummerchen.«

»Ich hab schon ein Kleid für die Hochzeit.« Ich zeigte darauf. »Ich trage es.«

»Stimmt, aber Jasons Hochzeit fällt aus«, erklärte Mom. »Also brauchst du ein neues Kleid.«

»Für die neue Scheinhochzeit?«

»Für …« Mom blickte zu Jenna und warf dann eine Hand hoch. »Für die Erneuerung unseres Gelöbnisses, das von deinem Dad und mir.«

Eine Träne lief ihr über die Wange.

»Er ist mir immer so ein guter, guter Ehemann gewesen, und hat diese ganze Zeit über zu mir gestanden. Durch … dick und dünn, in Krieg und Frieden.«

Seltsame Ansprache, aber ich nahm sie trotzdem in den Arm.

»Und wir bekommen das Geld sowieso nicht zurück – dafür ist es zu spät –, also haben wir gedacht, das wäre schön, so umgeben von Freunden und Familie, diesen Bund zu erneuern, insbesondere vor unseren Kindern.«

Und plötzlich wurde ich ganz emotional, weil ich sie die ganze Zeit über angelogen hatte. Ich hatte Colton angelogen, Jason verletzt und Grandma erlaubt, ihre Krallen in einen unschuldigen, jungen Mann zu versenken, der die Nacht womöglich nicht überstehen würde, ohne dass mit ihm Schindluder getrieben wurde.

»Mom.« Ich seufzte und ließ mich in ihre Arme sinken. »Es tut mir so leid! Ihr verdient das beide so sehr. Ihr verdient diese Chance, euer Eheversprechen zu erneuern. Ich fühle mich so selbstsüchtig und dumm. Ich mach hier einen Aufstand und …«

»Oh, Süße.« Mom lachte. »Daran sind wir doch gewöhnt.«

»Das tut mir auch leid.«

»Liebes, das Herz will, was das Herz will.« Sie löste sich aus meinen Armen und umfasste meine Hände mit ihren. »Entschuldige dich niemals dafür, dass du bis zum letzten Atemzug für das kämpfst, was du im Leben willst. Nur so erreichst du etwas, verstehst du?«

»Was meinst du?«

Moms Augen funkelten. »Du musst die Liebe mehr wollen als deinen nächsten Atemzug. Liebe sollte keinesfalls etwas sein, in das du dich Hals über Kopf stürzt, weil es die richtige Zeit im Leben ist oder weil alle deine Freundinnen schon verheiratet sind. Sie sollte etwas sein, das sich ganz natürlich ergibt und sich dann ins Übernatürliche verwandelt, weil du dir plötzlich nicht mehr vorstellen kannst, ohne deine andere Hälfte an deiner Seite aufzuwachen. Du willst nicht länger ein einzelner Mensch sein, sondern Teil eines Teams. Es gibt kein Nebeneinanderher in einer Ehe – sie ist eine Partnerschaft –, und die musst du wollen. Manchmal musst du dich dazu zwingen, sie zu wollen, aber das Verlangen danach muss vor dem Wollen kommen. Verstehst du, was ich meine?«

Ich nickte.»So ungefähr.«

Sie legte mir eine Hand auf den Mund und drängte mich zurück gegen das Bett, bedeckte sowohl meinen Mund als auch meine Nase, sodass ich unmöglich atmen konnte. Himmel, meine Mom wollte mich umbringen. Sie war durchgedreht, jetzt war es amtlich. Ich hatte doch gewusst, dass ich das ungezogene Kind war, ich hatte es gewusst!

Ich schlug um mich. Was nur Sekunden dauerte, fühlte sich an wie Minuten.

Jenna sah absolut entsetzt zu.

Dann nahm Mom ihre Hand weg. Während ich nach Luft schnappte und Mom anstarrte wie die Verrückte, die sie war, beugte sie sich vor und flüsterte: »Du musst es wollen wie deinen nächsten Atemzug – du musst Colton so sehr wollen, wie du die Luft zum Atem brauchst. Liebe ist Überleben.« Und damit wich sie von mir zurück, richtete sich auf und lächelte mich strahlend an. »Also, warum ziehen wir dir nicht dein Kleid an?«

Und meine Eltern wunderten sich, warum ihre Kinder nicht normal geworden waren.

Und was es noch schlimmer machte?

Was sie sagte, ergab absolut perfekten Sinn.

Kapitel 39

Colton

Ich war teuflisch nervös.

Die Hochzeit würde zwar nicht legal sein, schließlich würden wir keine Papiere haben, die wir unterschreiben konnten – aber für mich war sie trotzdem real. Wenn sie das alles später wiederholen wollte, würde ich das verstehen. Wollte nicht jede Frau die Möglichkeit haben, ihre Hochzeit zu planen?

Aber diese Gelegenheit ungenutzt verstreichen lassen?

Die Gelegenheit, ihr zu sagen, was ich für sie empfand, vor ihren Freunden, ihrer Familie, meiner Familie, allen, mit denen sie aufgewachsen war, einige von Jaynes verärgerten Freundinnen eingeschlossen, denen irgendwer Alkohol gegeben hatte – wenigstens der Lautstärke nach zu schließen.

Irgendwie schien es einfach das Richtige zu sein.

Es schien auch richtig, dass wir den Ablauf der Zeremonie etwas veränderten. Ich meine nicht, dass ich komplett durchdrehen und Max dazu bringen würde, sich als der Drache zu verkleiden, den ich dann töten würde oder so … Zum einen hätten wir niemals noch rechtzeitig ein Kostüm für ihn aufgetrieben, zum anderen war das Holzschwert nicht groß genug, um Eindruck zu machen – laut Max.

»Colton!«, rief Reid. »Wie viele Lichter willst du hier oben haben?«

Reid war der Einzige, dem die Höhe nichts ausmachte. Allerdings war seine Tiefenwahrnehmung ernsthaft beeinträchtigt. Ich hatte keine Ahnung, was in diesen kleinen Pillen war, aber es war stark genug, ihn im Flugmodus zu halten, während er die Lichter im Baum aufhängte.

»Kletter nicht zu hoch!«, rief ich ihm zu.

»Keine Sorge!« Er erklomm einen weiteren Ast. »Wenn ich falle, werde ich vermutlich sowieso nichts spüren.«

»Stimmt«, sagte Max, der plötzlich neben mir auftauchte und mir ein Glas Wein reichte.

Ich nahm das Glas und nippte daran. »Solltest du nicht irgendwas zu tun haben?«

Er zuckte die Achseln. »Erledigt.«

»Niemals.«

»Längst. Allerdings war Jason eher hinderlich, also hab ich ihm gesagt, er soll sich trollen und in eine Ecke setzen.«

Ich blickte in die Richtung, in die Max zeigte. Da saß Jason, eine Flasche Wein neben seinen Füßen, und drückte sich mit dem unverletzten Arm eine Packung gefrorener Erbsen gegen den Kopf.

Eine Welle von Mitgefühl überkam mich, und ich nickte. »Harter Tag für ihn.«

»Ha.« Max verdrehte die Augen. »Bedenkt man, dass er sich zwangsläufig viel in Milos Nähe aufgehalten hat, bin ich überrascht, dass er seine Jugend überlebt hat.«

»Hey.« Ich stupste ihn an. »Du bist ihr bester Freund, wie kommst du klar?«

»Meine Eltern haben ein Spirituosen-Franchise zusätzlich zur Hotelkette, was heißt, ich komme jederzeit an Alk«, erklärte er. »Und ich hab diese sehr praktischen Ohrstöpsel, die ich einsetze, wenn sie anfängt, schief zu singen oder Star Wars zu zitieren – die bewirken Wunder –, und ich habe gelernt, dass sie wenigstens fünf verschiedene Gesichtsausdrücke hat, die darauf hinweisen, ob sie mir eine Frage stellt oder einfach nur den Raum mit dem Geräusch ihrer eigenen Stimme füllt.«

Ich starrte ihn einen Moment lang an. »Die Dinge, die du von dir gibst, sind auf vielerlei Arten gleichzeitig erschreckend und erhellend.«

»Wie wahr.« Er stieß mit mir an. »Also, die Gäste sollten allmählich eintreffen. Wollen wir Reid von da oben runterholen?«

»Ja.«

»Reid!«, schrie Max in den Baum hinauf. »Du musst jetzt runterkommen!«

»Es ist schön hier oben.«

»Du bist kein Vogel«, redete Max ihm sanft zu. »Und eigentlich magst du Höhe gar nicht, also wirst du in dem Moment, in dem die Wirkung der Pillen nachlässt …«

»Heilige Scheiße!«, schrie Reid. »Max, ich sitze auf einem Baum!«

Jason kam zu uns und blickte nach oben. »Jemand sollte ihn da runterholen.«

»Nicht ich.« Max hob die Hände. »Ich bin als Fünfjähriger mal von einem Baum gefallen.«

»Ich mach das bestimmt nicht«, erwiderte ich. »Ich muss heute noch heiraten.«

»Schicken wir Grandma«, schlug Jason vor.

»Tolle Idee«, spottete ich. »Ja, schicken wir deine psychisch instabile Großmutter auf einen Baum. Das wird Reid sicher dazu bringen runterzukommen, oder? Er wird höchstens weiter nach oben fliehen, bis nichts als der Himmel über ihm ist, dann wird er ein Gebet sprechen und sich vom höchsten Ast hinabstürzen und hoffen, es in den Pool zu schaffen, ohne zu krepieren.«

Max blickte in den Baum und dann zum Pool. »Um ehrlich zu sein, das würde er vermutlich sogar hinkriegen.«

»Leute!«, schrie ich.

Mrs Caro kam aus dem Haus. »Es ist fast so weit! Die ersten Gäste treffen ein!«

»Oh, Mist.« Ich schaute zu Reid, der sich an einen Ast klammerte. »Kumpel, meinst du, du könntest einfach langsam runterklettern?«

»Mann.« Reid schüttelte den Kopf. »Ich sehe gerade genau fünf von euch. Ich weiß nicht mal, wo ich hingreifen soll. Also selbst, wenn ihr hier raufkommt, um mich zu retten, würde ich vermutlich nach etwas grapschen, das keine Finger hat, und wir alle wissen, wie unangenehm das ausgehen würde.«

Max verschluckte sich vor Lachen.

Ich gab ihm einen Stoß mit dem Ellbogen. »Du bist sein Bruder.«

»Es gibt Dinge«, sagte Max mit traurig klingender Stimme, »da können nicht mal Brüder helfen.«

»Ich nehme zurück, was ich über dich gesagt habe«, erklärte ich und ging auf die Leiter zu, die am Baum lehnte.

»Dass ich klug bin?«

»Du bist ein Esel.«

»Ich liebe einen guten Ritt auf einem Esel«, verkündete Grandma von rechts neben mir. Ich schwöre bei allem, was mir heilig ist, diese Frau konnte sich aus dem Nichts materialisieren.

»Grandma«, stotterte ich. »Hab dich gar nicht gesehen.«

»Soll ich diesen Esel für dich holen?« Sie beugte sich näher und flüsterte: »Ich hab ihn im Handumdrehen vom Baum runter.«

»Hier wird es keinerlei Handumdrehen geben!«, schrie Reid von seinem Ast hinab.

»Was für ein Leben hast du denn gelebt, du Zwerg?«, schrie Grandma zurück. »Handumdrehen hat nichts damit zu tun!«

»Sie hat mich Zwerg genannt«, wimmerte Reid. »Sie hat mich geküsst und will mich vernaschen, und sie nennt mich Zwerg. Ich glaube … ich glaube, ich fürchte mich wieder.«

»Keine Pillen mehr«, mahnte ihn Max.

»Natürlich nicht«, stimmte Grandma zu. »Dieser Mann ist so viril wie ein Kaktus. Er braucht keine Hilfsmittel, um seinen Mann zu stehen.«

»Ein Zwergkaktus!«, wiederholte Reid. »Vergiss es, Colt, ich lasse mich einfach fallen, vielleicht schlage ich mir den Kopf an und verliere das Gedächtnis.«

»Nein.« Ich schob Grandma sanft zur Seite und stieg die Leiter hinauf. »Ich komme und hol dich.«

»Okay.« Reid spähte von seinem Ast hinab. »Aber beeil dich, ich glaube, ich sehe Ameisen.«

»Ameisen sind grässlich«, bemerkte Max hilfreich.

»Ich reagiere allergisch auf sie«, mischte Jason sich ein. »Ich wollte so gern eine Ameisenfarm haben, als ich klein war.«

»Ich hatte eine.« Max' Stimme klang träumerisch. »Als ich zehn war. Ich hab die Farm ›Max' Ameisen-Oase‹ genannt. Was für eine tolle Zeit, wirklich eine tolle Zeit.«

»Wie schön, dass ihr zwei Freunde gewesen wärt«, fuhr ich sie an, als ich das obere Ende der Leiter erreichte. »Okay, Reid, du musst meine Hand nehmen und zu mir auf die Leiter kommen. Sie wird uns beide tragen, aber du darfst keine plötzlichen Bewegungen machen. Alles klar?«

Er nickte und streckte sich nach meinen Händen.

»Fast geschafft«, ermutigte ich ihn, als die Leiter sich bewegte. Himmel hilf, Grandma kam zu uns hoch. »Jason, Max, tut was!«

Max und Jason rannten auf die Leiter zu, während Grandma schneller kletterte. Super, das war wirklich nicht beste Zeit für sie, um wieder in Schwung zu kommen.

»Reid, beeil dich.« Ich streckte mich weiter, gerade als Reid meine Hand packte. Er krachte gegen mich, brachte die Leiter zum Schwanken. Sie knallte gegen den Baum, und der Ast bebte. Aber, hey, Reid war in Sicherheit, also was kümmerten uns da ein paar blaue Flecke?

»Das war knapp.« Reid blickte hinab und lachte nervös.

»Verdammt!«, schrie Jason am Fuß der Leiter. »Verdammt! Verdammt!«

»Schau!« Max deutete auf Jasons Hals. »Da hast du deine Ameisenfarm.«

»Sie beißen mich!« Jason kratzte sich am Hals und an den Armen, dann rannte er mit den Armen fuchtelnd los, hielt direkt auf den Pool zu. Immer noch schreiend, sprang er hinein.

»Allergisch auf Ameisen«, erinnerte uns Max. »Er kommt wieder in Ordnung, wir besorgen ihm eine Salbe. Also gut, kommt runter, ich halte die Leiter. Du auch, Grandma.«

»Ach, Mist.« Grandma kletterte hinab. »Ich wollte Reid retten.«

»Reid ist tot«, murmelte Reid und lehnte den Kopf an meine Stirn.

»Verflixt.« Grandma seufzte, als sie wieder festen Boden unter den Füßen hatte. »Wieder einer mit einem schwachen Herz. Ein schwaches Herz taugt nichts im Schlafzimmer. Bringt nur Probleme, wenn man das Kamasutra ausprobieren will.«

»Diese Worte werden mich den Rest meines Lebens verfolgen«, flüsterte Reid mit geschlossenen Augen. »Sie werden mich verfolgen.«

»Ich hatte so viele gute Ideen. Ich hab die Seiten markiert.« Grandma redete weiter, während Max sie von Reid wegführte, der sehr lebendig war, wenn auch nicht davon überzeugt, dass das was Gutes hatte.

Als wir den Boden erreichten, waren vorne beim Haus, recht weit von uns entfernt, weitere Gäste angekommen.

»Geh, mach dich fertig, Mann.« Reid löste sich von mir. »Ich schalte die Lichter ein, damit die Wirkung perfekt ist.«

»Ich hab so ein Gefühl, dass sie dich findet, wenn ich dich allein lasse.« Ich war hin und her gerissen zwischen dem Wunsch, mich fertig zu machen, und dem, die Tugend des armen Kerls zu beschützen.

»Ich komme schon klar.« Reid nickte mit feuchten Augen. »Ich mache das für dich, weißt du.«

Ich packte seinen Arm. »Und wenn sie dich findet …«

»Wenn ich sterbe …«, flüsterte er und schloss die Augen, »dann sterbe ich.«

»Tapfer.«

Mit einem nachdrücklichen Nicken umarmte er mich und ging in Richtung Steckdose davon.

Kapitel 40

Milo

»Das ist ein wirklich schönes Kleid.« Ich drehte mich vor dem Spiegel hin und her und konnte gar nicht anders als lächeln, da der herzförmige Ausschnitt meine Brüste größer aussehen ließ.

Das gesamte Oberteil war aus durchsichtiger weißer Spitze mit Ausnahme von ein paar Stoffstreifen auf der Vorderseite, wo meine Brüste zusammengedrückt wurden und mehr Volumen produzierten, als ich je zuvor in meinem Ausschnitt gesehen hatte. Das Kleid fiel bis zum Boden hinab und war auf einer Seite leicht gerafft, sodass es einen Blick auf mein Bein freigab. Es war ein Kleid, wie ich es mir ausgesucht hätte, wenn mir unbegrenzt Geld zur Verfügung gestanden hätte.

Es war auch ein Kleid, das eine Frau zu einer Hochzeit tragen würde – nicht zur Erneuerung eines Gelöbnisses. Mom sagte, es wäre etwas, das sie für die Hochzeit besorgt hatte, »nur für den Fall«. Auf der Rechnung stand das heutige Datum, was mich wunderte, aber ich würde etwas so Hübsches bestimmt nicht ablehnen. Ich würde es genießen.

»Du siehst wunderschön aus.« Jenna steckte noch mehr Haarklemmen in meinen tief sitzenden Knoten und zupfte ein paar Strähnen nach vorn, damit sie sanft mein Gesicht umrahmten. »Perfekt.« Sie schniefte.

»Weinst du?«

»Nein.« Sie schniefte wieder und schaute weg. »Mir ist nur Schminke ins Auge gelaufen.«

»Hör zu, Jenna.« Ich legte ihr eine Hand auf die Schulter. »Tut mir leid, dass …« Moment, ich hatte ihr nie wirklich irgendwas angetan, ich hatte diese ganzen gemeinen Dinge nur gedacht. »Tut mir leid, dass ich so unleidlich war. Das war nur, weil ich dich mit Colt gesehen habe und dachte …«

Okay, jetzt weinte sie aus vollem Hals. Ihre Schultern bebten, und sie schluchzte in ihre Hände.

»Äh, Jenna?«

»Er erkennt mich nicht mal!«

»Colton?«

»Jason!«, heulte sie. »Er erinnert sich nicht mal.«

»Erinnert sich … an dein Gesicht?« Ich tätschelte ihr den Rücken. »Oder ist irgendwas passiert?«

Sie errötete und blickte zu Boden.

»Jenna?«

»Er hat mit mir geschlafen.«

Oh, Mist. Ich öffnete den Mund, aber wirklich, mir fiel nichts ein, was ihre Tränen stoppen oder sie dazu bringen könnte, meinem Idioten von Bruder zu verzeihen. Allerdings, wenn ich so darüber nachdachte … »Ich könnte ihm ein zweites blaues Auge verpassen, wenn du möchtest.«

Jenna lachte. »Na ja, das hätte er verdient.«

»Bist du sicher, dass er sich nicht erinnert? Ich meine, ich weiß, wir reden hier von demselben Jason, der die ganze achte Klasse über eine Spiderman-Lunchbox hatte, aber …«

»Meinst du nicht, er hätte was gesagt?« Jenna sah mich an,

die grünen Augen voller Tränen. »Ich meine, ist ja nicht so, als hätten wir uns nur geküsst.«

»Seid ihr betrunken gewesen?«, platzte ich heraus.

»Nein!« Sie biss sich auf die Unterlippe. »Na ja, gut, ich war es nicht, aber er mag schon ein bisschen … angetrunken gewesen sein.«

»Jenna, er ist ein Mann. Und er ist ein Idiot. Er ist ein Idiot und ein Mann.« Ich seufzte. »Du kannst nicht ernsthaft erwarten, dass er sich an etwas erinnert, wenn er betrunken war. Das ist, als würde man einen Hund im Park freilassen, ein Stück Fleisch verstecken und erwarten, dass der Hund zu einem zurückkommt, statt das Fleisch zu fressen. Er wird das Fleisch finden, er wird es fressen, dann wird er müde werden, einen Haufen machen und ein Schläfchen halten.«

Sie schüttelte den Kopf. »Was?«

»Vergiss es.« Meine Vergleiche funktionierten offenbar nur bei Max und Colt. Entweder das, oder ich hing zu viel mit Max ab.

Ah, ja. Es war der Max-Effekt, wenn es einem plötzlich so vorkam, als wäre es eine brillante Idee, ernsthafte Lebenslagen zu erklären, indem man Zitate aus »Findet Nemo« anbrachte und was von verdammten Hunden faselte. Blöder Max.

»Hör zu.« Ich nahm ihre Hände. »Würde es helfen, wenn ich mit ihm rede?«

»Nein!« Jenna riss die Augen vor Entsetzen weit auf. »Wag es ja nicht, auch nur ein Wort zu sagen. Schwör mir …«

»Es könnte helfen.«

Sie senkte die Lider. »Ist nicht böse gemeint, Milo, aber ich käme nie darauf, deinen Namen und Hilfe in derselben Geschichte zu nennen, geschweige denn im selben Absatz oder gar Satz. Du verstehst, was ich meine?«

»Ganz schön hart.«

»Das ist die Wahrheit manchmal.« Sie lächelte unter Tränen.

»Seid ihr Mädchen fertig?« Mom kam geschäftig zur Tür hinein, die Hände auf den Hüften und ein paar rote Flecken auf den Armen.

»Mom, was ist passiert?«

»Ameisen.« Sie sprach das Wort aus, als wäre es ein Schimpfwort. »Überall. Offensichtlich ist der ganze Baum infiziert.«

»Okay«, sagte ich langsam. »Aber wie sind sie auf dich gekommen?«

»Jason«, erwiderte sie immer noch ärgerlich. »Er hat sie in der Hose.«

Ich beugte mich zu Jenna und raunte ihr zu: »Wie ist das als Vergeltung?« Dann räusperte ich mich. »Seine Eier haben vermutlich die Größe von Wassermelonen, du musst so stolz auf ihn sein.«

»Dieses Kind ist eine wandelnde Katastrophe. Oh, und ich habe ihm Benadryl gegeben. Obwohl ich nicht gewusst habe, dass er so viel Alkohol getrunken hat. Aber Max ist absolut sicher, dass Jason noch atmet. So viel zu den guten Nachrichten.«

Ich hob eine Hand. »Max ist kein Arzt.«

»Nicht?«, fragte Mom. »Oh, nun, er schien so gut informiert über allergische Reaktionen.«

»Max hat sich mal den Kopf rasiert, ein Schweigegelübde abgelegt und allen erzählt, er wäre ein tibetanischer Mönch. Glaub mir, er kann jeden dazu bringen, alles zu glauben.«

Mom blickte zurück in den Flur, dann wieder zu mir. »Sollte ich mir Sorgen machen?«

»Hast du Colt dazu geholt? Du weißt schon, er ist Sanitäter.«

»Na ja, der hat Reid gerade vom Baum runter geholfen.« Mom warf die Hände in die Luft. »Was hätte ich denn tun sollen?«

»Vom Baum?«, wiederholte ich. »Warum war Reid wieder auf dem Baum?« War das nicht schon passiert?

»Und diese Frau«, fuhr Mom fort, »wird mich noch umbringen!«

»Moment.« Ich schüttelte den Kopf. »Ich hab gedacht, Jayne ist weg.«

»Deine Großmutter«, erklärte Mom kurz angebunden. »Entweder ist sie high von ihren Blutdrucktabletten, oder sie raucht halluzinogenes Zeug.«

»Mom.« Ich atmete aus. »Beruhige dich. Ist doch nicht so, als würde Grandma Hasch anbauen oder so was.« Ich lachte nervös und machte mir dann eine Notiz, Grandmas Keller zu kontrollieren – den Keller, in dem sie all ihre Zeit verbrachte, weil er, wie sie behauptete, klimatisiert war. Oh, Mist.

»Ich habe jetzt keine Zeit, mir darüber Gedanken zu machen.« Mom lächelte und ging um mich herum. »Du siehst wunderschön aus, und wir können nicht länger warten. Gehen wir.«

Sie packte mich am Arm und zog mich den Flur entlang. Mein Kleid raschelte, während ich mit ihr Schritt hielt. Wo war Dad überhaupt? Vielleicht am Ende des Gangs? Ich wusste nicht, wie so eine Zeremonie zur Erneuerung von Gelübden ablief, aber …

Meine Gedanken froren ein.

Lichter. Hunderte von Lichtern funkelten in der riesigen Eiche. Sie sahen aus wie Glühwürmchen.

Und der Gang zum Altar? Der lange, weiße Teppich war gesäumt von Laternen, und am Ende standen Max und Colt.

Moment! Max und Colt?

Colt strahlte. Neben ihm erhoben sich Säulen, um die Lichterketten geschlungen waren, und darum wiederum war Tüll gehüllt, und das Ganze wirkte wie ein Baldachin unter dem Baum. Es sah aus wie ein Märchenschloss.

Die Musik setzte ein.

Ich blickte nach links.

Mit einem Zwinkern nahm Dad meinen Arm und flüsterte: »Du siehst wunderschön aus. Ich bin so stolz, dich in die Ehe zu geben.«

Ich öffnete den Mund – doch der Hochzeitsmarsch begann. Zum ersten Mal in meinem Leben wollte ich keine Antworten.

Ich wollte einfach nur diesen Gang hinabgehen.

Zu Colton.

Wenn das hier ein Traum war … dann wollte ich nie wieder aufwachen.

Und wenn es real war … dann würde ich es genießen. Denn der kleine Junge, der all meine Drachen getötet hatte, als ich klein war, war zum Mann geworden.

Und ich liebte ihn.

Kapitel 41

Colton

In all den Jahren, in denen ich Drachentöter mit ihr gespielt hatte, in all diesen gestohlenen Augenblicken, in denen ich so getan hatte, als wäre ich verletzt, und mich auf den Boden geworfen hatte, während mein Holzschwert klappernd die Treppe hinunterfiel – hatte ich mich insgeheim immer gefragt, wie es wohl wäre, von der holden Maid geküsst zu werden.

Von ihr gerettet zu werden.

Schon komisch: Als kleiner Junge hatte ich immer gedacht, es wäre mein Job – meine Verpflichtung – mich in jede Gefahr zu stürzen, zu beweisen, dass ich mutig und stark genug war, sie zu meistern, und dann meine Belohnung zu bekommen.

Aber jetzt, als ich beobachtete, wie Milo aus dem Haus trat und mit ihrem Vater auf mich zukam, wurde alles so lächerlich klar, dass ich nicht anders konnte, als kurz zu lachen und dann meiner Braut zuzulächeln.

Nur weil wir aufgehört hatten, miteinander zu spielen, als wir Kinder waren, bedeutete das nicht, dass ich meinen Job als ihr Beschützer aufgegeben hatte.

Einmal, als ihr Date sie hatte sitzen lassen, bei ihrem ersten Tanz, war ich die ganze Nacht lang bei ihr geblieben.

Der Vorfall, bei dem sie ihr Auto geschrottet hatte und ich ihr geholfen hatte, alles zu reparieren, bevor ihre Eltern etwas davon mitbekamen.

Der Sommer, in dem sie fast ertrunken war und ich ihr eine Mund-zu-Mund-Beatmung gegeben hatte, nur um später zu merken – nachdem ich mich wieder beruhigt hatte –, dass ich das Gefühl ihrer Lippen auf meinen liebte.

Ihr ganzes Leben lang … war ich da gewesen. Klar, ich hatte mein Schwert und meinen Umhang an den Nagel gehängt. Sie hatte ihren Prinzessinenhut weggelegt.

Aber unsere Beziehung hatte sich nie verändert. Die Dynamik unserer Freundschaft hatte langsam das geformt, was wir als Paar sein würden.

Eine Partnerschaft, in der ich mir vorstellte, sie zu retten – wobei tatsächlich sie mich rettete.

Einfach nur, weil sie lächelte.

Weil sie atmete.

Weil sie mir vertraute.

Weil sie mich zurückküsste.

Sie gehörte ebenso zu mir, wie ich zu ihr gehörte.

Die Musik verklang, als Milo vor mir zum Stehen kam – mit Tränen in den Augen, was sie nur noch schöner aussehen ließ.

»Du hast das alles gemacht?«, flüsterte sie.

Ich nickte und nahm ihre Hände. »Ich hatte Hilfe.«

»Aber …« Sie schmiegte sich in meine Arme und streckte sich. Der Stoff ihres Kleides glitt an meinem Anzug entlang, und sie flüsterte mir zu: »Bist du sicher?«

Ich lachte leise und lehnte mich ein wenig zurück, hob ihr Kinn, so wie ich es schon immer gemacht hatte, wenn ich ihr etwas sehr Wichtiges sagen wollte und sie besser aufmerksam zuhörte.

»Das Gesicht deines Bruders ist übersät mit Ameisenbissen, Reid ist fast vom Baum gefallen, Max wollte Grandma unter Drogen setzen, und wir mussten ihr schließlich was ins Getränk mischen, um sie ruhigzustellen. Ich würde all das nicht auf mich nehmen, wenn ich mir nicht sicher wäre, dass ich für den Rest meines Lebens zu dieser Familie gehören will – wenn ich mir nicht sicher wäre, dass ich auf ewig dein Ehemann sein will.«

Ihr scharfes Einatmen ließ mich fast auf die Knie gehen, während die Tränen, die sie bislang zurückgehalten hatte, über ihr Gesicht strömten.

Mit einem leisen Aufschrei schlang sie die Arme um meinen Nacken. »Du.«

»Ich was?« Ich war zu glücklich, um mir etwas daraus zu machen, dass uns alle anstarrten – mit offen stehenden Mündern.

»Du bist es immer gewesen.«

Ich stellte sie wieder auf den Boden. »Bedeutet das, du kannst die Poster in deinem alten Schlafzimmer abnehmen und sie mit Bildern von mir ersetzen?«

»Dummkopf.« Sie verdrehte die Augen. »Dein Name steht in unsichtbarer Tinte hinter jedem Poster. Ich musste irgendwas unternehmen für den Fall, dass du in mein Zimmer kommen und mein Geheimnis entdecken würdest.«

»Hmpf, Geheimnis«, hüstelte Max neben Colt.

Als würde sie gerade erst realisieren, dass wir Publikum hatten, hakte Milo sich bei mir unter und räusperte sich. »Wir sind bereit.«

»Liebe …«

Grandma stand auf. »Ich habe etwas zu sagen.«

Jason zog sie schnell wieder auf ihren Stuhl und hob den Daumen in meine Richtung. Schon witzig, dieser Daumen war momentan sein einziger funktionierender Körperteil.

»Wer ist das?«, wisperte Milo.

»Deine Grandma.«

»Nein, der Typ neben ihr … Teufel auch!«

Der Pastor räusperte sich.

»Ist das Jason?«

»Liebe Gemeinde«, sagte der Pastor etwas lauter.

»Sollte er nicht im Krankenhaus sein?«, flüsterte Milo.

»Hinterher.« Ich grinste und küsste ihre Hand. »Wir bringen ihn gleich im Anschluss hin.«

»Wenn er dann noch lebt«, fügte Max hilfreich hinzu.

Ich sah ihn mit Mordlust in den Augen an. Er zuckte nur mit den Schultern und deutete auf den Pastor. »Machen Sie weiter. Ich glaube, Sie hatten gerade gesagt: ›Liebe Gemeinde‹.«

Der Pastor lächelte angestrengt. »Liebe …«

»Du kranker Hurenbock!«, schrie eine Frau hinter uns.

»Oh, gütiger Gott«, rief ich entnervt.

Der Pastor erbleichte.

Ich drehte mich langsam um, während Jayne den Gang entlangkam.

»Jason, du …«

Sie hielt inne und sah mich an, dann Milo, dann blickte sie sich im Publikum um. Ihr verwirrter Blick wurde plötzlich zu einem beschämten, als ihr klar wurde, dass sie nicht die Hochzeit ihres Ex-Verlobten unterbrach, sondern meine.

»Jayne!«, rief Max. »Da bist du ja. Wir haben uns solche Sorgen gemacht.«

Oh-oh.

»Habt ihr?« Sie klang zweifelnd.

»Ja!« Warum schrie Max? »Als du nach deinem Spaziergang nicht zurückgekommen bist, haben wir gedacht, du wärst erledigt! Aber hier bist du!« Er legte eine Hand auf sein Herz. »Ich hatte schon befürchtet, ich hätte dich mit meiner Aufrichtigkeit erschreckt …«

»Weiß er überhaupt, was das Wort bedeutet?«, flüsterte Milo.

»... als ich um deine Hand gebeten habe, du liebste, wunderbare Frau meines Herzens!«

Ich schnaubte. »Das ist wie eine schlechte Theateraufführung.«

»Meine Hand?«

Max ging langsam den Gang hinunter. »Deine lieblichen, lieblichen, kleinen femininen Hände. Dieselben Hände, die mich letzte Nacht liebkost haben, als ich so verstört war.«

»Bilde ich mir das nur ein, oder hat er plötzlich einen britischen Akzent?«, wisperte Milo.

»Klingt australisch.«

»Nein«, zischte Milo, »er klingt betrunken.«

»Du liebst meine Hände?« Jayne strahlte.

»Alle beide.« Max nickte. »Alle zehn Finger. Alle zehn Zehen.«

Milo stupste mich an. »Wo kam das mit den Zehen her?«

Max packte Jayne und seufzte, als er ihren Kopf an seine Brust riss und ihn tätschelte. »Sogar deine Ellbogen.«

Jayne schniefte. »Ich bin wegen denen immer so unsicher gewesen.«

»Schhh.« Max legte ihr die Finger auf die Lippen und rief aus: »Diese Ellbogen haben mich zum ersten Mal etwas empfinden lassen! Sie haben mich lieben lassen!« Er wurde noch lauter und wandte sich an alle Versammelten: »Ich würde sie nur wegen dieser verdammten Ellbogen heiraten! Ich würde sie heiraten und Kinder mit ihr zeugen! Und ich ...«

»Max«, zischte ich.

»Schon klar.« Er wandte sich an Jayne. »Wollen wir uns setzen, während sie mit der Zeremonie weitermachen?«

Sie nickte gerührt und legte den Kopf an Max' Schulter, während sie sich in der hinteren Reihe einen Platz suchten. Mir entgingen jedoch nicht die versteckten Wolfsbewegungen, die Max machte, bevor er sich mit einer Hand über den Hals fuhr und dann die Zunge rausstreckte, als wäre er gestorben.

Ja, er hatte sich wieder fürs Team geopfert.

»Liebe Gemeinde!« Der Pastor schrie jetzt fast. Er hielt inne, seufzte und fuhr dann fort: »Wir haben uns hier versammelt …«

Kapitel 42

Milo

Die Lippen des Pastors bewegten sich, Laute kamen aus seinem Mund, aber meine ganze Aufmerksamkeit galt allein Colton.

Das hier konnte nicht real sein, oder?

Aber ich fühlte seine Hände in meinen, ich konnte ihn förmlich schmecken, so nah standen wir beisammen, und von Zeit zu Zeit ließ er meine Hände los, um mein Gesicht zu berühren.

»Milo?«, fragte der Pastor.

Atemlos schüttelte ich den Kopf und fragte: »Ja?«

»Nimmst du diesen Mann zu deinem dir rechtmäßig angetrauten Ehemann?«

Colton drückte meine Hände noch fester.

Mein Blick fiel auf sein Gesicht, während sein Lächeln langsam schwand, seine Augen sich vor Furcht weiteten. Ha! Geschah ihm nur recht. Ich war durch die Hölle gegangen. Die Hölle, sage ich!

»Na ja.« Ich räusperte mich.

Colton beugte sich zu mir und flüsterte mir ins Ohr: »Nacktbaden, Wein, Mondlicht, Schwertkampf.«

Diese vier Worte besiegelten mein Schicksal.

»Ja.« Okay, das war vielleicht ein bisschen laut gewesen.

Der Pastor nickte. »Und du, Colton, nimmst du …«

»Ja«, sagte er laut und beugte sich dann zu mir hinab. »Ich werde sie im Pool nehmen, gegen die Wand gelehnt, im Bett, im Freien …« Seine Lippen strichen über mein Ohr, als er sich wieder aufrichtete. »Es wird mir ein absolutes Vergnügen sein.«

War es heiß hier draußen?

Ich blickte von Colton weg, musste wegschauen.

Natürlich fiel mein Blick auf die erste Reihe und meinen missgestalteten Bruder, der mit einer Hand in der Luft herumfuchtelte und unsichtbare Fliegen vertrieb. Der Ärmste, er würde jede Menge Medikamente brauchen, um diese allergische Reaktion zu überstehen. Durfte eine Nase so anschwellen? War das noch gesund?

»Und so erkläre ich euch«, der Pastor raunte »endlich« vor sich hin, »zu Mann und Frau. Sie dürfen die Braut jetzt küssen.«

Ich grinste.

Ich konnte nicht anders.

Na toll, unser Kuss vor versammelter Mannschaft würde einer von denen werden, bei denen nur Zähne beteiligt waren.

Als allerdings Colton eine Hand an meinen Kopf legte, als er mich an sich zog, hörte ich auf zu lächeln.

Nicht, weil ich nicht glücklich war.

Sondern, weil mein gesamter Fokus auf seine Lippen gerichtet war, und dann auf den zärtlichen Blick, mit dem er mich ansah – diesen Blick, von dem ich mein ganzes Leben lang gewollt hatte, dass er mich mit ihm bedachte.

Unsere Münder trafen sich.

Sie verschmolzen.

Ich wollte mich nie wieder von ihm lösen.

Doch Max begann zu husten. Ich wusste, dass es Max war, denn er war der Einzige, der mutig genug war, diesen Moment zu zerstören. Verdammt sollte er sein.

Notiz an mich: nachher Max umbringen.

Colton strich mit der Zunge über die Innenseiten meiner Lippen. Gütiger Gott, das würde ein lustiger Abend werden.

»Hust, Hure, hust«, keuchte Max heraus.

Wir lösten uns voneinander. Ich funkelte ihn vom Altar aus an.

Er formte ein Wort mit den Lippen. »Wolf.«

Und ja, schon war alles vergeben. Ich schuldete ihm was – sogar ziemlich viel.

Die Musik setzte ein, und Colton hob mich hoch.

Und da brach ich in Tränen aus – schon wieder.

»Star Wars?«, brachte ich zwischen den Wasserfluten heraus. »Du hast dich für Star-Wars-Musik entschieden?«

Colton grinste. »Warte, bis du siehst, was ich unter diesem Anzug habe.«

»Äh.« Ich lachte nervös. »Das ist, äh …«

»Teufel.« Colton stürmte den Gang zwischen den Sitzen entlang, als wäre ein Feuer hinter ihm ausgebrochen. »Wenn das deine Reaktion auf Nacktheit ist, haben wir noch einen langen Weg vor uns.«

»Solange der Weg gerade ist.« Ich spürte die Hitze auf meinen Wangen. »Nicht schmal oder, ähm, krumm.«

»Oh, du hast einen Sex-Witz gemacht.« Colt küsste mich auf die Stirn, meine sich sehr heiß anfühlende Stirn. »Ich bin so stolz.«

»Ich bin erwachsen.« Ich strahlte.

»Ja.« Hungrig musterte er das Oberteil meines Kleids. »Bist du. Jetzt lass uns zusehen, dass wir die Leute hier wegbekommen, damit wir feiern können, auf die richtige Art.«

»Oh.« Ich nickte. »Im Schlafzimmer?«

»Teufel, nein.« Er stellte mich ab und küsste mich auf die Wange. »Im Pool.«

»Im Pool?«, wiederholte ich.

Er zwinkerte mir zu. »Nackt.«

Kapitel 43

Colton

»Junge, ich weiß, du willst Torte, aber du musst ins Krankenhaus.« Ich versuchte, Jason zur Tür zu bugsieren, aber irgendwie hatte er übermenschliche Kräfte entwickelt und hielt sich am Türrahmen fest, durch den ich ihn schieben wollte. Keine Ahnung, wie er das einarmig fertigbrachte. Es war ein medizinisches Wunder. Nein, das nehme ich zurück, er war das medizinische Wunder. Ich meine, wie konnte er überhaupt was sehen?

»Nein!«, schrie Jason. »Ich bin durch die Hölle gegangen, und alles, was ich will, ist ein Stück der verdammten Torte! Dann kannst du mich ins Krankenhaus bringen, wo sie Nadeln in mich jagen und an mir rumfummeln werden und …«

»Mann.« Max kam kauend auf uns zu. »Du bist nicht E.T., sie werden sich nicht auf dich stürzen, als wärst du eine neue Spezies.«

»Arrrgh!« Jason riss sich von mir los und stürzte zur Torte.

»Hmm.« Max stopfte sich einen weiteren Bissen in den Mund. »Wenn ich so drüber nachdenke, dass er eigentlich tot sein müsste, werden sie ihn vielleicht doch mit Nadeln stechen.«

»Verwende nicht ›Jason‹ und ›stechen‹ im selben Satz.«

»Oder herumstochern.« Max nickte. »Viel Herumgestocher, und ein Doktor, der Sachen sagt wie: ›Okay, beugen Sie sich vor, und husten Sie.‹«

»Äh.« Ich kratzte mich am Kopf. »Ich bezweifle sehr, dass die Untersuchung so weit gehen wird.«

»Ameisen«, Max nickte, »sind wie Sand. Die kommen überall hin.«

»Und ich hätte gut ohne dieses Bild in meinem Kopf weiterleben können, danke.« Ich schlug ihm auf den Rücken.

Er verputzte den Rest seines Tortenstücks und reichte mir einen Teller. Gerade als ich einen Bissen nahm, sagte er: »Also, bereit für Sex?«

Ich erstickte fast und hustete.

Krümel spritzten überallhin.

Ich zog die Blicke einiger Familienmitglieder auf mich und erntete ein komplett unangebrachtes Zwinkern von Milos Großmutter.

»Schon okay«, fuhr Max fort. »Ich wäre auch nervös.«

»Ich bin nicht nervös.« Meine blöde Gabel zitterte, als ich ein weiteres Stück aufspießte und noch einen Bissen nahm – damit ich nicht ohnmächtig wurde.

»Natürlich bist du das.« Max zuckte mit den Schultern. »Ich meine, warum solltest du das auch nicht sein? Du bist ihr Erster. Was, wenn du total versagst?«

Wieder erstickte ich fast.

»Denk nur mal drüber nach …«

»Ich würde da lieber nicht drüber nachdenken.«

»Das ist kein gutes Zeichen, du musst einen Plan haben.« Max stupste mich an und bedeutete mir, ihm in die Küche zu folgen.

Er schnappte sich Papier und Stift und beugte sich vor.

»Also.« Er zeichnete zwei Strichmännchen.

»Ähm.« Ich lachte nervös und blickte mich um. »Wenn du

mir zeigen willst, wie Babys gemacht werden, lass es einfach. Bitte. Ich bin keine Jungfrau.«

»Aha!« Max schwenkte den Stift in der Luft. »Aber sie. Daher: Diagramm. Schau zu.« Er kritzelte Xe und Os aufs Papier und dann Pfeile, die in verschiedene Richtungen wiesen. Um ehrlich zu sein, es sah einem Plan für ein Footballspiel verdammt ähnlich.

»Also, du fängst hier an.« Er zog einen Kreis um ihren Kopf.

»Ich köpfe sie? Guter Plan, Max. Super.«

»Äh, nein.« Max verdrehte die Augen, als wäre ich derjenige, der den Verstand verloren hatte. »Du küsst sie, du musst langsam anfangen, damit du ihr keine Angst machst, dann gehst du langsam, und ich meine langsam, weiter Richtung Süden.« Er malte einen Pfeil, der nach unten zeigte.

»Max …«

»Wenn du diese Region erreicht hast.« Er umkreiste den, tja, den Strichmännchenkörper eines der Strichmännchen. »Da musst du ganz sicher gehen, dass du sie nicht unter Druck setzt. Ich denke, das …«

»Was treibt ihr Jungs da?«, fragte Milo hinter mir.

Vor Schreck tat ich das Einzige, was mir gerade in den Sinn kam. Ich warf Max mein Tortenstück ins Gesicht und lachte. »Du hast verloren!«

»Was für ein Spiel habt ihr gespielt?«, fragte Milo, die ebenfalls lachte.

»Ja«, sagte Max, während Teile des Tortenstücks von seinem Gesicht fielen und einen Streifen weiße Creme auf seiner Wange zurückließen. »Die Neugier bringt mich um.«

»Tic Tac Toe. Ich habe gewonnen.«

»Und deswegen hast du ihn mit Torte beworfen?« Milo wischte sie ihm aus dem Gesicht, während er mich wütend anstarrte.

»Tja, nun.« Ich schniefte. »Er hat immer wieder gesagt, ich würde die Regeln des Spiels nicht kennen, aber ich kenne sie.

Wie die Rückseite meiner verdammten Hand. Ich weiß ganz genau, wo die Xe hingehören, wo die Os hinmüssen. Teufel, man nennt mich Mr Tic Tac Toe.«

»Lügen«, spie Max. »Deine Os werden sich überallhin verirren. Und zwar nur, weil du den Xen nicht genug Aufmerksamkeit schenkst.«

»Du und deine bescheuerten Xe.« Ich hielt ihm einen Zeigefinger drohend vors Gesicht. »Ich werde es ein für alle Mal beweisen!«

»Ach ja? Wie?«, rief Max.

»Wir spielen! Jetzt! Hier!«

Dann wurde mir klar, was ich gesagt hatte.

Max lief rot an. »Junge, ich spiele … dieses Spiel nicht.«

Milo, die vermutlich nur helfen wollte, sagte: »Ist schon in Ordnung, Jungs. Ich meine, wenn ihr eine Schiedsrichterin braucht, kann ich mich gern hersetzen und zuschauen.«

»Nein!«, schrien wir einstimmig.

Max errötete. »Das ist nicht zum … Zuschauen.«

»Denn das wäre …«, ich musterte die Decke, »gegen die, äh … falsch.«

Milo blickte zwischen uns hin und her. »Ihr Jungs nehmt dieses Spiel entschieden zu ernst.«

Max grinste Milo selbstgefällig an. »Wie es eben nur die Besten tun, meine Liebe.«

»Hände weg«, erklärte ich und schob ihn zur Seite. »Komm mit, Milo, Zeit zum Spielen.«

»Oooh!« Sie hüpfte aufgeregt auf und ab. »Machen wir Armdrücken oder irgendein Brettspiel oder was?«

»Sicher.« Ich grinste. »Oder was. Wir sehen uns später, Max.«

»Denk an das Diagramm!«, rief er mir hinterher.

Kapitel 44

Milo

Ich kämpfte darum, mit Coltons lächerlich schnellem Tempo Schritt zu halten. »Äh, hey, Psycho, wo gehen wir hin? Da sind noch Gäste, die …«

Seine Lippen pressten sich auf meine. Gäste, was für Gäste? Zunge … War das seine? Ich stöhnte, als er mich in die Arme zog. Sein Mund war heiß und drängend.

»Vergiss die Gäste, du kommst mit mir.«

Hätte er mich nicht gehalten, wäre ich geschwankt. »Und wo genau gehen wir hin? Verstecken wir uns in Max' Auto?«

Er hielt inne, als hätte diese Idee was, dann schüttelte er den Kopf. »Blödes Diagramm.«

»Für Tic Tac Toe?« Ich packte seine Hand. »Colt, wenn du so mies darin bist, kann ich dir helfen.«

Er stöhnte.

»Nein, echt!«

Er stöhnte noch mehr und fluchte.

»Ich hab alles dazu gegoogelt, als ich es das letzte Mal gespielt habe. Ich kenne alle Tricks!«

»Bitte, sag das nicht.« Er biss sich heftig auf die Lippe, und unter seinem heißen, lustvollen Blick wäre ich fast ohnmächtig geworden. »Gehen wir.«

Und schon waren wir wieder dabei, durch die Gärten der Nachbarhäuser zu rennen.

Bis wir an seinem Haus ankamen.

»Colt.« Die Pool-Abdeckung war weg. Erinnerungen an diese andere Nacht quälten mich, ich wollte kehrtmachen und weglaufen. Jasons Schwester, Jasons Schwester. »Was machen wir hier?« Wollte er mich wieder abweisen? Bedauerte er, dass wir die ganze Zeremonie vor all den Leuten durchgezogen hatten? Heilige Scheiße! Ich würde nicht mal drei Stunden verheiratet gewesen sein.

Ich musste mich setzen.

»Milo.« Colton zerrte an seinem Schlips, dann an seinem Jackett. Klamotten flatterten hastig zu Boden. »Wir gehen schwimmen.«

»Jetzt?«, zischte ich. »Colt, da sind gut und gerne hundert Leute in unserem Haus, Jasons Überleben steht auf der Kippe, wenn er sein Auge zumacht, Reid hat schon gefragt, wie hoch unser Dach ist, für den Fall, dass er springen muss, und Max hat meiner Mom erzählt, er sei früher ein Gigolo gewesen. Ich glaube, wir haben genug Stress in unserem Leben ohne …«

O gütiger Gott.

Seine Boxershorts fielen zu Boden.

Ganz und gar.

Zu.

Boden.

Gott segne die USA.

Würde es die Stimmung zerstören, wenn ich mich hinstellte und den Fahneneid schwor? Denn ich war plötzlich unglaublich dankbar für diesen Mann aus New York.

Und er war ein ganzer Mann.

Kein Scherz, wenn sein Name ein Eintrag im Wörterbuch wäre, stünde gleich daneben: heißer Körper.

Schluss damit.

Keine Worte mehr. In so einer Situation töteten Worte nur die Stimmung. Ich könnte zum Beispiel darüber schwärmen, wie das Mondlicht auf seiner nackten, gebräunten Brust schimmerte. Verflixt, ich könnte sogar sagen, seine Bauchmuskeln waren so ausgeformt, dass ich fürchtete, er könnte sich einen Muskel zerren, wenn er nur tief atmete. Allerdings – wenn er sich einen Muskel zerrte, wäre ich die einzige Person, die nah genug war, um zu helfen.

Wir würden Krankenschwester und Soldat spielen.

Ich würde ihn fragen, wo es wehtut.

Er würde auf Bauchmuskel Nummer zwei oder vielleicht drei deuten. Mir gefallen die tiefer liegenden Bauchmuskeln … Dann würde ich sanft über die Haut streichen und ermutigende Worte flüstern, wie: »Keine Sorge, du wirst überleben. Ich kenne mich mit Wiederbelebung aus.«

Weil, äh … man konnte nie vorsichtig genug sein, wenn jemand … äh, seinen Körper überbelastete, und im Erste-Hilfe-Training hatte ich gelernt, dass man immer, immer sicherstellen sollte, dass die Person atmete.

Indem man eine Mund-zu-Mund-Überprüfung durchführte.

Ich schwöre, so stand es im Buch.

Vermutlich, weil ich es hineingeschrieben hatte, aber …

»Milo.« Coltons seidige Stimme durchbrach meine Fantasie von unserem Krankenschwester-Soldat-Spiel. Keine Ahnung, woher die Sache mit dem Soldaten kam. Vielleicht, weil ich drauf und dran war, den Fahneneid aufzusagen. Irgendwas war ernsthaft mit mir nicht in Ordnung.

Er war Feuerwehrmann.

Was schon irgendwie so was wie Soldat war.

Weil er jeden Tag sein Leben riskierte.

Colton machte einen Schritt auf mich zu. Verdammt, jemand gebe dem Mann eine Tapferkeitsmedaille! Ich hoffte, er bedauerte nicht, mit mir verheiratet zu sein.

Denn ich würde es an seiner Stelle bedauern. Ich meine, ich bin unbeholfen, die Sandkastenfreundin und habe ganz offensichtlich einen ausgeprägten Hang zu Gewalttätigkeit.

»Milo.« Mein Name klang wie eine Liebkosung. »Zieh dich aus.«

»Ähm.« Ich zupfte an meinem sehr schönen, sehr teuren Kleid und zuckte mit den Schultern. »Es ist ziemlich frisch, ich bin schon ganz … steif.« Verdammter Mist! Jemand erschieße mich umgehend! Ich hatte steif gesagt. Wieso konnte ich nicht verspannt sagen wie jeder normale Mensch? Nein, ich musste steif sagen!

Colton grinste und musterte das Oberteil meines Kleids. »Das kann ich sehen.«

»Hör mit dem Starren auf.« Ich lachte nervös.

»Warum?« Er zog mich in seine Arme. »Ich kann starren, so viel ich will. Du gehörst mir, weißt du noch?«

»Klar.« Ich nickte. »Ich erinnere mich auch daran, dass ich dir gesagt habe, ich stehe nicht auf dieses ganze Alpha-Ding.«

»Zu blöd für dich.« Er zuckte die Achseln, dann warf er mich über eine Schulter und sprang in den Pool.

Ich wünschte mir, ich wäre eines dieser Mädchen.

Eins von denen, die wirklich hübsche Tränen weinen und deren Schreie nicht so klingen wie die einer Hyäne, die gerade ein Junges zur Welt bringt. Aber so ein Mädchen bin ich nicht. Ich werde es nie sein.

Der Schrei, der aus meinem Mund kam, lockte vermutlich Tauben heim. In der Ferne begannen Hunde zu bellen.

Bestimmt sah ich wie ein Waschbär aus.

Aber Colton ließ sich weder von meinem Schrei ablenken

noch von der Tatsache, dass mir die Schminke übers Gesicht lief.

Nein. Sein Blick hing an meinem Körper.

»Colt …«

Er ignorierte mich und tauchte unter.

Dann spürte ich seine Hände an meinen bloßen Beinen, sie wanderten höher, und dann noch höher. Ich wäre glücklich ertrunken, wenn dies der Vorbote des Todes war. Kein Scherz. Seine Finger glitten über meine Schenkel und dann, mit der verdammten Langsamkeit einer Schildkröte, zog er meinen Spitzentanga hinunter.

Mit.

Seinen.

Zähnen.

Ich schwöre Treue auf die Fahne der …

Colt tauchte auf, ein selbstgefälliges Grinsen im Gesicht, meine Unterwäsche zwischen den Zähnen.

»Süß.«

Er warf die Unterhose an den Rand des Pools und hielt drei Finger hoch. »Eins, zwei …«

»Warum zählst du?«

»Wenn du dein Kleid nicht in drei Sekunden selbst ausziehst, werde ich es für dich tun.« Er grinste. »Diese kleine Show von eben wird noch viel heißer werden. Also, entweder du schälst deinen straffen, kleinen Körper aus diesem Kleid, oder ich mach es. Und ich tue mich wirklich schwer mit Reißverschlüssen. Wer weiß also, wie lange ich brauchen werde, um ihn ganz zu öffnen, ganz zu schweigen davon, dass ich ganz verrückt bin nach sanft geschwungenen Frauenrücken und …«

»Stopp!« Ich lachte. »Junge, bist du herrisch.«

Colts Augen verdunkelten sich. »Du hast ja keine Ahnung.«

Das Kleid musste weg. Am besten gestern.

Seine Augen verschlangen mich förmlich, aber ich konnte

mich nicht mal mehr erinnern, wie ich in das verdammte Ding hineingekommen war! Reißverschluss? Knöpfe? Musste ich es mir über den Kopf ausziehen? Mist!

Colton packte mich an den Schultern und drehte mich um. »Du bist sexy, wenn du angeturnt bist.«

»Bin ich gar nicht«, log ich.

»Sexy?« Seine Hände fanden den Reißverschluss. Ha! Hatte ich doch gewusst, dass es ein Reißverschluss war. Ein Punkt für Milo.

»E-Erregt.« Himmel. Ich konnte nicht mal das Wort aussprechen.

»Nicht?« Der Reißverschluss bewegte sich sehr, sehr langsam nach unten, aber was noch schlimmer war, waren seine Hände, die meinen Rücken berührten, ganz sanft. Es war wirklich dämlich, dass eine simple Berührung mich dahinschmelzen ließ.

Aber so war es.

Ganz offenbar hatte er magische Finger.

Der Reißverschluss stoppte.

Seine Hände bewegten sich weiter.

Und dann zog er etwas fester.

Ähm …

Und noch fester.

»Colt …«

»Es hängt fest.«

»Nicht unbedingt die Worte, die ich gewählt hätte«, sagte ich. »Aber okay, was ist los?«

»Das verdammte Kleid!«, rief Colton. »Es will nicht weiter runter gehen. Messer. Ich brauche ein Messer.«

»Du wirst mich nicht im Pool aufschneiden!« Ich versuchte, ihm zu entkommen, aber er packte mich mit diesen magischen Fingern und übermenschlichen Kräften und hielt mich an sich gedrückt.

»Ich mache es ganz schnell.« Er lachte.

»Colt!«

»Wirklich«, versprach er. »Wie bei einem Pflaster.«

Ich sank in seinen Armen zusammen. »Ich hasse dich.«

»Tust du nicht.« Er fasste wieder nach meinem Kleid. »Eins werde ich noch versuchen.«

Ein lautes Reißen ertönte.

Und dann trieb das Kleid neben mir im Wasser. Ich war so geschockt, dass ich nur mit offenem Mund starren konnte, während Colton das Kleid von mir wegzog und auf den Rand des Pools warf, ein Ausdruck totaler Befriedigung auf dem Gesicht.

»Hast du gerade mein Kleid zerrissen?«

»Ich fühle mich, als könnte ich Bäume ausreißen.«

»Hä?« Zitternd schwamm ich zu ihm.

»Oder eine Ente schießen.«

»Du tötest die Stimmung.«

»Rülpsen.« Er nickte und zwinkerte mir zu. »Das, Milo, war pure, männliche Großartigkeit. Ganz im Ernst, wenn wir in der Steinzeit feststecken würden – ich wäre der Kerl, der das Rad erfindet und so.«

»Colton!«

»Ja, Baby?« Er grinste breit.

»Meinst du, wir könnten, ähm …« Ich zuckte mit den Schultern, und mein Gesicht brannte, nahm vermutlich gerade eine hübsche Schattierung von Puterrot an. Ich presste die Lippen zusammen.

»Was?«

»Du weißt schon?«

»Nein.«

»Colt …«

»Milo, sprich es aus. In der Ehe geht es um Kommunikation und darum, sich dem anderen zu öffnen, darum, wie ich die Bedürfnisse meiner Frau erfüllen kann, wenn sie nicht …«

»O Gott, hab einfach Sex mit mir!«, rief ich laut.

Meine Stimme hallte durch die Nacht.

Großartig. Da würde bestimmt irgendein Fünfjähriger, der gerade mit seinen Freunden im Garten zeltete, morgen früh seinen Eltern gewisse Fragen stellen.

»Komm her.« Colton streckte sich nach mir, aber ich schwamm davon.

»Nein.« Ich schwamm weiter auf das tiefe Ende zu. »Du hast den Moment verdorben und mich dazu gebracht, meinen eigenen Mann um Sex zu bitten!«

»Letztes Jahr hast du die Buchstaben für Sex noch in die Luft gemalt, statt das Wort auszusprechen. Also ist es ein Fortschritt, wenn du es tatsächlich über die Lippen bringst … Ich meine, komm schon, Süße, wenn du es nicht mal sagen kannst, solltest du auch nicht daran beteiligt sein.«

»Das hilft meiner Stimmung ganz und gar nicht!« Ich schwamm weiter von ihm weg.

Ich machte es wie Nemo.

Einfach schwimmen, einfach schwimmen, einfach schwimmen, schwimmen, schwimmen, was machen wir, wir … »Mist!« Seine Hände umfassten meine Hüften.

»Erwischt.« Coltons Lippen berührten mich am Ohr. »Und ich werde keinen Sex mit dir haben … Ich werde Liebe mit dir machen, ich werde dich necken, reizen, werde dich zum Schreien bringen, dich kosten, liebkosen, all das werde ich tun.« Er griff mich fester und zog mich an sich. »Und nichts und niemand wird mich von dir fernhalten.«

Ich schmiegte mich in seine Umarmung, und er strich von meinen Schultern bis hinab zu meiner Taille, packte mich und drehte mich herum und küsste mich fest auf den Mund.

»Ich liebe dich.« Wieder fand er meine Lippen. Er schmeckte nach Minze. »Für dich würde ich sogar zu einer verdammten Star-Wars-Convention gehen.« Er umspielte mit seiner Zunge meine, dann zog er sich zurück. »Ich würde unser erstes Kind Luke nennen.« Er hob mich hoch und drückte mich an sich, dann nahm er langsam meine Beine und schlang sie sich um die Mitte, zog unsere Körper immer näher aneinander.

Mit einem Keuchen wich ich zurück, doch sein Mund duldete keinen Rückzug, mir blieb keine Zeit, das normale Milo-Ding durchzuziehen. Das, bei dem ich jede Empfindung in ihre Einzelteile zerlegte und Diagramme über meine Gefühle zeichnete und mich ganz allgemein wie eine Irre aufführte. Ich konnte mich allein auf die Funken konzentrieren – die Dinge, die er mich fühlen ließ, die, die ich noch nie zuvor gefühlt hatte.

»Milo.« Coltons Stimme war sanft, als er mich küsste, meinen Namen wiederholte, mich wieder küsste, dann an meinem Mund seufzte. »Konzentrier dich einfach auf mich, okay, Süße?«

Ich nickte.

Denn ich konnte nicht sprechen.

»Natürlich habe ich sie gesehen!«, schrie Max. »Ich bin kein Idiot – und meine Augen funktionieren beide noch, vielen Dank.«

Colt und ich erstarrten. Ich meine, wir erstarrten in unserer Umarmung. Vielleicht würden sie einfach an uns vorbeigehen, wenn wir ganz still hielten.

Na klar, sie würden zwei nackte Menschen im Pool übersehen.

Und das zerrissene Kleid am Rand.

Und die Unterwäsche.

»Oh, Tic Tac Ho.« Max lachte. »Veranstaltet ihr ein Mitternachtsschwimmen? Warum habt ihr nichts gesagt. Ich wäre so was von dabei gewesen.«

»Erregung futsch«, brachte Colton hervor und fluchte. »Komplett futsch.«

»Nicht die Art von Schwimmausflug, Max«, sagte ich nervös. Jason stand neben Max, was hieß, er konnte mich nackt sehen, in den Armen seines besten Freundes, den ich gerade geheiratet hatte. Um fair zu bleiben, wir waren nicht bei etwas

Verbotenem überrascht worden, aber trotzdem, er war mein Bruder. Ich glaube, er wäre glücklich, wenn ich den Rest meines Lebens lang Schokomilch trinken und das Wort Sex nicht mal denken würde.

»Hey, Jason«, sagte Colt nervös. »Können wir euch Jungs, äh, helfen?«

»Ist schon okay.« Max ließ sich auf eine der Liegen nieder. »Ihr beendet euer Schwimmen, wir warten.«

»Perversling«, sagte Colt.

Max zwinkerte ihm zu und schnipste mit den Fingern. »Oh, richtig, jetzt erinnere ich mich wieder. Deine Mom und dein Dad sind sauer, weil die Leute nach euch fragen, und ich habe es einfach nicht über mich gebracht, deiner Mom die ganze Tic-Tac-Toe-Sache vor deiner Großmutter zu erklären. Das Gehör dieser Frau ist ausgezeichnet. Außerdem hätte es sie nur auf Ideen für Reid gebracht.«

Ich stellte mich hinter Colt, damit niemand mich mehr nackt sehen konnte, und fragte schüchtern: »Alles in Ordnung mit Reid?«

»Aber klar.« Max nickte. »Wir haben ihn in Grandmas Obhut gelassen.«

»Was?«, brüllte Jason. »Du hast gesagt, du kümmerst dich um ihn!«

»Hab ich doch!« Max riss die Arme hoch. »Ist ja nicht so, als hätte ich ihn völlig wehrlos zurückgelassen. Er hat Milos rosa Taser.«

»Oh.« Jason nickte. »Gute Idee.«

»Jungs!« Colt fluchte. »Gebt uns einen Augenblick, okay? Wir sind nackt, dreht euch um oder so, und wir kommen aus dem Pool und schleichen uns wieder ins Haus.«

Max wandte sich ab. »Nicht mein Fehler, dass du immer noch nackt bist, wenn du meinen Diagrammen mehr Aufmerksamkeit gewidmet hättest, wärst du längst in …«

»Max!«, schrie ich.

»Ich sag ja nur. Er wäre viel weiter gewesen. Verstehst du?« Er legte eine Hand über Jasons unverletztes Auge. »Alles klar, Leute, macht voran, schlüpft in eure Klamotten, ihr könnt später nach Herzenslust rumvögeln.«

»Ich bin nicht taub«, beschwerte Jason sich. »Man kann Gesagtes nicht ungehört machen.«

»Rumvögeln, rumvögeln, rumvögeln, rumvögeln, rumvögeln«, sang Max vor sich hin. »Wenn man es wieder und wieder sagt, dann ist es nicht so traumatisierend. Versuch's mal.«

»Teufel, Teufel, Teufel, Teufel, Teufel …« Jason schüttelte den Kopf. »Nein, ich fühl mich immer noch nicht besser.«

Mit einem Aufkeuchen knickte Max ein.

»Was ist passiert?«, fragte Colt, während er nach seinem Hemd griff und es mir überzog.

»Jason hat mich geschlagen«, stöhnte Max.

Kapitel 45

Colton

Ich erwog ernsthaft einen Mord.

Schon konnte ich meine Hände um Max' Hals spüren. Die Ratte. Der miese Sexverhinderer! Jason war inzwischen so gut wie blind, also hätte er niemals allein den Weg über die Straße gefunden, ganz zu schweigen von einem Weg durch die Nachbarsgärten, auf der Suche nach uns.

Armer Junge.

Max hingegen?

Ja, den würde ich mir nachher noch mal vorknöpfen.

»Colt, ich sehe furchtbar aus! Mom wird ausrasten!« Milo schloss den letzten Knopf des weißen Hemdes und stemmte die Hände in die Hüften, was das Hemd nach oben wandern ließ. Ja, mit dem Bild im Kopf konnte ich leben.

Bis Max es komplett zunichtemachte, hinter ihr herankam und einen lauten Pfiff ausstieß.

Der Kerl legte es drauf an, umgebracht zu werden.

»Hör auf hinzugucken«, fuhr ich ihn an.

»He.« Max hob die Hände in die Luft. »Ist da jemand miesepetrig? Du musst dringend mal durchgevögelt werden.«

Ich sprang auf ihn zu, aber Milo versperrte mir den Weg. Max grinste und warf mir einen Luftkuss zu.

»Mistkerl!« Ich kämpfte gegen meine Frau an. »Lass mich zu ihm!«

»Beschämend!«, rügte Max. »Du solltest dir deine Energie für später aufsparen. Meinst du nicht?«

»Ich müsste meine Energie nicht aufsparen, wenn du uns nicht bespannert hättest!«

»Das ist in diesem Fall nicht ganz das richtige Wort«, erklärte Max hochnäsig. »Himmel, ist ja nicht so, als hätte ich ein Fernglas dabei oder Milo mit einem Peilsender versehen.«

»Können wir diese Diskussion woanders führen?«, ließ Jason sich vernehmen. »Ihr zwei müsst zurück auf die Party, wir müssen Reid retten, und es ist möglich, dass ich Jenna komplett vergessen habe.«

»Technisch gesehen, ist Jenna Coltons Sache.« Max schenkte mir wieder eins seiner selbstgefälligen Grinsen. »So viele Frauen, so wenig Zeit, hab ich nicht recht, Mann? Klatsch ab.« Er hielt eine Hand hoch. Kurz dachte ich darüber nach, sie ihm zu brechen, dann verdrehte ich nur die Augen.

»Oh, zum Teufel.« Jason schüttelte den Kopf. »Ist das …« Er schluckte und ging langsam rückwärts.

»Was?« Ich blickte in die Richtung, in die er deutete, wo ein riesenhafter Waschbär schwerfällig über den Asphalt trottete.

»Wie hast du den überhaupt sehen können, Cyclops?«, flüsterte Max.

»Ich glaube, meine Mutation ist endlich abgeschlossen.« Jason wich weiter zurück. »Professor X wird sehr bald nach mir suchen, und ich werde an einen besseren Ort kommen, weit weg von bösartigen Menschen wie meiner Schwester, die Männern nur Schmerzen zufügt.«

»Nimm einen Schlag hin wie ein Mann.« Milo nahm meine

Hand. »Sei ein Mann, Jason.«

»Schh.« Max hob die Hände und bedeutete uns, leise zu sein. »Keine plötzlichen Bewegungen. Waschbären können Angst riechen.«

»Können sie nicht«, widersprach ich.

»Können sie wohl!« Max klang verzweifelt. »Das habe ich auf dem Naturdoku-Kanal gesehen.«

»Du hast dir eine Doku über Waschbären angesehen?«, fragte ich. »Freiwillig?«

»Ich mag Tiere nun mal«, erwiderte Max. »Verklag mich doch.«

»Jungs!« Milo packte meine Hand fester. »Wir können hier lang gehen, kommt schon.«

Wir bewegten uns langsam auf das andere Ende des Gartens zu und öffneten das Tor. Es quietschte.

»Keine Angst!«, schrie Max, als der Waschbär auf uns zuhielt. »Jeder ist sich selbst der Nächste!« Er rannte an Milo und mir vorbei.

Jason jagte ihm hinterher, aber da er Entfernungen nicht mehr richtig einschätzen konnte, rannte er gegen den Zaun statt durch das Tor. Ich packte ihn, kurz bevor er dem Waschbären in die Klauen fiel.

»Penner!«, schrie ich die pelzige Kreatur an. Sie wich zurück und wackelte davon.

»Verdammt, du bist der Eine!« Max klatschte. »Jahrzehntelang haben wir nach dir gesucht! Endlich, der Eine! Der Waschbären-Flüsterer.« Er verbeugte sich. »Ich bin unwürdig.«

»Halt die Klappe.« Ich schob Jason zu Max und packte Milo.

»Trägst du da ein Star-Wars-T-Shirt?«, fragte sie, als wir außerhalb der Hörweite von Jason und Max waren, die sich über Matrix-Film-Fakten stritten.

»Das bildest du dir bloß ein.« Ich räusperte mich und schaute weg.

»Du liebst mich.«

»Tue ich.«

»Du trägst ein Star-Wars-T-Shirt.«

Ich blieb stehen und zog sie in meine Arme. »Also hältst du mich jetzt für einen krassen Typen.«

»Du hast R2-D2 auf deinem Shirt.« Max schlug mir auf den Rücken. »Krasser Typ ist nicht unbedingt der Ausdruck, den ich benutzen würde …«

Ich wollte mich wieder auf ihn stürzen.

Milo schüttelte den Kopf und küsste mich sanft auf den Mund. »Lass es …« Mit einem schüchternen Lächeln stellte sie sich auf die Zehenspitzen und wisperte mir ins Ohr: »Dann kann ich es dir später vom Leib reißen. Du weißt schon, Gleiches mit Gleichem vergelten.«

»Teufel, ja.«

»Wenn du damit fertig bist, meine Schwester zu belästigen – ihr müsst zu einer Party zurück.«

»Oh, schaut!« Max deutete himmelwärts. »Seht ihr, ich hab euch doch gesagt, mit Reid wird alles gut.«

Ich blickte hoch. »Oh, Mist.«

»Nichts ist gut.« Milo stöhnte und bedeckte das Gesicht mit beiden Händen. »Er ist auf dem Dach!«

»Ich hab's doch gewusst, ich hätte ihn im Badezimmer einschließen sollen.« Max tippte sich aufs Kinn. »Oh, seht nur, Grandma ist bei ihm!«

»Er wird springen.« Jason zitterte und schlang seinen unverletzten Arm um sich. »Kann ich ihm nicht mal verdenken.«

»Reid!«, schrie Max. »Alles in Ordnung?«

Reid starrte nur stur geradeaus.

Ich konnte seine Augen nicht sehen, aber nahm an, in ihnen standen Furcht, Schreck und Entsetzen.

»Reid! Süßer! Das ist so hoch hier!« Grandma näherte sich ihm. Reid drehte sich von ihr weg und ging weiter auf den Rand zu.

»Bleib weg von dem Licht, Reid!«, rief Jason hinauf. »Das ist es nicht wert, lass sie einfach, lass sie – du weißt schon –, und dann wird alles vorbei sein.«

»Genau!«, sagte Max. »Wahrscheinlich schläft sie danach ein, und dann können wir uns alle betrinken, und bald wird uns das hier wie ein sehr, sehr schlechter Traum vorkommen.«

Reid ließ die Schultern sinken, als Grandma die Arme um ihn schlang und den Kopf an seinen Rücken lehnte. »Oh, du bist so groß und stark, du schlimmer Junge, spielst Katz und Maus mit mir. Dieses Kätzchen ist ganz aufgereizt und bereit zu spielen.«

»Ich glaube …« Ich schüttelte mich und versuchte, diese Bilder von Grandma aus dem Kopf zu bekommen. »Ich glaube, ich habe eben jede Fähigkeit verloren, sexuell zu funktionieren.«

Max seufzte und stieß mich mit dem Ellbogen an. »Hättest mein Diagramm benutzen sollen.«

»Nicht jetzt, Max!« Dieses Mal wollte Milo sich auf ihn stürzen.

»Oh, Reid, dreh diesen süßen Kopf herum, damit ich dir einen richtigen Kuss geben kann.«

Ich schwöre – dem armen Jungen liefen Tränen übers Gesicht. Ich war bereit, in eine Apotheke einzubrechen, um ihm Drogen zu besorgen.

Allerdings konnte man die Sorte Pillen, die hier gebraucht wurden, gar nicht kaufen.

Die Art, die einen vergessen ließ.

Es sei denn, er hatte Glück, und es gab Rohypnol.

Man konnte nur hoffen, oder in Reids Fall … beten.

Kapitel 46

Colton

Wir brauchten eine gute Viertelstunde, bis wir Reid davon überzeugt hatten, nicht zu springen – und ich vermute stark, selbst dann noch hätte er den Abflug gemacht, wenn wir nicht eingegriffen hätten.

Er und Grandma kehrten ins Haus zurück, während Milo und ich uns auf die Suche nach ein paar Klamotten machten.

Alles lief glatt, bis Max den Mund aufmachte.

»Ich bin so froh, dass wir Freunde sind«, flüsterte er, während wir alle über den Flur schlichen. Max und Jason schirmten uns ab, falls jemand auftauchte und Milo und mich in unserem derzeitig doch sehr aufgelösten Zustand sehen könnte.

Wir mussten es nur bis zu ihrem Schlafzimmer schaffen, damit sie sich umziehen konnte.

Nur wenige Meter.

Nur wenige Meter.

»Was?« Jason sah Max mit seinem guten Auge an. »Was meinst du damit?« Sie blieben stehen.

Max zuckte mit den Schultern. »Ich wollte schon immer einen Männerfreund haben. Ich habe nicht gerade viele, wegen meines umwerfend guten Aussehens und meiner rundum gewinnenden Persönlichkeit. Ich neige dazu, meine Geschlechtsgenossen zu verschrecken – dabei kann ich doch nichts dafür, wenn Frauen so auf mich abfahren, dass sie von mir ein Kind wollen. Vermutlich das markante Kinn oder der würzige Moschusgeruch.«

»Bitte, sag nicht Moschus.« Milo erschauderte.

»Könnten wir weitergehen?« Ernsthaft. Ein paar Meter.

Jason nickte, aber ich konnte nicht erkennen, ob er lächelte, denn sein Gesicht war immer noch etwas aufgequollen von dem Ameisenangriff. Mittlerweile sah er aus, als hätte er sich die Wangen mit Marshmallows ausgestopft und vergessen, sie wieder rauszunehmen. »Versteh schon, Mann.« Er fuhr sich mit der Zunge über die Lippen. »Versteh schon.«

Max nickte. »Ich weiß, Mann, ich weiß.«

»Du bist in Ordnung.« Jason streckte eine Hand aus.

»Brüder geben sich nicht die Hand …«

»Sie umarmen sich«, beendete Jason den Satz.

»Lieber Gott, rette mich vor Filmzitaten.« Ich seufzte, während die beiden sich umarmten.

Und brach dann in Panik aus, weil Milos Tante sich dem Flur näherte.

»Leute, beeilt euch …«

»Milo! Colton?« Sie legte eine Hand auf ihre Brust und hüstelte. »Was ist denn hier los?«

Ich konnte mir nur zu gut vorstellen, wie es aussah.

Ein einäugiger, aufgedunsener Jason, der Max umarmte. Milo und ich, die zusahen. Milo nur spärlich bekleidet.

Und dann machten Reid und Grandma es noch schlimmer, indem sie aus dem Zimmer gegenüber vom Gästezimmer herauskamen – Händchen haltend.

»Du meine Güte.« Die Tante fächelte sich Luft zu, und dann glomm hinter ihrer Brille ein gewisses Funkeln in ihren Augen auf.

»Oh, nein, nein, nein, nein.« Ich hob die Hände. »So ist das ganz und gar nicht.«

Grandma schlug mir auf den Hintern und flüsterte: »Da erlaube ich mir, anderer Ansicht zu sein, Champ. Wer ist der Nächste?«

Max hob eine Hand.

Jason klebte ihm eine.

»Feuer!«, rief Milo.

Grandma schrie.

Und die Tante mit den dicken Brillengläsern fiel in Ohnmacht.

Ich packte Milo, schob sie ins Schlafzimmer und schlug die Tür hinter uns zu.

»Wir haben Reid vergessen!« Sie öffnete die Tür wieder.

»Vergiss ihn, außerdem hat er nur Grandmas Hand gehalten.«

»Hier wird niemand zurückgelassen!«

»Wir können nichts mehr für ihn tun.« Ich drückte die Tür zu. »Ihn hat es bereits erwischt …«

»Nein.« Milo schüttelte den Kopf. »Das will ich nicht glauben. Das kann ich nicht glauben.«

»Milo.« Ich atmete aus. »Für Reid ist es zu spät.«

Ein lautes Klopfen ertönte an der Tür.

»Ich weiß, dass ihr da drin seid!«, rief Mrs Caro. »Also hört jetzt auf, kommt raus und begrüßt eure Gäste, oder, so wahr mir Gott helfe, ich breche diese Tür auf, und ich glaube nicht, dass irgend einer hier für diese Begegnung psychisch stabil genug ist.«

»Wir sind gleich da!«, rief ich schnell.

»Sind wir das?« Milo stemmte die Hände in die Hüften. »Aber ich habe gedacht …«

»Wir müssen sie loswerden – alle. Und dann heißt es nur noch du und ich.« Ich hob ihr Kinn an. »Versprochen.«

Bei ihrem Lächeln wurden mir die Knie weich. »Ich, du und Chewbacca?«

An der Tür ließ sich Max' Stimme vernehmen: »Ich habe meinem Penis auch mal einen Namen gegeben.«

»Warum bist du nicht derjenige, der die Schläge abkriegt?«, rief ich zurück und erinnerte mich vage, dass er tatsächlich ein paar kassiert hatte.

»Maximus. Das war der Name, dann wurde mir bewusst, dass ich meiner unteren Partie damit ziemlichen Leistungsdruck aufbürdete, und das war mir gegenüber nicht gerade fair.«

»Geh weg«, stöhnte ich.

»Jetzt heißt er schlicht Max Junior.« Er seufzte. »Oder wenn man pingelig ist, Big M.«

»Max!« Milo hämmerte auf die Tür ein. »Geh Reid suchen.«

»Der ist hier.«

»Geht's ihm gut?«

»Reid, sag ihnen, dass es dir gut geht.«

Ein Räuspern ertönte, und dann sagte Reid mit ruhiger Stimme: »Man hat mich … kompromittiert.«

»Seht ihr?« Max' Stimme war gedämpft. »Rundum in Ordnung.«

»Gebt ihr uns noch fünf Minuten?« Ich blieb höflich und hoffte, es würde Wirkung haben, dass ich mit ruhiger Stimme sprach, statt wieder zu schreien.

Max lachte. »Amateur, das sollte mindestens fünfzehn dauern, und das ist großzügig gerechnet.«

Ich öffnete den Mund, doch Milo versetzte mir einen Stoß mit dem Ellbogen. »Okay, Max. Danke. Tschüss.«

Wir warteten schweigend, dann seufzte Milo. »Du bist immer noch da, Max, oder?«

Wir hörten das Scharren von Füßen und dann: »Ja.«

Kapitel 47

Colton

Wir brauchten gut fünf Minuten, bis wir einigermaßen präsentabel aussahen, und selbst dann wirkte Milo noch immer so, als hätte sie ein mitternächtliches Bad hinter sich. Ihre Haut glühte, und das kleine Schwarze, das sie trug, verbarg nichts von ihrem Körper.

Diesem Körper, nach dem es mich so sehr verlangte.

Ein Teil von mir war dankbar dafür, dass Max uns unterbrochen hatte – ein Gedanke, den ich mit ins Grab nehmen würde, sonst würde er noch bei uns einziehen und es sich zum Beruf machen, mich vom Sex abzuhalten.

Es war Milos erstes Mal.

In einem Pool? Nicht gerade mein romantischster Einfall. Ich zuckte zusammen und trank einen Schluck Wein, blickte zu ihr hinüber. Sie unterhielt sich am anderen Ende des Zimmers mit ihrer Tante, derselben, die uns vor nur wenigen Minuten beschuldigt hatte, im Flur eine Orgie zu veranstalten.

Milo winkte mir zu. Ich winkte zurück und beobachtete sie weiter. Ich sah zu, wie sie lachte, ich sah zu, wie sie trank, ich sah zu, wie sie mit den Fingern gegen ihre Tasse trommelte.

Ich wollte diese Hände auf mir haben.

Nicht auf der blöden Tasse.

»Sexuell frustriert?«, erkundigte Max sich neben mir mit leiser Stimme.

»Verrat mir mal, Max, hörst du jemals auf? Oder ist es dein Lebensziel, dass niemand Sex hat, wenn du nicht auch welchen bekommst?«

Er schnaubte. »Ich bekomme genug.«

»Wo ist Jenna?«

»Bei Jason. Ich hab ihr gesagt, sie soll sich um ihn kümmern, weil er nicht mal mehr sehen kann, wie viele Finger ich hochhalte, und mich gefragt hat, ob die Ameisen immer noch auf ihm wären.«

»Er halluziniert? Das kann nicht gut sein.«

»Ich hab ihm vielleicht ein leichtes Beruhigungsmittel untergejubelt.« Max zuckte mit den Schultern. »Jedenfalls sind sie auf dem Weg ins Krankenhaus – endlich. Und höchstwahrscheinlich werden sie miteinander rummachen, bevor die Nacht zu Ende geht. Das heißt, wenn Jason ihren Mund finden kann. Das endgültige Urteil steht noch aus.«

»Wow, Amor, gute Arbeit.« Ich tätschelte ihm den Rücken.

»Schsch«, flüsterte Max. »Keine plötzlichen Bewegungen. Babypuder.«

»Was?«

»Babypuder.« Max schloss die Augen und sog die Luft ein. »Grandma ist in der Nähe.«

»Woher weißt du …«

»Aha!« Grandma tauchte vor uns auf. »Max, wo ist dein Bruder? Ich habe überall nach ihm gesucht.«

»Ich glaube, Sie haben ihn völlig ausgepowert.« Max lächelte angestrengt. »Entweder das, oder er ist in den laufenden Verkehr gerannt in der Hoffnung, dass ihn jemand überfährt.«

»Wie bitte?« Sie legte eine Hand ans Ohr.

»Sie haben ihn auf dem Gewissen!«, schrie Max.

Grandma grinste und tippte mit einem rosa Fingernagel gegen Max' Brust. »Willst du damit sagen, du wirst seinen Platz einnehmen?« Sie zog die Augenbrauen hoch.

Ich glaube, ich würgte ein wenig, während Max' Augen sich vor Entsetzen weiteten.

»Nein, aber vielen Dank, Ma›am.« Max wich zurück. »Ich bin schwul.«

»Du bist was?«

»Schwul.« Max nickte. »Sehr, sehr …«, er blickte mich flehentlich an, »schwul.«

»Verdammt.« Ich legte einen Arm um ihn und lächelte Grandma an.

»Aber hast du nicht eben geheiratet?«, fragte sie mich.

»Zwilling.« Max hustete. »Das war sein Zwilling, äh, Carlton.«

»Oh.« Sie kniff die Augen zusammen. Gut, dass sie alt und senil war.

Max nickte und küsste mich auf die Wange. »Sehen Sie? Nichts übrig für ältere Damen, die so stark sind, dass sie mich zwölf Stunden lang festhalten können, während sie sich an meinem schlagenden Herz gütlich tun.« Er stieß mir gegen die Brust. »Ich gehöre ganz den Männern.«

Alle Gespräche um uns herum verstummten.

Max hustete. »Auf Braut und Bräutigam?«

»Bitte lass die alle zu betrunken sein, um was mitzukriegen«, murmelte ich.

»Mist.« Grandma schnippte mit den Fingern. »Denke, dann mache ich mal ein Nickerchen. Ta-ta.«

Ich seufzte erleichtert, als sie das Zimmer verließ und über den Flur in Richtung der Schlafzimmer verschwand.

»Du kannst jetzt meine Hand loslassen.« Ich presste die Lippen zusammen. »Ich meine, es sei denn, du stehst drauf, sie zu halten, und dann ist es auch egal. Ich werde heute Nacht trotzdem noch Sex haben, und dich halten sowieso alle für schwul.«

Max zog die Augenbrauen zusammen, ließ meine Hand los und blickte finster drein. »Verdammt sei Reid. Wenn er eine Frau befriedigen könnte, würde sie nicht um einen Nachschlag bitten.«

»Bitte, wiederhole diesen Satz niemals.«

»Verdammter Babypuder«, fuhr Max fort. »Ich schwöre, damit verrät sie sich jedes Mal.«

»Hä?«

»Sie riecht nach Babypuder.« Er schniefte. »Ich hab die Theorie, dass sie Reid eingepudert hat, bevor sie …«

»Bitte! Keine Geschichten mehr.« Ich hob die Hand, als wäre sie ein Schutzschild, weil ich wusste, dass ich Jahre der Therapie brauchen würde, wenn er diesen Satz beendete. »Wegen dir werde ich vielleicht nie mit meiner Frau schlafen können. Und ich werde Babypuder nie wieder mit denselben Augen sehen.«

»Oh, guck mal.« Max deutete auf die Couch. »Reid ist wieder da.«

»Reid ist total abgefüllt.« Ich lachte, als Reid eine Tequilaflasche an den Mund führte und mit geschlossenen Augen im Sitzen zu tanzen begann. Der Mann lebte vermutlich den Traum. Schmerzfrei. Grandma-frei. Das war das wahre Leben.

»Alles in allem«, Max blickte sich im Zimmer um, »würde ich sagen, ist das Wochenende ziemlich gut gelaufen.« Er klopfte mir auf den Rücken. »Wir sollten das irgendwann wiederholen.«

»Klar.« Ich verdrehte die Augen.

»Colt?« Milo kam zu uns und lächelte schüchtern. »Äh, Mom hat gesagt, wir müssten nicht länger bleiben, also …« Sie blickte zu Boden, lief bis zu den Haarwurzeln rot an.

Max plusterte sich auf. »Ich hab das im Griff.«

»Max …«

»Lass mich.« Er streckte das Kinn vor. »Das ist das Wenigste, was ich tun kann, nachdem ich euch im Pool unterbrochen habe. Aber, Mann, bei aller Liebe, schau dir das verdammte Diagramm an. Ernsthaft, ein Blick wird dich nicht umbringen.«

»Max …«

»Ich tue alles für meine Freunde. Milo, ich liebe dich. Jetzt verschwindet und macht Babys.« Er salutierte vor uns, dann wanderte er mitten hinein in die Menge der Gäste und fing an, seine Klamotten auszuziehen.

»Oh, wie süß.« Milo lachte. »Er sorgt für eine Ablenkung.«

Ich grinste, als ich sah, wie Grandma zurück über den Flur kam. Ein Ausdruck schierer Boshaftigkeit lag auf ihrem Gesicht. »Ja, und er läuft Gefahr, ausgenutzt zu werden, der arme Kerl.«

Mir kam eine Erleuchtung, und ich packte Milo bei der Hand und flüsterte ihr zu: »Ich hab eine Idee, komm mit.«

Kapitel 48

Milo

Das letzte Mal, als Colton die Worte »Ich hab eine Idee«, benutzt hatte, hatte ich Frostbeulen am Hintern davongetragen.

Gefühlt tagelang hatte ich in der heißen Wanne hocken müssen, während ich auftaute. Ich war erst sechs, daher erinnere ich mich nicht an viel. Aber an was ich mich erinnere? Dass er mich im Anschluss drei Jahre lang »Frostpo« genannt hat. Für ihn hat es keine Rolle gespielt, dass er mich dazu herausgefordert hatte. Egal. Schnee von gestern.

Ich nahm seine Hand und folgte ihm nach draußen. »Wie sieht deine großartige Idee aus? Max anzünden und flüchten?«

»Nein.«

»Zu schade.«

Colton kniff die Augen zusammen. »Du bist eine miese Freundin.«

»Tja.« Ich schnaubte. »Du bist ein mieser Ehemann!«

Er blieb stehen. »Wie bitte?«

Ich blickte auf meine Füße. »Du hast mich schon verstanden. Ich bin müde, ich bin hungrig, es ist durchaus möglich, dass Reid Grandma wegen unschicklicher Berührungen anzeigt, mein Bruder hasst mich, und ich bin sexuell …«

Mist. Ich verstummte. Ich brauchte wirklich, wirklich dringend einen Zensor für meinen Mund.

»Sexuell?« Colton grinste. »Was?«

»Nichts.« Ich versuchte, an ihm vorbeizugehen, doch er packte mich an den Schultern und hielt mich fest.

»Sexuell.«

»Hör auf sexuell zu sagen«, zischte ich. Dass dieses Wort aus seinem Mund kam, während er mich berührte, während ich über ihn herfallen wollte, war nicht gerade hilfreich – für mich, meine ich.

Ich fühlte mich in meinem eigenen Körper gefangen.

Wie ein Tier im Käfig, das auf Befreiung wartete.

Genau! Daran lag es vermutlich, dass ich anderen Schmerzen zufügte. Es war gar nicht meine Schuld. Es war Coltons! »Aha!«, rief ich aus.

»Aha, was?«, fragte Colt spöttisch. »Meine Hände liegen für drei Sekunden auf dir, und schon sind alle Spuren sexueller Frustration verschwunden? Verdammt, bin ich gut.«

»Es ist deine Schuld«, erklärte ich und stolperte von ihm weg. »Ich bin jetzt wie lange in dich verknallt? Und plötzlich sind wir verheiratet und, o mein Gott, warum bin ich da drauf nicht schon vorher gekommen?« Panik stieg in mir auf. Ich fühlte mich zu ihm hingezogen. Ich wollte die Sahne auf seinem Kuchen sein, die Milch, die ihn munter machte, die Krönung seiner Tage – ich denke, das ist klar. Und ihm war das ganz egal! Nichts an ihm schrie »sexuell frustriert«. Mir drehte sich der Kopf, mein Atem beschleunigte sich.

Er wollte mich nicht.

Nicht so wie ich ihn wollte.

In diesem Augenblick hätte ich am liebsten geheult, denn welcher Kerl, welcher Mann lässt zu, dass ein Typ wie

Max, dem – seien wir mal ehrlich – bei Frühstücksflockenwerbung die Tränen kamen, das unterbricht, was der beste Pool-Sex in der gesamten Geschichte des Universums hätte werden können? Ja, meine Erwartungen sind hoch. Das ist kein Verbrechen!

»Milo?« Colton griff nach meiner Hand. Ich ließ es zu, dass er sie hielt, hauptsächlich weil ich mit den Gedanken noch beim Pool war und bei dem, was hätte sein können, und bei der Tatsache, dass ich nackt gewesen war und Colt den anderen nicht einfach gesagt hatte, sie sollten sich zum Teufel scheren und uns allein lassen.

»Findest du mich hübsch?«, fragte ich leise, nicht fähig, ihm ins Gesicht zu schauen, weil ich mich so schämte.

»Nicht wirklich. Nein.« Er zuckte die Achseln.

Mir sank das Herz, und ich versuchte, mich von ihm zu lösen, aber seine Hand schloss sich fester um meine, und er zog mich an sich.

»Kleines, entschuldige mal bitte, Frauen wie du sind nicht einfach nur hübsch. Hübsch ist die Definition für etwas, das man ins Regal stellt, damit andere es bewundern können. Ein Weihnachtsbaum ist hübsch.«

»Aber …«, ich schniefte, »ich mag Weihnachtsbäume.«

Colton stöhnte. »Milo, ich sage nicht, dass du ein Weihnachtsbaum bist.«

»Ich kann ein blöder Baum sein, Colton. Gib mir nur eine Chance! Ich werde mir sogar kleine Silberkugeln umhängen und …« Ja, ich hörte wohl besser auf zu reden.

»Süße«, flüsterte Colton. »Du wärst ein sehr hübscher Baum, aber was ich versuche zu sagen, ist, dass hübsch … Hübsch ist etwas, das man nicht anfassen kann. Hübsch ist das, wovor Mütter kleine Jungs warnen. Teufel, ich kann mich nicht mal erinnern, wie oft Mom zu mir gesagt hat, ›Colton, das ist hübsch, fass es ja nicht an.‹«

»Also bin ich kein Baum«, krächzte ich. »Und jetzt kannst du mich nicht mal mehr anfassen?«

Colton schüttelte den Kopf, zeigte erste Anzeichen von Frustration. »Frauen sind solche Brezeln! Himmel, lass mich ausreden.«

»Du weißt, dass ich Brezeln hasse, Colt!«

»Verflixt, wo ist Max, wenn ich ihn brauche, damit jemand was Dümmeres sagt als ich, damit ich wie der Gute aussehe?« Colt stöhnte und lehnte seine Stirn gegen meine. Sein Flüstern klang rau. »Du bist der Sonnenaufgang.«

»Oh.«

»Weil ich deine Schönheit gar nicht beschreiben kann – und jeden Tag, den ich dich sehe, ist wie ein neuer Sonnenaufgang, du bist nie die Gleiche. Mir fällt immer etwas Neues an dir auf, so wie das Licht deine Augen zum Leuchten bringt. Oder wie sich dein Haar anfühlt, wenn ich darüber streiche. Du bist nicht nur hübsch. Du bist unbeschreiblich. Du bist erschreckend in deiner Schönheit – und ich liebe dich.«

Wir hatten vielleicht keinen Pool-Sex gehabt, aber diese Ansprache war ziemlich episch. Das Atmen fiel mir schwer, und ich konzentrierte mich darauf, mich nicht an meiner Zunge zu verschlucken, also nickte ich, bevor ich sagte: »Also fühlst du dich zu mir hingezogen?«

»Scheißen Bären in den Wald?«, unterbrach uns eine Männerstimme.

»Ein bisschen spät, Mann.« Lächelnd schüttelte Colton den Kopf. »Aber danke, Max, dass du einen Moment ruinierst, der wirklich besonders hätte werden können. Nein wirklich, ich weiß das zu schätzen.«

»Dicke Weihnachtskugeln.« Max nickte. »Keine so schöne Weihnachten oder glückliches neues Jahr? Alles klar?«

»Was?« Ich blickte zwischen den beiden hin und her. Colton lief rot an. »Was meinst du damit?«

»Oh, sieh nur.« Max streckte eine Faust in die Luft und sang: »Und ein glückliches neues Jahr!«

Colt und ich schwiegen. Wir warteten einfach nur ab. Es war Max. Dieser Wahnsinn musste einen tieferen Sinn haben. Ansonsten wäre er nur … wahnsinnig.

»Schön.« Er seufzte. »Dann singt eben nicht, aber dankt mir wenigstens dafür, dass ich der beste Trauzeuge aller Zeiten bin.«

»Du warst nicht mein Trauzeuge.«

»Das haben wir nie so genau entschieden.« Max zuckte mit den Schultern.

»Ich habe das entschieden«, gab Colt zurück. »Und es war Jason.«

»Jason konnte nichts sehen, er war sich den halben Tag lang nicht mal bewusst, ob er am Leben war. Tote zählen nicht.«

»Betrunkene auch nicht, und trotzdem sind wir hier«, sagte Colton in einem Singsang.

»Behalte diesen Moment gut in Erinnerung.« Max nickte und machte zwei Schritte auf uns zu. »Als den Tag, an dem Max Weihnachten gerettet hat.«

»Es ist nicht Weihnachten.«

Max verdrehte die Augen. »Es klingt besser als ›der Tag, an dem Max die Hochzeitsnacht gerettet hat‹.«

Jetzt wurde ich rot.

»Luxushotel, gleich die Straße runter, das mit den Blumen davor und der Bar, an der es Sekt mit Orangensaft für fünf Dollar das Glas gibt.« Max grinste. »Hochzeitssuite.« Er beschloss seine Ansprache mit einer Verbeugung. »Alles bereits bezahlt.«

»Wie süß, du hast das von deinem Job als Zeitungsausträger finanziert«, zog ihn Colton auf.

»Blödmann.« Max verdrehte die Augen. »Und wenn ich Zeitungsausträger wäre, würde ich dein Haus jedes Mal übergehen.« Er blickte zu mir. »Außer wegen Milo vielleicht nicht.« Er zuckte mit den Schultern. »Ihr beide verdient etwas

Zeit ungestört zu zweit. Und die wollte ich euch geben, also schnappt euch eins der Autos, nur nicht das von Reid, da er vermutlich heute Nacht drin schlafen muss, weil Grandma ihn weiter verfolgt, und habt Spaß.«

Mit einem tränenfeuchten Grinsen ging ich zu Max und umarmte ihn. Er war wirklich einer der besten Menschen, die ich kannte. Wäre ich nicht mein ganzes Leben lang in Colton verknallt gewesen, würde ich vermutlich Max lieben.

Aber seine Geschichte … Ich hatte so ein Gefühl, als finge die gerade erst an. Also trat ich zurück, und Colt schüttelte ihm die Hand, und dann gingen wir schweigend zu Colts Pick-up und stiegen ein.

»Also«, fragte ich, während er den Motor startete, »wie sah dein Plan aus?«

»Ich wollte nach einem Hotel schauen, aber das klang so billig, daher, ganz ehrlich? Ich wollte einfach nur mit dir im Auto sitzen und ernsthaft versuchen, dir nicht die Kleider vom Leib zu reißen, während wir Wein direkt aus der Flasche getrunken und geredet hätten.«

Ich keuchte auf. »Schweig still, mein Herz!«

Colton zog die Augenbrauen zusammen. »Na ja, wenn man gerade nicht mit dem Kopf denken kann, liegt aller Fokus darauf, diese eine Person an einen Ort zu bekommen, wo man allein mit ihr ist, ganz egal wie.«

»Weil ich kein Weihnachtsbaum bin«, sagte ich zuversichtlich.

Colton lachte. »Genau, weil du kein Weihnachtsbaum bist.«

»Ein Sonnenaufgang.« Ich seufzte.

Colts Blick fand meinen. »Der schönste Sonnenaufgang, den ich jemals gesehen habe oder sehen werde.«

Kapitel 49

Milo

Kennt ihr dieses Gefühl, das man bekommt, wenn ein wirklich guter Song im Radio gespielt wird? Oder wenn Justin Timberlake bei Jimmy Fallon in der Show ist und man so sehr lachen muss, dass einem die Tränen übers Gesicht laufen und man sich einfach total aufgedreht und lebendig fühlt? Okay, vielleicht übertreibe ich hier ein wenig.

Aber ich spürte diese nervöse Energie durch meine Adern strömen. Die Fahrt zum Hotel dauerte nicht sehr lang.

Wäre sie länger gewesen, hätte ich mich vielleicht beruhigen können.

Stattdessen knibbelte ich mir den Nagellack von den Fingernägeln, und mir ging dieser dämliche Madonna/Justin Timberlake Weltuntergangssong in Dauerschleife durch den Kopf.

We've only got four minutes to save the world.

Himmel, was, wenn ich mich beim Sex als Niete entpuppte?

Das passiert.

Ich meine, da gibt es doch bestimmt so was wie einen Lernprozess?

Colt stellte den Motor ab.

Drei Minuten, um die Welt zu retten.

Zwei.

Eine.

»Colt!« Ich umklammerte den Gurt mit beiden Händen und atmete durch die Nase ein und aus. »Wir können auch einfach hier drin bleiben, wenn du möchtest.«

»Im Pick-up?« Er sah sich um. »Ich liebe dich zu sehr, um die ganze Nacht im Pick-up zuzubringen. Komm schon, gehen wir.«

»Ähm …«

»Milo.« Colt seufzte. »Süße, wie soll ich jemals den Sonnenaufgang sehen, wenn es so verdammt dunkel ist?«

»Was?« Ich blinzelte.

»Es ist dunkel draußen«, sagte er langsam.

Ich nickte und schluckte gleichzeitig.

»Und ganz ehrlich«, flüsterte er mit tiefer Stimme, »ich will dich sehen.«

»Du willst mich sehen?«

»Ohne den Schutz der Dunkelheit …« Er beugte sich zu mir und küsste mich auf die Wange. »Oder Kleidung.«

Ich keuchte.

Und ich begann zu würgen.

Vor ihm.

Nicht mit Abstand zu ihm, was in Ordnung gewesen wäre – so wie wenn man ein Insekt verschluckt und diskret zur Seite weg hustet, dann lächelt und so was sagt wie: »Verdammte Insekten.«

Nein.

Das wäre verzeihlich gewesen.

Ich hustete ihm mitten ins Gesicht.

Wie eine senile Alte aus dem Seniorenheim mit Sauerstoffgerät.

»Tut mir leid.« Ich bedeckte meinen Mund.

»Wirst du's überleben?« Colt lachte. »Oder brauchst du mehr Alkohol?«

»Ein Drink.« Ich nickte. »Ein Drink ist vermutlich eine gute Idee, wenn man die Umstände bedenkt.«

»Umstände?« Er fuhr mit dem Daumen über mein Kinn. Ich erzitterte und verlor beinahe jede Kontrolle über meinen Körper. Ich hatte eine erschreckende Vision davon, wie ich ihm die Kleider vom Leib riss, aber dabei so gewalttätig wurde, dass ich ihn in meiner Leidenschaft zerquetschte.

»Nur … Ich … Du … Es liegt an dir. Wenn du so bist, machst du mich nervös.«

»Verstehe.«

»Nein.« Ich lachte. »Das ist unmöglich.«

»Stell mich auf die Probe.«

Ich blickte ihn zweifelnd an, während er meinen Gurt löste und dann ganz sanft seine Finger in meinem Haar vergrub. »Dich zu küssen ist furchterregend, dieselbe Luft zu atmen wie du, lässt meine Knie weich werden, wenn ich in deiner Nähe bin, will ich entweder über dich herfallen oder dich einfach nur küssen, bis dir die Luft wegbleibt.«

»Menschen müssen atmen, Colt – damit sie am Leben bleiben.«

»Da bin ich mir nicht sicher.« Er seufzte. »Manchmal glaube ich, ich brauche nur dich – zum Leben.«

Stichwort Tränen.

»Bist du immer noch nervös?«

Ich zuckte die Schultern. »Ein bisschen.«

»Ich bin's.« Colts Lächeln ließ mich dahinschmelzen. Seine strahlenden Augen und sein Grinsen waren etwas, worauf ich mein ganzes Leben lang gezählt hatte. Er war meine Ziellinie.

»Als du deinen ersten Schwimmwettbewerb gewonnen hast, hab ich dir geholfen, das Grün vom Chlor aus den Haaren zu bekommen. Als du zum ersten Mal Alkohol getrunken hast, hab ich dir den Kopf gehalten, während du dich übergeben hast. Als dein erster Freund – der Arsch – dich verlassen hat, hab ich deine Hand gehalten. Ich bin's, Milo. Einfach nur du und ich. Für immer … wir.«

Ich küsste ihn.

Mein Mund traf auf seinen.

Und mein Handeln wurde nicht länger von Furcht bestimmt.

Sondern von Liebe.

Und dem absolut sicheren Gefühl von Frieden – davon, endlich zu Hause anzukommen, bei dem Jungen, der immer nebenan gewohnt hatte.

Kapitel 50

Colton

Teufel. Mein Tod war besiegelt.

Ich verbrannte bereits innerlich – sexuelle Frustration durfte man nicht auf die leichte Schulter nehmen. Ernsthaft. Wisst ihr noch, wie einem in Sexualkunde in der Schule erzählt wird, dass es einen nicht umbringen wird, wenn man keinen Sex hat?

Gott, ich konnte immer noch Mrs Thompsons schrille Stimme hören. »Es wird euch nichts abfallen, wenn ihr ihn nicht anfasst!« Danach schlug sie jedes Mal mit einem riesigen Lineal auf den Tisch und begann, von den Schrecken von Herpes zu erzählen.

Mrs Thompson lag falsch.

Vermutlich würde sie auch in der Hölle schmoren.

Weil sie gelogen hatte.

Teenagern gegenüber.

Das war eine Sünde, oder? Man sollte Menschen unter achtzehn nicht anlügen. Das sind Minderjährige. Da beeinflusst man den Verstand von Kindern, um Himmels willen!

Ich war über Panik längst hinaus.

Schweiß quoll aus jeder Pore meines Körpers – so sehr bemühte ich mich, nicht zum Vampir zu werden, Milo einfach in den Hals zu beißen und ihr danach alle Kleidungsstücke vom Körper zu reißen, in dem Versuch, den Schmerz zu lindern, der vor vierundzwanzig Stunden begonnen hatte.

Man sagt Männern, sie sollen zur Notaufnahme gehen, wenn sie eine Erektion haben, die länger als vier Stunden anhält, daher, ehrlich … ich hatte jeden Grund zur Panik.

»Colt?« Milo berührte mich am Arm. Verdammt! Hör auf, mich zu betatschen! Ernsthaft, wenn sie nicht damit aufhörte, konnte ich für meine Handlungen nicht mehr verantwortlich gemacht werden. Ich würde sie vor der Rezeptionistin vögeln und dafür im Knast landen.

Knast. Teufel, ich wäre leichte Beute. Ich war zu attraktiv für den Knast, es sei denn, Max käme mit mir. Dann würde ich die Plätze tauschen und ihn das ausbaden lassen.

Baden.

Schlechte Wortwahl.

»Du siehst ganz heiß aus.« Milo fühlte meine Stirn.

Ich schlug ihre Hand weg und fluchte.

»Colt?« Sie zog die Augenbrauen zusammen. »Bist du krank?«

Sie fuhr sich mit der Zungenspitze über die Lippen.

Wie war mir bisher entgangen, wie verdammt aufreizend ihr Mund war? Dass ihre Lippen die perfekte Größe hatten, unten wie oben. Verdammt, sie würde sich so gut auf mir anfühlen. »K-krank.« Ich hustete. »Ja, ich, äh … mein Bauch.«

Okay, das Problem lag ein wenig tiefer … blieb dasselbe.

»Unterschreiben Sie hier.« Die Rezeptionistin grinste und schob Papier und Stift über den Tresen. Ich kritzelte meinen Namen, so schnell ich konnte, verfluchte im Stillen alle Stifte und Papiere der Welt. Und zwang mich zu einem Lächeln.

»Ist das alles?«

»Natürlich.« Die Lady überreichte uns einen altmodischen Schlüssel. »Sie haben Zimmer Nummer zwei.« Sie deutete auf einen Hotelplan und zog einen Kringel um die Lobby. »Wir sind hier. Sie gehen den Flur gleich rechts entlang.« Sie malte einen Pfeil auf.

Okay, entweder hielt sie mich für dumm, oder sie machte das mit Absicht. Ich war nicht blind. Ich konnte die Zimmernummern erkennen! Ich konnte Pfeilen folgen!

»Und biegen noch einmal rechts ab.« Sie zog einen Kreis um die Zimmernummer.

Himmel. Ich zog ernsthaft in Erwägung, sie mit dem Stift aufzuspießen. Ich meine, das wäre nur eine Fleischwunde – so verrückt war ich nun auch wieder nicht. Oder doch?

»Wenn ich sonst noch etwas für Sie tun kann …«

»Nein«, unterbrach ich sie und grapschte den Plan. »Aber danke, wir wissen das zu schätzen.«

Milo keuchte auf, als ich sie den Flur entlangzerrte, rechts, dann noch mal rechts.

»Aha!«, rief ich bei Tür Nummer zwei. Ich fühlte mich wie Lewis und Clark, ich hätte den ganzen Oregon-Trail über die Rockys allein finden können.

Zum Teufel mit Karten!

»Colt?« Milo räusperte sich. »Bist du wirklich okay? Du hast dich komisch benommen, seit wir uns im Auto geküsst haben und …«

»Sag noch ein Mal ›küssen‹.« Ich steckte den Schlüssel ins Schloss, gerade als sie lachte und sagte, »küssen«, nur dass das doppelte S in küssen eher wie ein Zischen klang, und keine Sorge, ich bin ein Kerl, daher war ich mir sehr bewusst, dass ich den Schlüssel ins Schloss steckte. Ins Schloss!

»Verdammt!« Ich drückte die Tür auf und ging fast in die Knie.

»Oh, ist es so schlimm? Dein Bauch?« Milo schlang die Arme von hinten um mich und schmiegte den Kopf an meinen Rücken. Leise fiel die Tür hinter uns zu und tauchte das Zimmer in komplette Dunkelheit.

»Ja. Ich könnte Hilfe brauchen.« Ich seufzte schwer und atmete ein paar Mal tief durch. »Du weißt schon, beim Ausziehen und so.«

»Oh.« Sie ließ mich los. »Klar, Colt, alles, was du brauchst.«

Verflixt, ihre Unschuld war unglaublich.

Irgendwie liebte ich sie dafür nur umso mehr.

Überraschung.

»Dreh dich um«, flüsterte Milo.

Ich tat, was sie sagte, und versuchte verzweifelt, ihr Gesicht zu erkennen. Wo war das verdammte Licht? Ich war hin und her gerissen zwischen dem Verlangen, sie zu sehen – ganz und gar – und sie zu berühren. Geduld war jetzt offiziell das Wort, das ich im Wörterbuch am wenigstens mochte – gleich neben allem, was das Wort Max enthielt.

»Wir müssen nicht …« Unter meinen Fingerspitzen fühlte ich, wie Milo mit den Schultern zuckte, und ich weiß, wie verrückt das klingt, aber nur, sie zu fühlen, sie zu berühren, zu wissen, dass die Tür abgeschlossen war, zu wissen, dass hier nur sie und ich waren, nahm mir die Panik und den Druck.

Ich hatte Milo.

Und vor uns lag unsere gesamte Zukunft.

Und ja, konnte sein, dass ich einen langsamen Tod starb.

Aber ich hatte Milo.

Unter meinen Fingerspitzen.

Ich konnte jeden ihrer Atemzüge spüren, als wäre es mein eigener … Es war endlich so, wie ich es mir immer vorgestellt hatte. Statt also in Panik auszubrechen und sie gegen die nächste Wand zu drücken oder ihren Körper über einen Stuhl zu beugen, als wäre ich irgendein sexverrückter Irrer, lehnte ich meine

Stirn gegen ihre und küsste sie auf den Mund.

Sie schlang die Arme um meinen Nacken und presste sich an mich.

Erstaunlich, wie sich mit einem Mal eins zum anderen fügt, wenn man die Richtige küsst. Ich glaube, so ist das im Leben – wir sind alle kleine Teile eines riesigen Puzzles, und wenn man sein Gegenstück findet, tut es höllisch weh, wenn man nicht zusammen sein kann.

Und ab dem Moment, wenn man es tut … kann man sich das Leben nicht mehr ohne sie vorstellen. Hatte ich vor Milo überhaupt existiert? Ich hatte geatmet … aber ich war nicht lebendig gewesen. Ich hatte funktioniert … aber nicht wirklich gelebt.

»Ich verspreche …« Ich küsste ihre sanften Lippen noch einmal. »Ich verspreche, ganz langsam vorzugehen, Milo. Du verdienst die perfekte Nacht.«

»Das stimmt.« Sie nickte und brachte mich zum Lachen. »Ich verdiene die perfekte Nacht.«

Ich nickte ebenfalls, und sie spielte mit den Haaren in meinem Nacken. Verflixt, diese Fingernägel fühlten sich heiß an.

»Aber …« Sie presste sich fester an mich. Kein Zweifel, sie wusste, es war nicht mein Bauch, der schmerzte. »Aber wenn du mich nicht innerhalb der nächsten fünf Minuten ausziehst, werde ich über dich herfallen, und das wird nicht schön werden. Ich meine, schau dir nur Jason an. Ich wollte helfen, und jetzt liegt er im Krankenhaus.« Sie biss zart in meine Unterlippe, dann flüsterte sie: »Wer weiß schon, was passiert, wenn ich über den Mann herfalle, den ich liebe.« Sie biss wieder zu.

»Gott, ich will von dir vernichtet werden.«

Lachend kniff sie mir in den Hintern und drückte mir einen Kuss auf den Mund. Sie fuhr mit der Zunge über meine Lippen, brachte mich fast zum Weinen. »Worauf wartest du?«

»Auf nichts.« Ich fluchte. »Kein Warten mehr.«

»Colt?«

»Hmm?«

»Du zögerst.«

»Nein, gar nicht.« Mit den Fingerspitzen zeichnete ich langsam ihre Gesichtszüge nach. »Ich denke nur nach.«

»Worüber?«

»Über dich.«

»Und?«

»Wie verdammt schön du in ein paar Stunden aussehen wirst – und zu wissen, dass ich derjenige sein werde, der für diesen Ausdruck auf deinem Gesicht verantwortlich ist. Ja, ich glaube, ich denke gerade an dieses Gesicht und daran, dass ich mehr Glück habe als irgendwer sonst auf der Welt, weil ich jeden Morgen neben diesem Gesicht aufwachen und jeden Abend neben ihm einschlafen werde.«

»Colt …«

Ohne sie noch ein weiteres Wort sagen zu lassen, fing ich ihre Lippen mit meinen ein. Sie waren warm – und leicht geschwollen – und schmeckten so gut, dass ich genau so für die nächsten Momente verharren wollte, einfach nur diese Lippen gefangen halten wollte, um dann langsam ihren Körper hinunterzuwandern. Wenn ein Kuss von ihr mich schon dazu brachte, explodieren zu wollen, konnte ich mir nicht mal vorstellen, was passieren würde, wenn sie erst ganz mir gehörte.

Wenn unsere Körper sich vereinigten.

Ich schob die Hände auf ihren Rücken und öffnete langsam den Reißverschluss ihres Kleids, ließ es zu Boden fallen, achtete darauf, unseren Kuss nicht zu unterbrechen, nur für den Fall, dass ich wirklich sterben sollte.

Milo trat aus dem Kleid, immer noch in High Heels. Teufel, ja, die würde sie unbedingt anlassen müssen. Ich konnte sie zwar nicht sehen, aber manchmal ist die Vorstellungskraft eine erschreckende Macht.

Sie überraschte mich, als sie nach meinem Hemd griff und es mir über den Kopf zog, dann mit den Fingernägeln über meine Brust strich.

Himmel, ich würde ohnmächtig werden, noch bevor wir wirklich anfingen.

Ihre Hände berührten die Vorderseite meiner Hose. Sie zögerte, also bedeckte ich sie mit meinen und drängte sie weiter. »Wirst du plötzlich schüchtern, Milo?«

Sie riss die Hose so heftig hinunter, dass sie mich dabei fast kastrierte. Okay, vielleicht war ihre Unschuld in dieser Situation doch nicht so sehr von Vorteil.

»Vorsicht«, zischte ich.

»Oh, tut mir leid«, sagte sie mit unschuldig klingender Stimme. »Hab ich dir wehgetan?«

»Das hast du mit Absicht gemacht.«

»Du warst eingebildet.«

»Gehört irgendwie dazu«, feuerte ich zurück und verstummte dann, als sie meine Boxershorts berührte und sie mir auszog.

Absätze, Absätze, Absätze, sie trug immer noch High Heels. Mir war nach Singen zumute – singen wäre vermutlich eine gute Idee, denn dann würde ich hoffentlich länger als fünf Sekunden durchhalten, wenn unsere Körper sich berührten.

Milos Atem strich heiß über meinen Bauch, als sie sich vorbeugte und dann wieder aufrichtete.

»Teufelin.«

»Ich habe keine Ahnung, was du meinst«, sagte sie heiser und versuchte, einen Schritt zurückzutreten.

»Nicht so schnell.« Ich packte sie um die Taille und hob sie hoch, schlang ihre Beine um meine Mitte, während ich aufs Bett zuging. »Glaubst du, du könntest mich heißmachen und dann einfach stehenlassen?«

»Das ist so in ungefähr die Definition unserer Beziehung, Colt«, flüsterte sie und stieß ein leises Stöhnen aus, als ich die

Hände in ihren BH schob und ihre Brüste umschloss, ihr das Spitzenfolterding auszog.

»Heißmachen und stehenlassen.« Ich massierte sie vorsichtig.

Sie stöhnte. »W-was?«

»Ist es das, was du willst?«

»Ist … Oh, das fühlt sich wirklich, wirklich …«

»Milo?«

»Ja?«

»Also gut, wenn du meinst.« Ich nahm die Hände weg, spürte den Verlust des Kontakts wie einen Faustschlag in den Magen und setzte mich auf.

»Wo willst du hin?«

»Dir nur einen kleinen Vorgeschmack geben.« Ich widmete mich dem Rest ihrer Kleidung – was, Gott sei Dank, nur noch ihre Unterhose war – und zog sie langsam hinunter, warf sie auf den Boden.

»Vorgeschmack?«, wimmerte sie.

»Heißmachen und stehenlassen.« Ich leckte über ihren Fuß.

Sie versuchte, ihn wegzuziehen. Ich drückte ihre Beine aufs Bett und fuhr mit der Zungenspitze über die Innenseite ihrer Wade, dann küsste ich sie aufs Knie. »Verdammt, du hast wunderschöne Knie, weißt du das?«

»Colton!« Sie krampfte die Hände um die Bettdecke.

»Ja?«

»Mach …«

Ich küsste die Innenseite eines Oberschenkels.

»Ich bringe dich um.«

»Du«, ich küsste sie auf den anderen Schenkel, »liebst mich.«

»Im Moment nicht.«

Ich strich von den Schenkeln hinauf zu ihren Hüften, dann zog ich mich wieder zurück, als sie seufzte und dann sagte: »Mistkerl.«

»Ts, ts, Milo.« Ich gab ihr einen leichten Klaps auf die eine Seite ihres Hinterns und lachte leise. »Beleidigungen werden dir nicht weiterhelfen.«

»Du bringst mich um.«

»Willkommen im Club.« Ich widmete mich ausgiebig ihrem Bauch, küsste, verweilte bei ihrem Bauchnabel, während meine Hände alles erforschten, was sie erreichen konnten, was mir natürlich mehr Flüche und Beleidigungen einbrachte, aber irgendwie mochte ich das.

Leidenschaftlich. Sie war leidenschaftlich.

»Colton!« Milo schrie es fast heraus. »Ich schwöre, wenn du nicht …«

»Nicht?«

Sie blieb still, aber atmete schwer.

»Ich brauche …«

»Was?«

»Hör auf, mich zu unterbrechen, und erlöse mich endlich von meinem Leid!«

Meine Lippen fanden ihre, in einem wilden Drängen, als ich meinem Körper endlich erlaubte, ihren ganz zu bedecken, darauf bedacht, sie nicht mit meinem Gewicht zu erdrücken. Milo schlang wieder die Beine um mich und biss mir in den Hals, als ich langsam, schmerzhaft langsam, in sie eindrang. Mir verschwamm alles vor den Augen, während ich meinen Körper zwang, langsam zu machen, obwohl ich doch schon vor vierundzwanzig Stunden so weit gewesen war.

»Mehr.«

»Milo …«

Sie riss mich an sich, hob mir ihre Hüften entgegen.

Und ich war verloren.

Kapitel 51

Milo

Ich habe Sex.

Mit Colton.

Während er sich in mir bewegte, wurde ich wirklich fast ohnmächtig – zuerst vor Schmerz – und dann von etwas absolut und zutiefst Unglaublichem.

Mein ganzer Körper bebte vor Begehren und Furcht. Es stand unentschieden. Seine Haut war so glatt, glitt über meine – aber wie er sich in mir bewegte? Ich konnte nicht beschreiben, wie sich das anfühlte, so von ihm erfüllt zu sein, mich so vereint zu fühlen mit meinem Seelenverwandten. Es hätte gar nicht funktionieren dürfen, es hätte die Hölle sein müssen. Stattdessen? Einfach nur himmlisch. Ich packte ihn, zog ihn näher an mich, brauchte mehr von ihm.

Ich schloss die Augen, als Coltons Mund wieder meinen fand, seine Zunge passte sich perfekt dem Rhythmus unserer Körper an, glich sich jedem Drängen, jedem Stoß, jedem Zurückziehen an. Zu viele Gefühle explodierten in mir – so viele, dass ich kaum Schritt halten konnte. Ich war endlich mit

Colt vereint. Mein Herz schlug so unkontrolliert und heftig, dass er es hören musste. Sein Blick traf meinen, während er meinen Hals küsste. Seine Hände strichen zu meinen Hüften, als er sich sanft zurückzog, mich den Verlust so intensiv spüren ließ, dass ich wimmerte.

Mit einem Grinsen zog er mich hoch, bis ich fast auf seinem Schoß saß. Es war intim, so innig, dass ich fast zurückschreckte, auch wenn es sich besser anfühlte – unglaublich. Es war das Intimste, was ich je erlebt hatte. Der Liebe meines Lebens in die Augen zu sehen, ihn dabei in mir zu spüren und zu wissen, das war es. Er und ich, für immer. Alles, wofür ich gelebt hatte, lag in diesem Augenblick.

»Milo«, flüsterte er an meinen Lippen. »Ich liebe dich.«

Er schob eine Hand zwischen unsere Körper.

Und ich wurde ohnmächtig.

Okay, ich wurde nicht ohnmächtig.

Aber es fühlte sich an, als wäre ich ohnmächtig geworden.

Schweißbedeckt lag ich wie eine Idiotin da, mit einem komplett idiotischen Grinsen auf dem Gesicht. Colton fluchte ausgiebig und fiel dann endlich, als hätte er keinerlei Energie mehr im Körper, zur Seite und fluchte weiter.

»Geht's dir gut?«, fragte ich.

»Nein.« Er fluchte wieder und lachte.

»Warum lachst du?«

»Weil«, er grinste, »ich dich schon wieder will.«

»Aber wir sind gerade erst …«

»Was soll ich sagen? Ich habe lange darauf gewartet, und mein Körper ist mit nur einem Mal nicht zufrieden. Gut, dass wir die ganze Nacht haben. Und nur für den Fall, dass du es vorhin nicht gehört hast, Milo …«, er küsste mich auf die Schläfe, »ich liebe dich mehr als das Leben. Mehr als mein Leben, mehr als die von Max und Jason zusammengenommen.« Ich kicherte und stieß ihn sanft gegen die Schulter. »Die Liebe, die ich für dich empfinde, wird nicht verschwinden – selbst wenn ich ende wie Jason.«

»Im Krankenhaus?«

»Ja. Oder Max.«

»Dem Wolf vors Maul gekommen?«

»Oder Reid.«

»Unter den Folgen von Medikamentenmissbrauch leidend?«

»Hey.« Sein Mund kitzelte mich am Ohr. »Du darfst mich jederzeit missbrauchen.«

»Oh«, seufzte ich, und mein Körper erschauerte wohlig, »unser Bettgeflüster ist so sexy – Glückspillen, mein bester Freund, mein Bruder. Wirklich, du bist so gut da drin.«

»Ist das eine Herausforderung?« Als hätte er eine ganze Dose Red Bull hinuntergekippt, kam er hoch auf Hände und Knie und funkelte mich an.

Mein Körper reagierte bereits auf ihn, Hitze durchströmte mich von Kopf bis Fuß, und ich bebte vor Erregung. »Ja.«

Er stürzte sich auf mich.

Ich lachte.

Und eine Stunde später wusste ich genau, warum er so gut war – bei allem.

Kapitel 52

Max

Währenddessen in Milos Elternhaus …

»Ich sollte Opernsänger werden.«

Jason versuchte, mich mit seinem guten Auge zu mustern, und verdrehte es dann. Glaube ich wenigstens. Es rutschte irgendwie nach oben, dann zur Seite, also könnte er auch einen Krampfanfall gehabt haben, woher sollte ich das schon wissen, aber wie auch immer: Der Punkt ist doch, ich spürte seine Zweifel daran, dass ich auch nur ein mittleres C treffen könnte.

»Ich beweise es.« Etwas zittrig stand ich auf. Man hätte denken sollen, dass ich nach all dem ganzen Brot beim Abendessen eine Flasche Champagner locker hätte wegstecken können. Dem war nicht so. Ich stolperte zum Klavier und schlug eine Note an.

»Bitte nicht.« Jason hielt sich die Ohren zu. »Die sind alles, was ich noch habe.«

»Mann.« Ich schnaubte. »Du hast immer noch deine Eier, oder? Das Wichtigste, Amigo. Jetzt sieh her.«

Er kniff das gute Auge zusammen. »Witzig.«

»Okay.« Ich seufzte. »Sieh halt nicht her, aber hör zu.«

»Ich höre. Aber nur weil ich unter Drogen stehe und Jenna auf mir eingeschlafen ist, und wenn ich mich bewege, würde mich das zum kompletten Idioten machen.«

Ich nickte verständnisvoll. »Weil sie heiß ist.«

»Nein, du Schwachkopf, weil sie runterfallen würde.«

»Lügner.«

»Spiel einfach den verdammten Song.«

»Jetzt willst du also doch, dass ich ihn spiele«, murmelte ich, ließ mich auf die Klavierbank fallen und schwankte ein wenig.

»Baby when the lights go out …« Ich hämmerte auf die Tasten ein und blickte hoch, schmalzte langsamer. »Every single word cannot express …«

»Bitte vermeide Blickkontakt«, schäumte Jason, zog die Augenbrauen zusammen und hielt schützend ein Kissen vor sich, als hätte ich seine Teile angesungen.

Ich hörte auf zu spielen. »Angst, dass es dir zu sehr gefällt? Verstehe schon. So viel Mann ist … eine Seltenheit.«

»Lässt du jemals das Reden sein?«, fragte Jason. »Oder ist das normal für dich?«

»Tut mir leid. Ich fürchte, du musst die Frage wiederholen. Ich verstehe nicht, was du meinst.« Natürlich verstand ich es genau, aber es machte einfach zu viel Spaß, Jason auf die Palme zu bringen. Und da war auch noch die ganze Sache mit »meine beste Freundin wird gerade von Colt durchgevögelt«, und ich wollte ihn wirklich, wirklich nicht umbringen und seine Leiche verscharren müssen, wenn er das vermasselte.

Jason schloss sein Auge und zuckte zusammen. »Warum geht dieses Wochenende nicht vorbei?«

»Weil das Universum dich hasst und du zugestimmt hast, ein blutsaugendes Möchtegern-Reality-TV-Sternchen zu heiraten, das ihre Fingernägel als Mordwaffe eingesetzt hätte, sodass wir alle heulend beim Frühstücksfernsehen gehockt hätten.«

Jason zuckte zurück. »Dieser ganze Satz macht keinen Sinn, und ich bin mir ziemlich sicher, dass er grammatikalisch nicht korrekt war.«

»Du bist grammatikalisch nicht korrekt«, feuerte ich zurück und haute in die Tasten. »Und es ist mir egal, diese Nummer mit Jayne war verrückt. Ich hab dir praktisch das Leben gerettet.«

Jason hob die Hände. »Wie kommst du darauf? Hast du mich vielleicht stattdessen geheiratet? Hast du Jayne verscheucht?«

Genau da kam Jayne um die Ecke, eine Champagnerflasche in der Hand. »Max, Playtime!«

Meine Eier zitterten vor Furcht.

Ehrlich.

Das ist medizinisch möglich.

Es ist bewiesen, dass Eier wirklich vor Furcht und Beklemmung zittern können – und genau das hatte ich gerade erlebt.

Schließlich hatte sie zu allem Überfluss auch noch Krallen.

So was wie übernatürliche Krallen, die mich – sobald sie sie in mich geschlagen hatte – vermutlich von der Taille abwärts lähmen würden.

Ich wandte mich an Jason. »Was hast du eben gesagt?«

Sofort schloss er die Augen und tat, als würde er schlafen.

»Jemand wird dieses Jahr keine Weihnachtsgeschenke bekommen«, knurrte ich und stand auf. »Ah, Jayne, du siehst …« Ich schüttelte den Kopf. Mir fiel nichts ein. Nichts. Sie sah fürchterlich aus. Ihr Lippenstift war über ihr halbes Gesicht verschmiert, die Wimperntusche traf mit besagtem Lippenstift auf den Wangen zusammen, formte kleine Kreuzzeichen auf ihrem fast schon verhärmten Gesicht.

Ich schüttelte mich und presste hervor: »Entzückend, ganz entzückend.«

»Oh, Max.« Sie griff nach mir. Ich zuckte wieder zurück.

Reid wählte diesen Moment, um ins Wohnzimmer zu stolpern, einen Ausdruck puren Entsetzens auf dem Gesicht.

»Mann.« Er stieß Jayne zur Seite. »Wir müssen gehen.«

»Aber ich hatte gerade so viel Spaß«, sagte ich trocken und dankte meinem Glücksstern, dass mein Bruder nicht mit Grandma in einem Schlafzimmer feststeckte oder, schlimmer noch, tot war, weil er nicht mit den Erinnerungen daran leben konnte, wie es sich anfühlte, von ihr überwältigt zu werden.

»Sie ist unersättlich«, wimmerte er. »Und ein Mann kann nur so viel leisten, verstehst du? Und ich meine, sie ist … Hör zu, wir müssen gehen.«

»Schön.« Ich gab vor, dass es mir das Herz brach, als ich Jaynes Hand in meine nahm, und zwang Tränen in meine Augen. »So süß ist der Trennungsschmerz, meine Jayne, ich meine Julia … Verdammt, die Namen lassen sich so leicht verwechseln.«

»Oh, Max.« Ihre Unterlippe zitterte.

Ha, witzig, ihr Mund und meine Eier hatten etwas gemeinsam.

Furcht.

»Darf ich deine Nummer haben?«, fragte ich geschmeidig, aalglatt. Verdammt, ich hätte wirklich Schauspieler werden sollen.

»Natürlich!« Sie fummelte in ihrer Handtasche herum, fand ihr Handy. Ich fühlte schon so etwas wie Mitleid für sie. Dann sah ich wieder ihre Zähne und ihre rasiermesserscharfen Fingernägel und machte einen kleinen Satz zurück. Ich zog sogar die Hose ein wenig hoch – nur um mich zu vergewissern, dass die Jungs noch in Sicherheit waren und mich nicht komplett im Stich gelassen, sich in meinen Körper zurückgezogen und mich zum Neutrum gemacht hatten.

»Wie ist deine Nummer?«, fragte sie, die Finger erwartungsvoll über dem Display.

Verdammt, sie machte mir das viel zu leicht. Mit einem glücklichen Seufzer ratterte ich eine Nummer herunter – die meiner Exfreundin.

Und ehrlich? Jayne hätte gegen diese Schlampe keine Chance. Die Ex würde sie bei lebendigem Leib verspeisen, sie ausspucken, und am Morgen Nachschlag verlangen. Zu schade.

»Gehen wir.« Reid zog mich am Arm.

Jayne schmollte. »Macht's gut, Jungs.«

»Tschüss.« Ich tätschelte ihr den Kopf und rief Jason zu, dass wir gingen. »He, Mann, mach mal langsamer.«

Reid rannte in einem Affenzahn zu meinem Jeep. »Sie kann Angst riechen!«

»Wer?«

»Grandma. Ich schwöre, die hat eine Nase wie ein Spürhund, sie kann mich riechen. Mich überall finden.«

»Widerlich, Mann.« Ich schüttelte den Kopf. »Das muss nun wirklich niemand hören.«

Wir stiegen beide ins Auto und fuhren die Auffahrt hinunter.

»Also.« Reid schlug auf das Lenkrad. »Kennst du ein Hotel, in das wir gehen können?«

Ich grinste und guckte auf meine Uhr. Ah, sie sollten inzwischen damit durch sein. »Klar, da ist dieses tolle kleine Luxushotel gleich die Straße runter …«

Kapitel 53

Colton

»Hast du das gehört?« Ich versuchte, meinen Arm zu heben, aber mir fehlte die Energie dafür. Meine übermenschlichen Kräfte waren erschöpft. Ich war mir wirklich nicht sicher, ob ich auch nur für einen Schluck Wasser aufstehen könnte.

Milo war unersättlich.

Ich würde stolz einige blaue Flecke tragen, wenn der Morgen kam. Ich konnte es kaum erwarten, auf meinen Arm zu deuten und Jason anzugrinsen. O ja, sein gutes Auge würde einiges zu sehen bekommen.

»I‹ll make love to you«, sang eine Männerstimme mit ordentlich Schmalz unterlegt, »like you want me to.«

Milo setzte sich auf, und die Decke rutschte bis auf ihre Hüfte hinunter. Mein Körper, erschöpft wie er war, fühlte sich plötzlich, als hätte er eine Adrenalindröhnung bekommen. »Hast du das gehört?«

»Nein«, log ich, während Musik in unser Zimmer drang. »Ich höre nichts.«

»I<ll make love!«, schrie die Stimme, und die Musik wurde lauter.

»Da singt jemand.«

»Du träumst.« Ich lachte nervös, um nicht zu weinen. Ich wollte nach ihr greifen und sie aufs Bett zurückziehen, doch sie stand auf und ging zur Tür.

»Milo, es ist bestimmt nur ein betrunkener Gast, der im Flur rumhängt.«

Sie spähte durch das Guckloch in der Tür und lachte. »Nah dran.«

Bitte sag nicht Max, bitte sag nicht Max.

Sie drehte sich um. »Es ist Reid.«

»Gott sei Dank.«

»Mit Max.«

»Verdammt!« Ich schlug auf das Kissen.

»Oh, sie sehen erschöpft aus.« Milo kicherte.

»Geh von der Tür weg«, rief ich. »Sie werden dich noch hören.«

»Unsere Boy Band war genial«, drang Reids Stimme gedämpft durch die Tür.

»Mann.« Max lachte leise. »Alle Mädchen haben zu unseren schwingenden Hüften abgerockt.«

Ich stöhnte in meine Hände.

Milo drehte sich zu mir und stemmte die Fäuste in die Hüften. »Wir können sie nicht einfach da draußen stehen lassen.«

»Doch können wir.« Ich nickte energisch. »Werden wir. Wir können, und wir werden.«

Sie grinste und reckte sich verführerisch. »Du hast diesen verrückten Ausdruck in den Augen, denselben, den du hattest, als Jason dir gesagt hat, sein Schniedel wäre größer.«

»Verdammt, Milo! Ich war sieben! Und könnten wir bitte nicht über den …«, ich fuchtelte in der Luft herum, »deines Bruders reden, wenn wir beide nackt sind?«

»Oh.« Sie schlenderte auf mich zu. Meine Augen wurden glasig, während sie den Anblick ihrer nackten Herrlichkeit in sich aufsogen. »Ich liebe dich.«

Alle Verärgerung vergessen, zog ich sie in die Arme und küsste sie auf den Mund.

Das Singen wurde lauter.

Aus meinen Küssen wurde eine Reihe von Flüchen an ihrem Mund.

»Colt«, wisperte sie. »Lass uns was anziehen und sie reinlassen.«

»Nein.« Dazu war ich nicht bereit und verschränkte die Arme. Das Letzte, was ich wollte, war Max und Reid als Gäste bei meiner Hochzeitsnacht. »Ich werde nichts davon tun.«

»Ich wette, ich kann dich dazu bringen.« Sie zog eine Augenbraue hoch. Ich blickte darauf, dann auf ihre Lippen, dann wieder auf diese verdammte Augenbraue.

»Wie?«

Sie zuckte mit den Schultern. »Wenn du sie nicht reinlässt, wirst du's rausfinden.«

»Das Leben ist verdammt unfair.« Ich zog mir einen Bademantel über. Dann deutete ich auf Milo. »Zieh dein Kleid an und einen Bademantel und ein Handtuch oder irgendwas.«

»Damit ich mich zu Tode schwitze?«

Ja, okay, ich verlor den Verstand.

»Äh, ähm, zieh einfach ein paar Klamotten über.«

Sie zwinkerte mir zu und schlüpfte in ihr Kleid, schloss den Reißverschluss und sah innerhalb von Sekunden präsentabel aus.

Wenigstens käme ich so dazu, es ihr wieder auszuziehen, oder?

Jemand klopfte energisch an die Tür.

Einen Fluch murmelnd öffnete ich und stand einem Wachmann vom Hotelsicherheitspersonal gegenüber. »Gehören diese

Jungs zu Ihnen?«

Ich setzte einen, wie ich hoffte, verblüfften Gesichtsausdruck auf und schüttelte den Kopf. »Nein.«

Hinter mir ertönte Milos entzückter Aufschrei, hallte durchs Zimmer und brachte beinahe die Wände zum Beben. »Ja!«

»Verräter«, wütete Reid vom Boden des Flurs, wo er betrunken zusammengesunken war, während Max weiterhin Boyz II Men sang.

Milo schlüpfte unter meinem Arm hindurch und grüßte den Sicherheitsmann. »Danke, dass Sie unsere Freunde gefunden haben.«

»Kein Ding«, knurrte er. »Stellen Sie nur sicher, dass sie nüchtern werden und sich ausschlafen. Wir wollen nicht, dass sie in dieser Verfassung Auto fahren.«

Ich wollte schon sagen, dass Max immer so war, aber ich biss mir auf die Zunge.

Milo nickte, dankte ihm noch einmal und half Reid vom Boden auf, während Max und ich uns ein Blickduell lieferten.

»Also«, fragte Max glatt, »wie ist's gelaufen?«

»Du Mistkerl.«

»Oh.« Er hob die Hände. »Das sind harte Worte für den Mann, der dafür gesorgt hat, dass du Sex hast.«

»Wiederhole niemals«, meine Stimme zitterte, »diesen Satz … niemals.«

Max öffnete den Mund.

»Niemals«, kam ich ihm zuvor.

Er zuckte mit den Schultern. »Darf ich jetzt reinkommen?«

»Klar, Stimmungstöter, nur zu.«

»Wow.« Er fing an zu lachen, schwankte unkontrolliert.

Oh, super, jetzt würde ich am Morgen auch noch Erbrochenes aufwischen dürfen. So viel, auf das man sich freuen durfte. Keine nackte Milo mehr. Nein, höchstwahrscheinlich würde es mit mir und einem nackten Max im Badezimmer enden. Die Freuden des Erwachsenenlebens.

Er beugte sich vor und blinzelte mich an. »Also bist du nicht zum Schuss gekommen.«

Ich verpasste ihm eine Kopfnuss, die ihn ein paar Schritte vorwärts stolpern ließ. »Oh, oft genug. Wie geht's Jayne?«

Max murmelte irgendwas vor sich hin, während Milo Reid auf einen Stuhl half.

»Wie geht's Jason?«, fragte Milo. »Und Grandma?«

Reid begann zu schreien und wollte Richtung Tür flüchten. Ich musste ihn sprichwörtlich auf dem Stuhl festhalten. Er brauchte ein paar Momente, bevor er sich beruhigte. Er nickte und schloss die Augen.

Max räusperte sich. »Wir, ähm, sprechen ihren Namen nicht mehr aus, weil Reid fast vor zwei Autos gerannt wäre, als wir den Parkplatz überquert haben, um zum Hotel zu kommen. Und das nur, weil ich ihren Namen erwähnt habe. Er ist gut zehn Minuten lang ums Hotel gelaufen, bevor ich ihn ausgeknockt habe.«

»Hmm.« Milo lachte. »Ich hab gedacht, ich hätte einen sterbenden Hund oder so was gehört. Das war also Reid?«

Reid öffnete die Augen und funkelte sie wütend an. »Ich hatte Panik, okay? Ich meine, was, wenn sie mir gefolgt wäre?«

»Mit ihrem Rollator?«, fragte ich. »Außerdem hat sie keinen Führerschein.«

Reid schüttelte den Kopf. »Sie würde einen Weg finden, glaub mir.«

»Also … echt gemütlich hier.« Max schaute sich um. »Verdammt, bin ich ein guter Freund.«

»Ja, genau das habe ich auch gesagt, bis ich das Gegröle auf dem Flur gehört habe.«

Max verdrehte die Augen. »Das war kein Gegröle – das war Gesang. Die Hälfte meiner Cousins wurden mithilfe von Boys

II Men gezeugt.«

»Und wenn du von gezeugt sprichst, meinst du zu dem Song.«

Max lachte. »Wirklich?«

Ich schloss die Augen und betete um Geduld. »Ihr Jungs könnt nicht hierbleiben.«

»Colton!«, sagten sie alle gemeinsam, inklusive meiner frischgebackenen Ehefrau.

Sie schlug mir auf den Arm. »Wo sollen sie denn sonst hin? Reid ist völlig traumatisiert, zum Haus können sie nicht zurück. Sie sind ja nicht mal fit genug zum Laufen, vom Auto fahren ganz zu schweigen.«

Ich starrte Max wütend an – tatsächlich führte ich ein ganzes Gespräch mit ihm in meinem Kopf. Das lief ungefähr so ab:

Ich senkte die Augenlider, was bedeutete: Ich hasse dich.

Er erwiderte die Geste umgehend, was bedeutete: Ich weiß, werd damit fertig, Blödmann.

Ich biss mir auf die Unterlippe und fuhr mir mit der Hand über die Kehle, sagte so viel wie: Hör zu, wenn du sie auch nur anfasst, bringe ich dich um.

Ja, wir waren verheiratet, und sie gehörte zu mir, aber trotzdem, die Erinnerung an die beiden, wie sie so taten, als wären sie zusammen, war mir noch viel zu präsent. Er hatte sie angefasst, meine Frau.

Er hob die Hände und fuchtelte mit ihnen herum, als wollte er sagen: Alles cool, Mann, ich stehe nicht auf die Weise auf sie.

Ich nickte ihm ein Mal zu, zeigte, dass ich verstanden hatte.

Er nickte zwei Mal.

Wir stießen die Fäuste aneinander.

Und plötzlich war die Welt wieder in Ordnung.

Männer – wir sind so simpel.

Kapitel 54

Milo

Ich gähnte und hatte mich zufrieden an Colts Brust gekuschelt, als der Gedanke mich überfiel: Morgen. Verdammter Mist! Ich hatte geplant, morgen nach Hause zurückzufahren!

»Oh, nein!« Ich fuhr hoch und stürzte zu Boden, riss Max mit mir. Reid lag in einer Ecke – er hatte uns strikte Anweisung gegeben, ihn im Schlaf nicht zu berühren.

Wir hielten uns daran, hauptsächlich weil Max schwor, dass Reid ein Schweizer Armeemesser bei sich trug, und niemand von uns wollte das genauer kennenlernen.

Max schmollte unter mir. »Ich hab noch geschlafen!«

Colton sprang hastig aus dem Bett und half mir auf die Füße. »Was ist? Bist du verletzt? Ich schwöre, wenn Max dich angefasst hat …«

»Wie kann ich schuld sein? Ich hab nichts weiter getan als geatmet«, wehrte er sich.

»Wenn Max dich falsch angeatmet hat …«, fuhr Colton mit glühendem Blick fort.

»Nein, Max hat nichts damit zu tun.« Ich presste mir die Finger gegen die Schläfen. »Es ist nur … Ich hatte vor, morgen in die Stadt zurückzufahren. Ich habe noch einen Monat College vor mir.«

»Wissen wir«, sagten Max und Colt gleichzeitig.

»Aber ich habe eben erst geheiratet.« Ich sprach ganz langsam, schließlich waren sie Männer.

»Stimmt.« Colt nickte.

Hilflos drehte ich mich zu Max, doch der hatte denselben verständnislosen Gesichtsausdruck wie Colt. »Jungs! Das ist wirklich von Bedeutung. Ich bin verheiratet, und ich fahre weg und …« Oh, nein, da kamen auch schon die Tränen …

»Milo.« Colt legte mir die Hände auf die Schultern. »Wie viele Tage hat ein Monat?«

»Frag sie nicht Sachen, die sie nicht weiß!«, schnauzte Max ihn an.

Ich verdrehte die Augen. »Dreißig oder einunddreißig, es sei denn, es ist Februar.«

»Oder ein Schaltjahr«, warf Max hilfreich ein.

»Genau.« Colt grinste. »Ein Monat ist nichts im Vergleich zu einem ganzen Leben. Außerdem arbeite ich Zweiundsiebzig-Stunden-Schichten und habe danach drei Tage frei. Ich komme dich besuchen.«

»Wirklich?« Der Gedanke munterte mich auf. »Das würdest du tun?«

»Ja.« Colt zog mich in seine Arme und küsste mich auf die Wange. »Ich meine, sollte dein Ehemann dir nicht beim Packen helfen? Und ich gehe mal davon aus, dass du in der Stadt ein paar Sachen kaufen willst, um dein neues Haus auszustatten.«

»Wir haben ein Haus!«, schrie ich und sprang ihm in die Arme.

Max seufzte gelangweilt. »Was? Hast du gedacht, du würdest in eine Höhle ziehen?«

»Ein Haus.« Colt küsste mich auf den Mund. »Ein hübsches Haus, in dem wir unsere Privatsphäre haben … fern von den wachsamen Blicken von …«

»Jason«, warf Max ein. »Reid, Grandma, Eltern.«

»Max«, flötete ich fröhlich.

»Was?«

»Nein, ich meinte …« Ich schüttelte den Kopf. »Vergiss es, ich bin einfach so glücklich.« Ich lachte, während Colt mich herumwirbelte.

»Hey, Leute, wollt ihr, dass ich wieder singe?«, fragte Max.

»Nein«, erwiderten wir einstimmig.

»Can you feel the love tonight …«, hob er an.

Reid fuhr hoch, die Augen blutunterlaufen. »Leute, ich hatte gerade den seltsamsten Traum! Ich war bei dieser Hochzeit, in einem Baum, und die Grandma hat mich angebaggert und …« Er blickte sich um. »Oh, Mist.«

»Hey!« Max hielt eine Hand für ein High-five hoch. »Die Wirkung der Drogen ist vorbei. Gut für dich!«

Reid blickte ihn finster an. »Fass mich nicht an.«

Max nahm die Hand runter. »Schön, willkommen zurück, Reid. Wir haben dich vermisst, und da sind wir nicht die Einzigen, Achtung Anspielung.« Er lachte und beugte sich dann nach vorn, gab vor, auf eine unsichtbare Gehhilfe gestützt, mühsam vorwärts zu humpeln.

Reid erbleichte.

»Oh …« Max zuckte zusammen. »Zu früh?«

Reid erwiderte nichts, sondern nickte nur stumm.

»Also«, flüsterte Colt mir ins Ohr. »Bedauerst du irgendwas?«

Ich lachte. »Was? Alle angelogen zu haben, die ich liebe, dann die Hochzeit meines Bruders ruiniert und mir den Trauzeugen geschnappt zu haben?« Ich neigte den Kopf, als müsste ich darüber nachdenken. »Nein, nichts.«

»Ich bedauere so manches«, merkte Reid auf.

»Psst«, brachte Max ihn zum Schweigen. »Sie hatten einen Moment.« Und dann sang er: »The peace the evening brings. The world's for once in perfect harmony …«

»Oh, zum Teufel.« Colton verdrehte die Augen, und wir stimmten alle ein.

»With all its living things.«

Epilog

Jason

Mein bester Freund und meine Schwester.

Meine Schwester und mein bester Freund.

Zusammen.

Ich hab ein bisschen gezuckt, als Colton ihr einen gigantischen Kuss auf den Mund gedrückt hat, aber dann habe ich mir gut zugeredet und mich wieder beruhigt. Ich meine, sie waren verheiratet. Teufel, sie waren jetzt seit zwei Monaten verheiratet. Es sollte mir nichts ausmachen, wenn er sie anfasste, aber ich schwöre, da war immer noch diese instinktive Reaktion, nach etwas Scharfkantigem greifen zu wollen, um es Colton ins Gesicht zu werfen.

Gewalttätigkeit war offenbar mein neues Ding. Vor allem, wenn man bedachte, was ich an ihrem Hochzeitswochenende durchlitten hatte, das eigentlich mein Hochzeitswochenende hatte sein sollen … Aber egal.

»Ich verstehe nicht, warum ihr euch diesen Mist anschaut«, sagte Max vom Sofa gegenüber.

»Psst«, bedeutete Milo allen, still zu sein. »Jetzt fängt es gleich an.«

Armer Colt. Milo saß auf seinem Schoß, also war er gefangen. Ich hingegen konnte jederzeit aufstehen und gehen, wenn ich wollte. Allerdings … starb ich fast vor Langeweile, und jedes Mal, wenn ich Max allein ließ, passierten schlimme Dinge.

Er musste wirklich einen Job finden – und zwar schnell. Ich würde ihn bald über bekommen. Nicht, dass er faul wäre. Er hatte einfach zu viel Freizeit zur Verfügung, und Freizeit bedeutete immer, dass ich mit ihm abhängen musste, weil, oh, richtig, ich hatte keine Freundin.

Jenna zählte nicht, da ich nur viermal mit ihr ausgegangen war, und mehr als Kaffeetrinken war nicht passiert.

Max sagte, er würde bei mir einziehen.

Den Teufel würde er.

»Heute Abend bei ›Love Quest‹«, ertönte die Stimme des Ansagers im Hintergrund, während auf dem Bildschirm eine Reihe von Zickenkriegen ausbrachen. Frauen zogen sich gegenseitig an den Haaren, und der arme Kerl, der die wahre Liebe finden sollte, sah aus, als wollte er sich umbringen. Ja, irgendwie wirkte es nicht mehr so verlockend, mich mit zwanzig schönen Frauen zu umgeben, wenn ich mir diese Sendung anguckte.

Es wirkte lebensgefährlich.

Es wirkte wie Folter.

Man musste schon verrückt sein, wenn man sich für so eine Show bewarb.

»Kennen Sie jemanden, der die große Liebe sucht? Gehen Sie zu www.lovequestcasting.com, und nominieren Sie ihn.«

»Heilige Scheiße, das wäre echt übel.« Max stopfte sich Popcorn in den Mund und schüttelte den Kopf.

»Ja.« Ein kleines Grinsen ließ meine Lippen zucken. »Das wäre es tatsächlich.«

Und plötzlich wusste ich genau, wie ich meine Rache bekommen würde.

Danksagung

Ich hasse diesen Teil, weil ich dabei immer Menschen zu vergessen scheine, die mir wirklich wichtig sind. Ich fange mal damit an, dass ich unglaublich dankbar dafür bin, dass Gott mir das Talent zum Schreiben mitgegeben hat … Ich danke ihm jeden Tag dafür, dass ich meiner Leidenschaft nachgehen kann. Ich will nicht lügen, manchmal bin ich ganz gerührt, wenn ich nur daran denke. Ich kann mir nicht vorstellen, irgendetwas anderes zu tun, und ich fühle mich so reich beschenkt, weil ich sagen kann, ich bin Autorin.

Erica, Agentin der Extraklasse, du bist umwerfend. Ehrlich. Ich rufe dich an, ich verfalle in Panik, ich überschütte dich mit Ideen, und du ordnest das alles und setzt es um, wie mit Magie! Danke, dass du dich für mich in die Schlacht stürzt und dafür, dass du die beste Agentin bist, die man sich nur wünschen kann.

Bloggerinnen … Ich hasse es, einfach nur Bloggerinnen zu sagen. Ich hasse es, euch alle so zusammenzuschmeißen, aber es sind einfach so viele von euch, die mein Leben täglich beeinflussen. Wenn ich anfangen würde, jede einzelne von euch namentlich zu erwähnen, dann, tja … dann würde diese Danksagung wirklich lang werden. Ihr sollt einfach wissen, dass ich wirklich jede Besprechung, jeden Blogeintrag, jeden Tweet lese, und selbst wenn ich nicht auf alles antworte, weiß ich eure Unterstützung zu schätzen! Ich weiß, ich würde heute nicht da sein, wo ich bin, wenn ich die konstante Hilfe durch euch und eure Blogs nicht hätte. Ihr habt einen undankbaren Job, ich wünschte mir, ich könnte euch allen ein High-five geben und euch lebenslang mit Freiexemplaren versorgen. Vielleicht auch Freiexemplare und kostenlosen Starbucks-Kaffee … Okay, ich kümmere mich gleich darum!

An meinen Ehemann und zwei Hunde, die viel zu oft ignoriert werden, weil ich in der Schreibhöhle feststecke: Danke, dass ihr es mit mir aushaltet! Und an alle in den Verlagen, die das magische Werk vollbringen: Danke, dass ihr an mich glaubt … und, ähm, danke dafür, dass ihr mir sagt, wenn der Text nicht gut ist und dafür, dass ihr mir helft, alles zu überarbeiten, was Überarbeitung braucht.

Melody, es war so ein Vergnügen, mit dir zu arbeiten. Danke, dass du mir geholfen hast, dass alles Sinn ergibt.

Skyscape, danke, dass ihr an diese Geschichte geglaubt habt!

17787018R00200

Printed in Poland
by Amazon Fulfillment
Poland Sp. z o.o., Wrocław